젊은 베르터의 고뇌

Die Leiden des jungen Werther

아로파 세계문학 08

젊은 베르터의 고뇌

Die Leiden des jungen Werther

요한 볼프강 폰 괴테

Johann Wolfgang von Goethe

김미선 옮김

아로파

차례 |

저는 가련한 베르터의 이야기 중에서 찾아낼 수 있는 것들을 열심히 모았고, 이제 여기 여러분 앞에 그것을 내놓습니다. 여러분은 분명 제게 고마워하게 될 겁니다. 여러분은 베르터의 정신과 성품에 감탄하여 그를 좋아할 수밖에 없으며 그의 운명에 눈물을 흘리게 될 것입니다.

　그대, 베르터처럼 충동을 느끼는 선한 영혼이여, 베르터의 고뇌에서 위안을 받기를! 그리고 운명이나 자기 잘못 때문에 가까운 친구 하나 찾을 수 없을 때, 이 작은 책을 그대의 벗으로 삼기를!

📩 제1부

"Klopstock!" — Ich erinnerte mich sogleich der herrlichen Ode,
die ihr in Gedanken lag, und versank in dem Strome von Empfindungen,
den sie in dieser Losung über mich ausgoß.

"클롭슈토크!" 그 말을 듣자마자
나는 곧바로 그녀가 생각하는 그 장엄한 송가를 떠올렸고,
그녀가 이 암호 한 마디로 내게 쏟아부은 감정의 격랑 속에 빠져 버렸네.

1771년 5월 4일

그곳을 떠났더니 얼마나 기쁜지 모르겠네. 벗이여, 그런데 사람의 마음이란 대체 무엇이란 말인가. 너무 좋아서 떨어질 수 없을 것 같던 자네와 멀어져서는 이렇게 기쁘다 말하고 있다니. 물론 자네는 이런 나를 용서해 주겠지. 자네 외에 다른 사람들과의 관계는 정말 운명이 나 같은 사람의 마음을 불안하게 하기 위해 골라 낸 게 아니었을까? 불쌍한 레오노레! 하지만 내 잘못은 아니었어. 그녀 언니의 독특한 매력이 내 마음을

편안하고 즐겁게 해주는 동안에 레오노레의 가련한 마음속에 생겨난 열정을 내가 어떻게 할 수 있었겠나? 그런데 내겐 정말 아무런 잘못이 없을까? 레오노레의 감정이 커지도록 부추기진 않았을까? 별로 웃기지 않아도 그렇게나 자주 우리를 웃게 만들었던 그녀의 천성에서 우러나는 진실한 말들에 나 자신 또한 즐거워하지 않았던가? 또 내가…… 아, 이렇게 자신에 대해 불평하다니, 인간이란 무엇인가. 벗이여, 자네에게 약속하건대 한번 고쳐 보겠네. 지금까지 나는 계속 운명이 우리 앞에 늘어놓은 작은 불행들을 곱씹었지만 이제는 그러지 않겠어. 현재를 즐겨야겠네. 지난 일은 지나간 대로 두어야지. 친구여, 자네 말이 정말 옳아. 왜 그렇게 생겨 먹은지는 잘 모르겠지만 사람들은 무심히 현재를 견뎌 내지 못해. 오히려 과거의 불행한 기억들을 되살리기 위해 부지런히 상상의 나래를 펼치지. 그렇게만 하지 않는다면 사람들은 덜 고통스러울 거야.

부탁하건대 우리 어머니께 말씀 좀 전해 주게. 맡기신 일을 잘 처리할 것이고 빠른 시일 안에 소식 전하겠다고 말이야. 숙모님과 이야기를 나눴는데, 그분에게서 우리 쪽 사람들이 떠들어 대던 나쁜 여자의 모습은 찾아볼 수 없었네. 오히려 강하고 활달하면서 마음씨가 좋은 분이시더군. 상속 지분을 받는 게 보류된 데 대해 어머니께서 갖고 계신 불만을 말씀드리자 숙모님께서는 그 이유와 사정에 대해 말씀하셨어. 그리고 모든 것을 내줄 수 있는 조건들도 설명해 주셨네. 우리의 요구보다 더 많은 것을 주겠다고 하셨어. 어쨌든 이제 이 일에 대해서는 그만 쓰고 싶네. 어머니께 모든 일이 잘 풀릴 거라고 말씀드려 주게. 벗이여, 이 작은 일을 겪으면서도 하나 더 알게 된 것이 있다네. 혼란은 간계와 악의에서보다 오해와 태만에서 더 많이 생긴다는 사실이야. 간계와 악의 때문인 경우가 더 적다는 것만은 분명하네.

그건 그렇고, 나는 여기서 편히 잘 지내고 있네. 이렇게 낙원 같은 곳에서는 고독이 내 마음을 치료하는 값진 향유가 되고, 모든 게 풍요로운 청춘의 계절이 종종 두려움에 떠는 내 마음을 따스하게 만들어 주는군. 나무와 덤불마다 꽃이 만발해 있어서 이럴 땐 한 마리 딱정벌레가 되고 싶을 정도라네. 그러면 향기의 바다 속을 이리저리 떠다니며 그 안에서 온갖 먹이를 찾아다닐 수 있겠지.

이 도시 자체는 그다지 쾌적하지 않지만 그곳을 둘러싼 주변의 자연은 말로 표현할 수 없을 정도로 아름답다네. 지극히 아름다우면서 다채로운 자연의 모습을 지닌 언덕들이 서로 엇갈리면서 아늑한 골짜기들을 만들어 내고 있어. 지금은 고인이 된 M 백작도 이 아름다운 자연에 감동을 받아 이 중 한 언덕 위에 정원을 꾸며 두었네. 백작의 소박한 정원에 들어서면, 이곳을 전문 지식을 지닌 정원사가 아니라 스스로 즐거워하고자 하는 사람이자 마음으로 느낄 줄 아는 사람이 설계했음을 바로 알 수 있어. 나는 쓰러져 가는 작은 정자 안에서 고인을 회상하며 몇 번이나 눈물을 흘렸네. 백작이 가장 좋아했던 이 정자는 지금 내가 가장 좋아하는 곳이기도 해. 곧 내가 정원의 주인이 될 거야. 이제 겨우 며칠이지만 정원사가 나를 아주 좋아하니, 그렇게 된다 해도 그에게 나쁜 일은 아닐 걸세.

5월 10일

놀랍도록 쾌활한 기분에 정신이 온통 사로잡혀 있네. 달콤한 봄날 아침을 마음껏 즐기는 듯한 기분이야. 나 같은 영혼들을 위해 만들어진 이곳에서 오롯이 혼자만의 삶을 즐기고 있네. 벗이여, 정말 행복하다네. 평온한 존재의 느낌에 완전히 젖어 있어서 예술에 대한 생각이 나지 않을 정도일세. 지금은 그림 하나도 그릴 수 없고, 한 획조차도 그을 수 없어. 나는 지금 이 순간보다 더 위대한 화가였던 적이 없었던 것 같아. 안개가 피어오르는 고즈넉한 계곡에 에워싸여 있고, 하늘 높이 떠 있는 태양은 빛 한 줄기 통하지 않을 만큼 빽빽한 내 숲의 어둠의 표면에 내려앉고, 겨우 몇 줄기 햇살만이 성스러운 숲속으로 살짝 스며드는 이 순간, 경사진 시냇가의 우거진 풀밭 위에 누워 있는 내게 대지 가까이에 솟아난 온갖 다양한 풀들이 기묘하게 느껴지는 이 순간 말이야. 풀 줄기 사이 그 작은 세계의 바쁜 움직임, 작은 벌레들과 날벌레들의 수많은 불가사의한 형상들을 좀 더 가까이에서 가슴으로 느끼면서 나는 자신의 형상에 따라 우리 모두를 창조하신 전능한 분의 현존을, 영원한 기쁨 속에 부유하며 우리를 받치고 붙잡아 주시는 지극히 자비로운 분의 숨결을 느끼곤 하네. 친구여, 사방에 저녁 어스름이 깔리고 주위 세계와 하늘이 사랑하는 여인의 모습처럼 내 영혼 속에 온전히 깃들 때, 나는 자주 그리운 마음으로 생각에 잠기지. '아, 네 안에 살아 있는 것을 이렇게 충만하고 따뜻하게 네가 재현해 낼 수 있다면, 종이에 숨을 불어넣어 그대로 옮겨 놓을 수 있다면 얼마나 좋을까! 그렇게 할 수만 있다면 네 영혼이 무한한 신을 비추는 거울이듯 그것이 네 영혼을 비추는 거울이 될 수 있을 텐데.' 친구여, 하지만 생각만 할 뿐, 이 현상들의 장엄한 힘 아래 나는 쓰러져 굴복하고 마네.

5월 12일

이 고장 주위에 마음을 미혹하는 정령들이 떠돌고 있는 것인지, 아니면 주변의 모든 것을 천국처럼 만드는 따뜻한 천상의 상상력이 내 마음속에 들어 있는 것인지 알 수가 없군. 마을 바로 앞에 샘이 하나 있네.

자매들과 함께 있던 멜루지네[1]가 그랬던 것처럼 나도 그 샘의 마력에 사로잡혀 버렸어. 작은 언덕 아래로 내려가다 보면 아치형 천장을 만나게 돼. 거기서 다시 스무 계단쯤 내려가면 아래쪽에 대리석 바위가 있는데, 거기서 아주 맑은 물이 솟아 나온다네. 그 샘의 위쪽을 둘러막아 놓은 얕은 축대며 주위를 뒤덮은 키 큰 나무들, 또 그곳의 서늘한 분위기까지 이 모든 것이 매혹적이면서도 으스스하네. 하루도 빠짐없이 그곳에서 한 시간 정도 머문다네. 시내에 사는 처녀들이 이 샘에서 물을 길어 가곤 하는데, 그 일은 가장 순박하면서도 꼭 필요한 일이지. 옛날에 공주들도 물은 손수 길었다지 않나. 그곳에 앉아 있노라면 내 주위에서 옛날 부족장 시대인가 싶은 일들이 되살아나곤 해. 선조 족장들이 모두 샘물가에서 인사를 나누며 혼담을 주고받고, 샘 주위에는 선한 정령들이 둥실둥실 떠다닌다네. 아, 이런 감정을 공유할 수 없다면 그 사람은 분명 무더운 여름날 한참을 걸어온 끝에 만난 샘물의 시원함을 느껴 본 적이 없는 사람일 걸세.

5월 13일

내 책들을 이리로 보내야 하냐고 묻는 것인가? 친구여, 제발 부탁이니 책일랑 내게서 멀리 치워 주게. 이제 더 이상 무언가에 이끌리거나 고무되거나 격려받기를 원하지 않네. 내 가슴이 스스로 충분히 요동치고 있어서 오히려 마음을 가라앉힐 자장가가 필요해. 그런 노래는 나의 호메로스에게서 넘치도록 찾았지. 끓어오르는 내 피를 얼마나 자주 그의 노래들로 달랬던가. 자네는 내 마음처럼 이랬다저랬다 하며 변덕스

---

1) Melusine. 중세 유럽 신화에 등장하는 물의 요정을 말한다.

러운 것을 보지 못했을 거야. 벗이여! 자네에게 굳이 이런 말을 할 필요도 없어. 고뇌하는가 하면 일탈하고, 달콤한 우울감에 빠져 있나 싶으면 격정적으로 변하는 나를 지켜보며 무거운 마음의 짐을 져야 했던 자네이니 말일세. 내 마음은 아픈 아이 같아. 그래서 마음이 원하면 다 들어준다네. 이런 내 모습을 나쁘게 생각할 사람들도 있을 테니 다른 사람들에게는 말하지 말아 주게나.

5월 15일

이 고장의 낮은 계층 사람들은 벌써 나와 친해졌고 나를 좋아하고 있어. 특히 아이들이 그렇다네. 그런데 서글픈 일이 하나 있었어. 그 사람들과 처음 어울리기 시작할 때, 이런저런 일들을 친근하게 물어봤음에도 몇몇 사람들이 자기들을 놀린다고 생각했는지 나를 매몰차게 밀어냈어. 그런 행동들이 불쾌하진 않았어. 하지만 예전에 종종 느끼던 것을 한 번 더 생생하게 깨달은 기분이었다네. 사회적 위치가 조금 높은 사람들은 신분이 낮은 사람들을 가까이하면 자기들 체통이 깎인다고 생각하는지, 항상 그들을 차갑게 대하고 거리를 둔다는 것이지. 그런가 하면 겉으로는 자신을 낮추는 듯 보이는 사람들이 사실은 가난한 자들에게 그들의 오만을 더 혹독하게 느끼게 만들거나 야비한 장난을 치기도 한다네.

물론 우리가 동등하지 않고 동등할 수도 없다는 것은 알고 있어. 하지만 존경을 받기 위해 소위 하층민이라 불리는 사람들에게 거리를 두어야 한다고 생각하는 사람들이 있다면, 그들은 패배할까 두려워서 적 앞에 나타나지 않고 몸을 숨기는 비겁한 자들과 똑같이 비난받아야 한다고 생각하네.

얼마 전에 샘물가에 갔는데, 젊은 하녀 하나가 물동이를 맨 아래 계단에 올려 둔 채 그것을 머리에 얹어 줄 친구가 오는지 주위를 돌아보고 있었어. 내가 그 아래로 가서 하녀를 바라보며 말했지. "아가씨, 내가 좀 도와줄까요?" 그러자 하녀는 얼굴이 점점 빨개지면서 "아, 아닙니다, 나리."라고 말하더군. "괜찮으니 사양 말아요."라고 말하자 그녀는 똬리를 고쳐 얹었고 나는 물동이를 머리에 이도록 도와주었지. 하녀는 감사 인사를 하고 올라갔어.

5월 17일

여러 부류의 사람들과 알고 지내지만 함께 어울릴 사람은 아직 찾지 못했네. 사람들에게 내 어떤 면이 모호해 보이는지는 잘 모르겠네. 많은 사람들이 나를 좋아하고 내게 의지하지. 그러나 그들과 함께 가는 길이 너무 짧게 끝날 때면 항상 마음이 아파. 자네가 이곳 사람들이 어떠냐고 묻는다면 어디 사람이나 똑같다고 대답할 수밖에 없네. 인간이 다 마찬가지 아니겠는가. 대부분의 사람들이 먹고살기 위해 거의 모든 시간을 쓰며, 자유롭게 보낼 수 있는 잠깐의 시간이 생기면 불안한 마음에 온갖 수단을 강구하여 그 시간에서 벗어나려고 애쓰곤 하지. 아, 인간의 숙명이란!

하지만 정말 선량한 사람들도 있지! 종종 나 자신을 잊고 그 사람들에게 아직 허용되어 있는 기쁨을 함께 즐길 때가 있네. 품위 있게 차려진 식탁에 앉아 솔직하게 마음을 터놓고 즐거운 농담을 주고받는다거나 적절한 때에 마차를 타고 나들이를 가거나 무도회를 여는 것 같은 일들 말일세. 그런 일들이 내게 아주 좋은 영향을 줘. 이런 생각만 떠오르지 않는다면 말이지. 모두 다 쓰이지 못한 채 썩어 가는 힘들이 내 안에 아주 많이 깃들어 있고, 또 그것들을 조심스럽게 감춰야만 한다는 생각. 아,

이 생각만 하면 가슴이 답답해지네. 하지만 제대로 이해받지 못하는 것이 또 우리 같은 사람의 운명이지.

아, 젊은 시절의 내 여자 친구가 세상을 떠났다니. 아, 예전에는 그녀를 잘 알았건만! 나는 이렇게 중얼대겠지. '넌 정말 바보야! 지상에서 찾을 수 없는 것을 찾다니.' 하지만 그녀는 내 연인이었고, 나는 그녀의 마음과 위대한 영혼을 느꼈었네. 그 영혼과 함께할 때면 나는 나 자신이 본래 모습보다 더 큰 존재처럼 느껴졌어. 그때의 모습이 내 최선이었기 때문이지. 아아, 그때 내 영혼 속에서 쓰이지 않은 힘이 조금이라도 있었던가? 경이로운 감정이 그녀 앞에 모두 펼쳐져서 내 마음이 자연을 포용할 수 있지 않았던가? 우리의 교류는 지극히 고상한 감정과 날카로운 위트가 끝없이 결합되며 이어지지 않았던가? 그 결합의 다양한 변주는 가끔 도가 지나친 경우가 있더라도 모두 천재의 징표라고 불리지 않았던가? 그런데 지금은…… 아, 그녀가 먼저 산 시간들이 그녀를 나보다 더 빨리 무덤으로 데려갔구나. 나는 절대 그녀를 잊지 않을 걸세. 그녀의 확고한 의지와 신성한 인내심을 잊지 않을 거야.

며칠 전에 V라는 젊은이를 만나게 되었네. 아주 행복한 표정을 짓고 있는 솔직한 젊은이였어. 이제 갓 대학을 졸업한 그는 스스로 현명하다고 착각하진 않았지만, 자기가 다른 사람들보다 아는 것이 많다고 생각하더군. 이러저러한 모습으로 추측하기로는 공부도 열심히 했던 것 같아. 요컨대 꽤나 박식한 젊은이였지. 내가 그림을 많이 그리고 그리스어를 할 줄 안다는 얘기를 들었다더군. 이런 고장에서 그 두 가지는 유성처럼 드문 일이지. 그 말을 듣고 나를 찾아온 젊은이는 바퇴[2]에서 시작

---

2) Batteux. 프랑스의 평론가이자 철학자인 샤를 바퇴(Charles Batteux, 1713~1780)를 말한다.

해서 우드[3]에 이르기까지, 또 드 필[4]에서 빙켈만[5]까지 여러 지식을 잡다하게 늘어놓았어. 줄처[6]의 이론은 1부를 독파했다고 말했고, 하이네[7]의 고대 연구서 원고 한 부를 가지고 있다는 말은 힘주어 하더군. 나는 그저 호의적으로 응대하기만 했지.

또 한 사람, 훌륭한 분을 사귀었네. 영주의 법무관이며 진솔하고 믿음직한 분이네. 사람들은 자녀들과 함께 있는 그분의 모습을 보면 아주 즐거운 마음이 든다고 했어. 자녀가 아홉 명이나 되는데 특히 맏딸에 대한 이야기가 많더군. 그분이 나를 집으로 초대해 주셔서 가까운 시일 안에 한번 찾아뵐 생각이라네. 지금 그분은 여기에서 한 시간 반 정도 떨어져 있는 영주의 사냥 별장에서 살고 있어. 부인이 세상을 떠난 후에 시내의 관사에서 지내는 것이 너무나 힘들었기 때문에 영주의 허가를 받아 이사한 것이라고 하네.

이런 만남 외에 이상한 괴짜들과의 만남도 몇 번 있었지. 이 사람들의 모든 게 봐주기 어려운데 무엇보다도 참을 수 없는 건 친한 척할 때였다네.

잘 지내게! 이 편지에 내가 지내는 모습을 그대로 적었으니 자네 마음이 흡족해질 거야.

---

3) Wood. 영국의 여행가, 외교관, 고전학자인 로버트 우드(Robert Wood, 1716~1771)를 말한다.
4) de Piles. 프랑스의 화가인 로제 드 필(Roger de Piles, 1635~1709)을 말한다.
5) Winckelmann. 고대 미술 연구의 선구자였던 독일의 미술사가이자 미술 고고학자인 요한 요아힘 빙켈만(Johann Joachim Winckelmann, 1717~1768)을 말한다.
6) Sulzer. 독일의 미학자이자 신학자인 요한 게오르크 줄처(Johann Georg Sulzer, 1720~1779)를 말한다.
7) Heyne. 독일의 고전어문학자인 크리스티안 고트로프 하이네(Christian Gottlob Heyne, 1729~1812)를 말한다.

5월 22일

이미 수많은 사람들이 인생은 한낱 꿈에 지나지 않는다고 생각했고, 나 역시 이 생각에서 벗어나지 못하고 있네. 활동하고 탐구하는 인간의 능력을 가두는 속박들을 바라볼 때도 그렇고, 활동들이 전부 욕구 충족 수단을 마련하는 방향으로만 향하는 것을 볼 때도 그렇다네. 사실 인간의 욕구 충족은 우리의 가련한 존재를 연장시키는 것 외에 다른 목적은 없어. 또 탐구 중에 어떤 지점을 넘어설 때 드는 안도감은 그저 몽상적인 체념에 불과하네. 사람들은 벽 사이에 갇힌 채 다채로운 형상들과 밝은 전망을 벽화로 그리지. 빌헬름, 이 모든 것이 나를 침묵하게 만든다네. 그럴 때면 내 안의 어떤 세계를 발견하게 돼! 뚜렷한 묘사와 생생한 활력보다는 어렴풋한 예감과 희미한 욕구 안에서 더 많은 것을 찾는다네. 그럴 때 모든 것은 내 감각 앞에서 아물거리고, 그러면 나는 꿈꾸듯 그 세계를 들여다보며 웃는다네.

학식 높은 교사들과 가정 교사들은 아이들이 무언가를 원해도 그 이유는 모른다고 입을 모아 말하지. 하지만 어른들도 어린애들처럼 이 땅에서 비틀거리고, 어디에서 오는지 어디로 가는지 알지 못하지. 또 진실한 목적보다 비스킷이나 케이크, 자작나무 회초리에 휘둘려 행동하는 건 마찬가지일세. 누구도 믿고 싶지 않겠지만 누구나 명확히 이해할 수 있는 일이라 생각하네.

자네가 이런 말을 들으면 내게 뭐라고 말하고 싶을지 알고 있네. 나도 어린애들처럼 그저 되는대로 사는 사람이 가장 행복하다고 말하고 싶네. 애들은 인형을 끌고 다니면서 옷을 벗겼다 입혔다 하며 놀고, 어머니가 달콤한 과자를 넣어 잠가 둔 서랍 주위를 살피며 살금살금 걸어 다니다가 마침내 원하던 과자를 재빨리 낚아채면 볼이 미어지도록 욱여넣어 먹어 치우고는 "더 주세요!"라고 소리치지. 얼마나 행복한 피조물인 가. 너절하기만 한 자신들의 활동이나 정열에 대해서 화려한 명분을 갖 다 붙이고는 그것이 인류의 행복과 복지를 위한 위대한 행위라고 떠드 는 사람들도 행복하겠지. 그럴 수 있는 사람에게 축복을! 하지만 그 모 든 것이 결국 어디로 흘러가는지 인식하는 겸허한 사람이라면, 자신의 작은 정원을 단아하게 가꿔 천국으로 만들 줄 아는 시민이 행복하겠다 고 생각하는 사람이라면, 또 무거운 짐을 지고 헐떡이는 불행한 사람도 꾸준히 자신의 길을 나아가고 있음을 아는 사람이라면, 모든 사람들이 누구나 햇빛을 1분이라도 더 오래 보는 일에 관심이 있음을 아는 사람 이라면 말이야. 그래, 이런 사람은 고요하게 스스로 자신의 세상을 만들 거고, 한 인간으로서의 행복도 누릴 걸세. 그런 사람은 구속되어 있다 해도 항상 가슴속에 달콤한 자유를 간직하고 있으며, 자기가 원할 때 이 감옥을 떠날 수 있다네.

5월 26일

자네는 오래된 나만의 정착법을 알고 있지. 호젓한 곳에 작은 오두막 같은 집을 짓고 소박하게 사는 것 말일세. 여기에서도 마음이 가는 곳을 찾았네.

시내에서 한 시간 정도 떨어진 곳에 발하임[8]이라고 부르는 마을이 있 네. 구릉지에 있는 아주 흥미로운 곳이지. 위쪽 도로를 따라 마을 쪽으 로 걸어가면 골짜기 전체를 한눈에 내려다볼 수 있는 곳이 나타나네. 나 이가 지긋한 여관 여주인은 쾌활하며 친절하고 착한 분이며, 거기서 포

---

8) 독자들께서는 여기에서 언급되는 장소들이 어디인지 찾아보는 헛수고를 하지 마십시오. 변경할 필요가 있어서 원본의 실제 명칭들을 바꿔 놓았습니다_원주.

도주와 맥주, 커피를 팔고 있어. 가장 좋은 것은 보리수나무 두 그루인데, 나뭇가지들이 교회 앞 작은 광장을 덮을 정도로 넓게 펼쳐져 있다네. 광장 주변은 농가, 창고, 농장 들로 에워싸여 있어. 그렇게 호젓하고 정겨운 장소를 찾는 건 쉽지 않아. 나는 여관에 말해 탁자와 의자를 밖으로 옮긴 후 그곳에서 커피를 마시면서 나의 호메로스를 읽는다네. 어느 화창한 오후, 우연히 보리수나무 아래에 처음 왔을 때 그 자리는 아주 쓸쓸해 보였어. 모두가 들에 나가 있었거든. 네 살쯤 되어 보이는 사내애 하나만 땅바닥에 앉아 있었는데 자기 두 발 사이에 겨우 6개월쯤 된 듯한 아기를 앉혀 두고는 자기 가슴에 기대도록 두 팔로 안고 있었어. 그 아이는 아기에게 일종의 안락의자 역할을 해주고 있었던 것인데, 주위를 돌아보는 새까만 두 눈에는 활발한 기운이 담겨 있는데도 아주 조용하게 앉아 있더군. 이 모습에 마음이 흐뭇해진 나는 맞은편에 놓인 쟁기에 걸터앉아 형제의 모습을 아주 즐겁게 스케치했네. 그리고 바로 옆의 울타리와 헛간 문, 부서진 마차 바퀴 몇 개가 나란히 서 있는 것도 모두 그대로 그려 넣었어. 한 시간쯤 흐른 뒤에 나의 생각이나 주관은 조금도 들어가지 않고 구도가 잘 잡힌 아주 흥미로운 그림이 완성되었네. 그것을 보니 앞으로는 자연에 충실한 그림을 그려야겠다는 결심이 더 확고해지더군. 자연은 그 자체만으로 무한히 풍요롭고, 위대한 예술가도 만들어 내지. 예술의 규준(規準)이 갖고 있는 장점에 대해서도 많은 얘기를 할 수 있겠는데, 시민 사회를 찬양할 때 할 수 있는 말 같은 것들이겠지. '규준에 맞춰 예술을 연마한 사람은 너무 혐오스럽거나 조야한 것을 만들어 내지 않는다. 법칙을 준수하고 공공의 안녕을 따르려는 사람은 절대로 타인이 견디지 못할 이웃이나 기이한 악인이 될 수 없는 것과 같은 이치다.' 이런 식으로 말이야. 하지만 누가 뭐라고 하든 모든 규준은 자연의 참된 감정과 진정한 표현을 파괴해 버리기도 하지! 자네는 이렇게 반박하겠지. "그건 비약이야. 규준이란 단지 약간 제한을 두는 것뿐이야. 무성한 포도 덩굴을 잘라 내는 것뿐이라고." 친구여, 비유를 하나 들어 보겠네. 그건 사랑과 같아. 한 처녀에게 마음을 홀딱 빼긴 어떤 젊은이가 하루 종일 그녀 곁에서 그것도 힘과 재산을 모두 바쳐 자신이 그녀에게 완전히 빠져 있다는 것을 매 순간 표현한다고 해보세. 그때 공직에 있는 어떤 속된 남자가 와서 청년에게 이렇게 말하는 거야. "젊은이, 사랑은 인간적인 마음이야. 자네는 인간적으로 사랑을 표현해야 할 것 같네. 시간을 쪼개서 일을 하다가 여가 시간이 생기면 그때 자네 애인에게 헌신하게나. 자네의 재산도 계산해 본 다음 꼭 필요한 데 쓸 돈을 제외한 금액 안에서 애인에게 선물하게. 그런다면 말리지 않겠네. 단, 너무 자주는 안 돼. 생일이나 영명 축일(靈名祝日) 같은 때에만 주도록 하게." 그 젊은이가 이 말을 따른다면 쓸모 있는 청년이 될 것이고, 나라도 어떤 영주에게나 그 사람에게 관직을 주라고 추천할 거야. 하지만 그의 사랑은 그대로 끝이겠지. 예술가라면 예술이 끝나는 것이고 말이야. 아, 벗들이여! 왜 천재라는 큰 물길이 도무지 터져 나오지 못하는 것인가. 그 물길이 높은 물결로 밀려와서 놀라는 그대들의 영혼을 뒤흔들어 놓는 일이 좀처럼 일어나지 않는 것인가. 벗들이여, 그 강의 양쪽에는 냉철한 인간들이 살고 있네. 그들은 자기들 정원의 정자나 튤립 화단, 채소밭이 무너질까 봐 제때에 둑을 쌓고 물길을 돌려 앞날의 위험을 미리 저지하는 방법을 알아.

5월 27일
너무 흥분한 나머지 비유와 장광설을 정신없이 늘어놓느라고 그 아이들과 그다음에 어떤 일이 있었는지 자네에게 전부 얘기하지는 못했군. 어제 편지에서 부분적으로 설명했던 것처럼 나는 화가로서의 감정에 완전히 빠진 채 두 시간 정도 쟁기 위에 앉아 있었어. 그러다 저녁 무렵이 되자 한 젊은 여자가 아이들을 향해 달려오더군. 아이들은 시간이 지나도 꼼짝하지 않고 그대로 앉아 있었어. 팔로 바구니를 든 여자가 멀리서 소리쳤어. "필립스, 정말 착하구나!" 그러고는 내게 인사했지. 나도 거기에 답하며 일어났고 그녀에게 다가가 애들 엄마냐고 물었지. 여자는 그렇다고 대답하고는 큰애에게 빵 반쪽을 주었네. 그러고 나서 어린애를 받아 안아서 어머니의 사랑을 가득 담은 입맞춤을 했네. 여자가 말했어. "필립스에게 어린애를 맡기고 큰아들이랑 시내에 갔었어요. 흰 빵이랑 설탕, 죽을 끓일 질냄비를 사러 갔지요." 덮개가 떨어져 나간 바구니 안에는 그것들이 전부 들어 있었어. "우리 한스에게(어린애가 한스였네.) 저녁에 수프를 끓여 주려고요. 어제 개구쟁이 큰애가 필립스랑 눌어붙은 죽 찌꺼기를 서로 먹겠다고 다투다가 냄비를 깨뜨렸지 뭐예요." 큰애는 어디 있느냐고 묻자 애들 엄마가 풀밭에서 거위들을 쫓아다니는 중이라고 했네. 그 말이 끝나자마자 큰아들이 뛰어와 둘째에게 개암나무 가지를 건네주었어. 나는 애들 엄마와 계속 얘기를 나누었고, 그녀가 학교 선생님의 딸이고 애들 아버지는 사촌의 유산을 상속받기 위해서 스위스에 갔다는 것을 알게 되었네. "그 사람들이 남편을 속이려고 했어요. 남편의 편지에 답장도 하지 않았거든요. 그래서 직접 그리로 갔죠. 남편에게 나쁜 일만 없었으면 좋겠어요. 아직 아무 소식이 없거든요." 그대로 자리를 뜨기에는 마음이 불편해서 나는 두 아이에게 1크로이처씩 쥐여 주고, 그녀에게도 막내 몫이라며 1크로이처를 주었네. 그러면서 시내에 갈 때 수프에 곁들일 빵이라도 하나 사주라고 말하고는 헤어졌네.

친구여, 마음을 도저히 다잡을 수 없을 때 이런 사람을 보면 소란스럽던 마음이 가라앉곤 한다네. 이런 사람이란 행복하고 느긋한 마음으로 좁은 범위 안에서 살아가고, 그럭저럭 하루하루를 보내고, 떨어지는 낙엽에 겨울이 온다는 것 외에 다른 일을 생각하지 않는 사람이야.

그때 이후로도 종종 나는 여관 밖에 앉아 있었고, 그러는 사이 아이들과 아주 친해졌다네. 커피를 마실 때면 아이들은 내게 설탕을 얻어먹고, 저녁이면 버터 바른 빵과 발효 우유를 나와 나눠 먹는다네. 일요일에는 거르지 않고 아이들에게 1크로이처씩 주고 있고, 예배가 끝나고 그곳에 가지 못할 때는 여주인에게 대신 돈을 주라고 부탁해 두었어.

아이들은 나와 허물없는 사이가 되어 별별 이야기를 다 한다네. 특히 마을 아이들이 더 많이 모일 때 아이들은 내게 더 애착을 보이고 자기들이 원하는 바를 솔직하게 터놓고 얘기한다네. 그런 일들에 나는 즐거워지네.

"애들이 나리를 성가시게 할 텐데요."라고 걱정하는 애들 어머니를 안심시키느라 아주 힘이 들었어.

5월 30일

일전에 자네에게 했던 그림 얘기는 분명 문학에도 해당되네. 문학을 대할 때, 우리는 가장 탁월한 것이 무엇인지 인지하고 과감히 표현해야만 하지. 물론 이 짧은 몇 마디에는 많은 것이 함축되어 있네. 오늘 본 극적 장면을 순수하게 옮겨 쓸 수만 있었다면 세상에서 가장 아름다운 전원시가 탄생했을 거야. 그런데 문학은 무엇이고, 극적 장면과 전원시는 또 무엇이란 말인가? 우리가 자연 현상에 공감하려면 꼭 자연을 손질하고 가공해야만 할까?

앞부분을 읽고 매우 고귀하고 품격 높은 얘기를 기대했다면 자네는 또 속은 것일세. 내가 이렇게 절실하게 공감하면서 매료당한 사람은 다름 아닌 청년 농부거든. 나는 이번에도 평소처럼 이야기를 제대로 전달하지 못할 것이고, 자네는 내가 여느 때처럼 과장한다고 생각하게 될 거야. 또 발하임에서의 일인데, 이런 흔치 않은 일들은 항상 발하임에서 일어나는군.

보리수나무 아래에서 커피를 마시며 몇몇 사람들과 어울리고 있었네. 그 무리가 나와 잘 맞지 않아서 핑계를 대고 따로 물러나 있었지.

그때 이웃집에서 젊은 농부가 나오더니 쟁기로 열심히 뭔가를 고쳤어. 그건 내가 최근에 그렸던 쟁기였어. 나는 그 젊은이에게 호감이 생겨서 다가가 말을 걸었고 그의 형편에 대해 이것저것 물었다네. 우리는 금세 친해졌고, 이런 사람들과 사귈 때 늘 그렇듯이 곧 그와도 허물없는 사이가 되었어. 청년은 자기가 어느 과부의 집에 고용되어 있는데 여주인의 대우가 아주 좋다고 했어. 청년은 여주인에 대한 이야기와 칭찬을 아주 많이 했어. 그가 몸과 마음을 다 바쳐 그 여주인을 좋아하고 있다는 것을 곧바로 알아차릴 수 있었네. 그의 말에 의하면 여주인은 젊지도 않고 첫 번째 남편한테서 천대를 받은 탓에 앞으로 재혼할 생각은 없다고 했네. 여주인이 얼마나 아름답고 매력적으로 보이는지, 또 그녀가 자기를 선택해 주기를 얼마나 간절히 원하는지를 이야기할 때 그의 얼굴은 눈에 띄게 빛났어. 그녀가 자신을 선택만 해준다면, 자기가 첫 번째 남편의 잘못에 대한 기억을 말끔히 씻어 줄 수 있다고도 말했지. 이 사람의 순수한 애착과 사랑과 진심을 자네에게 생생하게 전달하려면 그 사람의 말 한 마디 한 마디를 그대로 옮겨야만 해. 내게 정말 가장 위대한 시인의 재능이 있어야만 그의 몸짓에서 읽을 수 있는 표현, 목소리의 조화로움, 눈빛에서 드러나는 은밀한 불꽃까지 선명하게 묘사할 수 있을 걸세. 아니, 그의 행동과 표정 전체에서 풍기는 부드러움은 어떤 말로도 표현하지 못할 것 같군. 내가 몇 가지를 말로 구현해 낼 수 있다 해도 그 표현들은 모두 졸렬하고 서툴 뿐이야. 혹여 내가 여주인과 자신이 차이가 지는 사이라고 생각하거나 그녀의 바른 행실에 대해서 의심을 품을까 봐 걱정하는 그의 모습은 특히 감동적이었다네. 또 그녀의 모습에 대해서, 젊음의 매력 없이도 그의 마음을 강하게 끌어당기고 사로잡은 그녀의 육체에 대해서 이야기할 때 그가 얼마나 매력적으로 보였는지는 오직 나의 가장 깊은 영혼 속에서만 재현할 수 있을 걸세. 이제까지 살면서 절실한 욕망과 뜨거운 갈망이 그토록 순수해 보인 적이 없었네. 아니, 이렇게 순수하게 생각하거나 꿈꿔 본 적도 없었다고 말하는 게 적당할 것 같군. 그 순진무구함과 진실함을 회상하면 내 영혼의 가장 깊숙한 곳에서 뜨거운 열정이 솟구치고, 어디를 가도 충실하고 다정한 그의 모습이 머릿속을 떠나질 않는군. 그리고 그 열정의 불길이 옮은 것처럼 나도 애타는 갈망을 느낀다네. 자네에게 이런 말을 한다고 나를 탓하지 말아 주게.

나는 가능한 빨리 그녀도 만나 보려고 하네. 아니, 다시 잘 생각해 보니 그러지 않는 게 더 나을 것 같네. 사랑하는 사람의 눈으로 그녀를 보는 게 더 좋겠어. 직접 만나면 지금 떠올리는 모습과 다르게 보일 텐데, 굳이 그 아름다운 인상을 해칠 필요가 있겠는가.

6월 16일

왜 편지를 쓰지 않느냐고? 그런 질문을 하는 것을 보면 자네는 역시 학자야. 미루어 생각해 보면 그만인데 말이야. 나는 잘 지내고 있어. 거기다…… 간단히 얘기하자면 우연히 알게 된 한 사람이 내 마음에 들어오기 시작했네. 아니…… 모르겠어.

세상에서 가장 사랑스러운 사람들 중 하나인 그 사람을 어떻게 알게 되었는지 일목요연하게 얘기하기는 어려울 것 같네. 나는 지금 너무 즐겁고 행복한 데다가 훌륭한 역사 서술가도 아니라서 말이야.

천사! 아니지! 누구나 자기 애인을 그렇게 말하지! 그렇지 않은가? 그런데 그녀가 얼마나 완벽한지, 왜 완벽한 존재인지를 설명할 길이 없군. 그녀에게 마음을 완전히 사로잡혔다는 말이 정확하겠군.

그토록 이성적이면서도 아주 순진하고, 또 그토록 의연하면서도 아주 자비롭고, 진정한 생명력과 활동력을 갖고 있으면서도 평온한 영혼을 지닌 사람…….

이런 묘사는 전부 뻔뻔한 헛소리일 뿐이야. 그녀의 본질적인 특징을 하나도 표현하지 못하는 괴로운 추상적 개념에 불과하다네. 다른 기회에…… 아니, 다음으로 미루지 않고 지금 곧바로 자네에게 얘기하겠네. 지금이 아니라면 절대 털어놓지 못할 것 같거든. 우리 사이니까 하는 말인데, 이 편지를 쓰기 시작하면서 벌써 세 번이나 펜을 내려놓고 안장을 얹은 말에 올라타서 밖으로 달려 나갈 뻔했네. 오늘 아침 일찍 말을 타고 나가지 않겠다고 결심을 했는데도 매 순간 창가로 가서 해가 얼마나 높이 떠 있는지 확인했다네.

내 마음을 이기지 못하고 결국 그녀에게로 갔어. 빌헬름, 지금은 되돌아와 버터 바른 빵을 저녁으로 먹으면서 자네에게 편지를 쓰려 하네. 귀엽고 쾌활한 여덟 명의 동생들과 어울리는 그녀의 모습이 내 영혼에 얼마나 큰 기쁨으로 다가오는지!

내가 계속 이런 식으로 얘기를 하면, 자네는 편지를 다 읽고 난 후에도 처음과 마찬가지로 도대체 뭐가 뭔지 알 수가 없겠지. 자, 들어 보게. 이제 억지로라도 자세히 써보겠네.

일전에 내가 S 법무관을 알게 되었다는 얘기, 그분이 내게 당신의 은둔처, 아니 작은 왕국이라고 할 수 있을 거처에 조만간 한번 찾아오라고 청했다는 얘기를 편지에 썼었지. 나는 그 일을 거의 잊고 있었네. 만약 이 고요한 지방에 숨겨진 보물을 우연히 발견하지 않았다면 아마 그곳에 가지 않았을 거야.

이곳의 젊은이들이 시골에서 무도회를 연다고 해서 나도 기꺼이 참석하겠다고 했었네. 이 지방의 한 아가씨에게 파트너가 되어 달라고 청했지. 착하고 예쁘지만 그 이상의 의미는 없는 아가씨였어. 내가 마차를 빌려서 파트너와 그녀의 사촌 언니를 태워 무도회장으로 가기로 했고, 가는 길에 샤를로테 S라는 여성도 태워 주기로 했네. 나무들을 베어 내 휑해진 넓은 숲을 지나서 사냥 별장을 향해 달리고 있을 때 파트너가 말했어. "곧 아름다운 여인이 나타날 거예요." 그 말에 파트너의 사촌 언니가 "사랑에 빠지지 않게 조심하세요!"라고 덧붙이더군. 내가 "왜요?"라고 묻자 내 파트너가 대답해 주었어. "벌써 약혼했거든요. 약혼자는 아주 반듯한 사람이에요. 아버님이 세상을 떠나신 후 여러 가지 일을 처리하고, 상당한 봉급을 받는 일자리에 지원하느라 지금은 여기에 없지만요." 사실 나랑 상관없는 이야기였지.

우리가 사냥 별장 대문 앞에 도착했을 때, 15분 뒤면 해가 질 것 같았어. 아주 무더운 날이었네. 여자들은 소나기가 쏟아질 것 같다며 걱정하고 있었어. 저 먼 지평선 위의 어슴푸레한 먹구름 속에 숨어 있는 뇌우가 금방이라도 몰려올 듯했지. 사실은 나도 날씨 때문에 무도회의 흥이 깨질 수도 있겠다는 예감이 들었지만, 기상학을 좀 아는 척 거들먹거리며 걱정하는 여자들을 달래 주었네.

내가 마차에서 내리자 한 하녀가 대문으로 왔어. 그리고 로테 아가씨가 곧 나오실 거니 우리에게 잠깐만 기다려 달라고 하더군. 나는 마당을 거쳐 잘 지어진 건물 쪽으로 걸어갔고, 앞쪽 계단을 통해 현관으로 들어섰지. 그러자 지금까지 한 번도 본 적 없는 정말 매혹적인 광경이 내 눈에 들어왔네. 자태가 아름다운 아가씨를 두 살부터 열한 살 사이로 보이는 아이들 여섯이 에워싸고는 현관 마루에서 분주히 움직이고 있었네. 흑빵을 손에 든 그 아가씨는 중간 정도 키였고, 팔과 가슴에 연분홍색 리본이 달린 소박한 흰색 원피스를 입고 있었어. 그녀는 둘러서 있는 각 아이들의 나이와 먹성에 맞게 적당히 빵을 잘라 한 명 한 명에게 너무나 다정하게 건네주었어. 그녀가 빵을 자르기도 전에 아이들은 작은 두 손을 높이 뻗으면서 꾸밈없는 모습으로 "감사합니다!" 하고 외치더라고. 어떤 아이는 저녁에 먹을 빵을 받아 들고 만족한 모습으로 뛰어가고, 또 어떤 조용한 아이는 차분하게 현관으로 다가와 로테가 타고 갈 마차와 낯선 손님들을 구경했네. "용서하세요. 번거롭게 여기까지 오시게 한 데다 숙녀분들을 기다리게 했네요. 집을 비우기 전에 해두어야 하는 집안일들을 하고 옷을 갈아입느라 아이들에게 빵 나눠 주는 걸 깜빡했어요. 아이들이 저 아닌 다른 사람이 잘라 주는 빵을 좋아하지 않거든요." 나는 그녀에게 그저 그런 인사말을 건넸는데, 그때 나의 정신은 온통 그녀의 모습과 목소리와 몸짓에 쏠려 있었네. 그녀가 방 안으로 뛰어가 장갑과 부채를 가져오는 동안에야 놀란 마음을 진정시킬 여유가 생겼지. 어린아이들이 몇 걸음 물러나 옆에서 나를 쳐다보고 있었어. 그래서 가장 어린 아이, 아주 행복한 얼굴을 한 막내에게로 다가갔는데 아이가 뒤로 물러나더군. 그때 막 로테가 문밖으로 나오면서 말했어. "루이

스, 친척 아저씨와 악수해야지." 그러자 사내애가 내게 선뜻 손을 내밀었어. 아이의 코에서 콧물이 약간 흘러나왔지만 상관하지 않고 아이에게 진심으로 입맞춤해 주었네. 내가 로테에게 악수를 청하면서 말했어. "친척이요? 제가 당신과 친척 사이가 되는 행운을 누릴 자격이 있다고 생각하시는 건가요?" 그 말에 로테가 살짝 미소를 지으면서 말했지. "저런! 저희는 일가친척이 굉장히 많아요. 그중에서 가장 자격 없는 분이시라니 유감인데요." 그녀는 걸어가면서 소피에게 어린 동생들을 잘 보살피고 말을 타고 산책 나가신 아버지께서 돌아오실 때 인사를 전하라고 당부하더군. 소피는 그녀의 제일 큰 동생인데 열한 살쯤 되어 보였어. 그리고 로테는 어린 동생들에게 소피가 큰누나, 큰언니인 것처럼 말을 잘 들어야 한다고도 말했지. 어린애들 몇몇이 꼭 그렇게 하겠다고 약속했어. 하지만 여섯 살쯤으로 보이는 금발의 어린 여동생은 "소피 언니는 로테 언니가 아니잖아! 우린 큰언니가 더 좋아!"라고 당차게 말하더군. 사내애들 중에서 큰애 둘은 마차 뒤쪽으로 기어 올라갔어. 내가 숲으로 들어가기 전까지만 태워 주자고 부탁하자 로테는 아이들에게 장난치지 않고 단단히 붙잡고 있겠다는 약속을 받고서야 그 제안을 허락했네.

우리가 자리를 잡고 앉자마자 여자들은 반갑게 인사를 나누고 서로의 옷, 특히 모자에 대해서 얘기들을 주고받았고, 무도회에서 만날 것으로 기대되는 사람들에 대한 얘기도 꽤 오래 했네. 그때 로테가 마차를 세우고 동생들을 내리게 했지. 동생들은 다시 한 번 누나의 손등에 입을 맞추고 싶어 했어. 둘 중 형은 열다섯 살 나이에 어울릴 만한 태도로 다정하게, 동생은 과격하지만 가볍게 입을 맞추며 작별 인사를 했네. 로테는 어린 동생들에게 인사를 전하라고 또 한 번 남동생들에게 당부했고 우리는 가던 길을 계속 달렸네.

파트너의 사촌 언니가 로테에게 일전에 보낸 책을 다 읽었냐고 물어 보았어. 로테가 "아니요. 책이 마음에 들지 않더라고요. 다시 돌려 드릴 게요. 지난번 책도 썩 괜찮진 않았어요."라고 대답하더군. 그게 어떤 책들인지 물어보았는데, 로테의 대답[9]을 듣고 나는 깜짝 놀랐네. 로테의 말에서는 모두 개성이 묻어났어. 그녀의 한 마디 한 마디에서 새로운 매력이 뿜어져 나왔고, 그녀의 표정에서 발산되는 새로운 정신의 빛줄기도 보였네. 내가 자기 말을 이해한다는 사실을 느꼈기 때문에 로테의 얼굴이 점점 더 흡족한 빛을 띠고 환히 피어나는 것 같았네.

로테가 말했네. "지금보다 조금 더 어렸을 때는 소설을 제일 좋아했답니다. 일요일마다 구석진 곳에 앉아서 미스 제니 같은 인물의 행복과 불운을 온 마음으로 공감했죠. 소설을 읽을 때 얼마나 행복했는지…… 제가 아직도 그런 종류의 책을 약간 매력적으로 느낀다는 점은 부정하지 않겠어요. 하지만 이제 책을 들게 되는 일이 너무 드물다 보니 제 취향에 꼭 맞는 책이어야 읽게 된답니다. 저는 그 사람의 내면에서 저의 세계를 찾을 수 있는 작가를 제일 좋아합니다. 작품 속 사건들이 제 주변의 일들과 비슷하고, 또 그의 이야기가 제 가정생활처럼 흥미롭게 느껴지면 그 작가를 제 가슴에 담는답니다. 제 가정생활이 낙원에서의 생활 같지는 않겠지만, 전체적으로 보자면 이루 말할 수 없는 행복의 원천이거든요."

나는 로테의 말에서 감동을 느꼈지만 애써 감추었다네. 하지만 그리 오래가진 못했지. 로테가 지나가는 말로 〈웨이크필드의 목사〉와 ○○

---

9) 누군가 불만을 제기하는 일을 막기 위해 편지 속에서 이 부분을 밝히지 않을 수밖에 없습니다. 물론 근본적으로는 어떤 작가도 일개 젊은 여성의 평가라든가 변덕스러운 젊은이의 평가를 중요하게 생각하지 않겠지만 말입니다_원주.

에 대해서[10] 진정성 있는 얘기를 하자 내가 그만 자제력을 잃고 해야 할 말을 전부 얘기해 버렸지 뭔가. 잠깐 뒤에 로테가 화제를 돌려 다른 두 동행에게 말을 걸었어. 그때야 그 두 사람이 눈만 크게 뜬 채 마치 그 자리에 없는 듯이 한참을 앉아 있었다는 사실을 깨달았지. 내 파트너의 사촌 언니가 약간 비웃는 듯한 표정으로 여러 번 나를 쳐다보았지만, 그런 건 내게 전혀 중요하지 않았어.

대화 주제는 이제 춤의 즐거움으로 넘어갔네. "만일 이 열정이 잘못이라 해도 춤만큼 즐거운 것이 없다고 저는 기꺼이 여러분께 말할 수 있어요. 그리고 이런저런 생각으로 머릿속이 복잡할 때, 조율되지 않은 제 피아노로 콩트르당스를 한 곡 치고 나면 다시 전부 괜찮아진답니다."

대화하면서 그녀의 검은 두 눈을 바라보는 일이 얼마나 즐겁던지, 그리고 생기 있는 입술, 생생하게 상기된 두 뺨에 내 온 영혼이 얼마나 빨려들던지…… 그녀가 하는 이야기의 멋진 의미에 푹 빠져 그것을 표현해 내는 말 자체는 간간이 놓치기도 했다네. 나를 잘 아니까 자네는 이 모든 것을 상상할 수 있겠지. 간단히 말하자면, 무도회장 앞에 도착해 마차에서 내렸을 때 나는 마치 꿈을 꾸고 있는 듯했네. 주위가 어둑어둑해질 때까지 나는 정신없이 꿈속을 헤매느라 환하게 불이 켜진 연회장 위쪽에서 우리 쪽으로 울려오는 음악 소리도 거의 듣지 못했어.

신사 두 명이 마차 앞에서 우리를 맞이했네. 한 사람은 아우드란 씨, 또 다른 한 사람은 이름 모를 신사였는데 — 모두의 이름을 누가 다 기억할 수 있겠나. — 이들이 사촌 언니와 로테의 파트너였어. 두 사람이

---

10) 여기에서도 독일 작가 몇 사람의 이름을 삭제했습니다. 로테의 찬사에 공감한 사람이라면 이 부분을 읽을 때 분명 가슴으로 느껴지는 이름들이 있을 것입니다. 그렇지 않은 사람이라면 그 작가들의 이름을 알 필요가 없습니다_원주.

자기 파트너와 함께 앞서가고 그 뒤를 이어 나와 내 파트너도 연회장으로 올라갔네.

우리는 미뉴에트에 맞춰 서로를 휘감아 돌면서 춤을 추었네. 나는 한 명 한 명 돌아가며 춤을 청했네. 하필 견디기 어려운 여성들일수록 다른 남자에게 손을 건네주어 나와의 춤을 끝내려 하지 않았네. 로테와 그녀의 파트너가 영국식 춤을 추기 시작하면서 우리와 같은 대열 안으로 들어왔을 때 내가 얼마나 좋았을지 자네는 느낄 수 있을 거야. 그녀가 춤추는 모습을 꼭 봐야 하네. 마음과 영혼을 다해 춤을 추는 그녀의 모습은 온몸이 조화를 이루고, 어떤 근심이나 얽매인 것도 없는 듯 보여. 마치 그게 정말 전부라는 듯, 다른 것은 일절 생각하거나 느끼지 않는다는 듯 춤을 춘다네. 그 순간 그녀 앞에는 춤 이외의 다른 것들이 사라지는 게 분명해.

그녀에게 두 번째 콩트르당스를 청했더니, 세 번째 곡을 함께 추자고 했네. 그녀는 세상에서 가장 친절하고 솔직한 모습으로 자기는 독일 춤을 정말 좋아한다고 똑똑히 밝히고는 이야기를 이어 나갔어. "독일 춤은 파트너를 바꾸지 않고 첫 파트너와 계속 추는 것이 요즘 이곳의 풍조랍니다. 그런데 제 파트너는 왈츠가 미숙하니 왈츠를 추는 수고를 덜어 준다면 저에게 고마워할 거예요. 그리고 당신의 파트너 역시 왈츠를 잘 추지 못하고 좋아하지도 않는답니다. 제가 영국식 춤을 출 때 보니 당신은 왈츠에 능숙하시더군요. 만약 독일 춤을 저와 함께 추고 싶으시다면 제 파트너에게 부탁해 보세요. 저는 당신 파트너에게 부탁할게요." 나는 그러겠노라고 약속했고, 얘기가 잘 끝나 우리가 왈츠를 추는 동안 로테의 파트너가 내 파트너와 담소를 나누기로 했네.

이제 우리는 춤을 추기 시작했고 다양한 방식으로 팔을 휘감으며 한

동안 즐거운 시간을 보냈지. 로테의 움직임이 얼마나 매력적이고 경쾌하던지! 왈츠를 추는 순서에 우리는 천체가 돌 듯 빙글빙글 돌았네. 그런데 처음에 잠깐만 그럴 수 있었어. 왈츠에 능숙한 사람이 거의 없어서 약간 뒤죽박죽이었거든. 그래서 우리는 사람들이 지칠 때까지 잠시 내버려 두자는 판단을 빠르게 내렸네. 잠시 후 아주 서툰 사람들이 홀에서 비켜났을 때 우리는 다시 왈츠를 추기 시작했고, 끝까지 남은 커플은 우리 말고는 아우드란과 그의 파트너뿐이었어. 나는 그렇게 날아갈 듯 춤을 춰본 적이 없었어. 마치 내가 사람이 아닌 것 같았네. 세상에서 가장 사랑스러운 사람을 내 품에 안고 바람처럼 빙빙 날아다니다 보니 주위의 모든 것이 다 사라져 버린 것 같았네. 빌헬름, 그때 내가 한 맹세를 솔직하게 고백하지. 그녀와 함께 춤을 춘 특권을 가진 내 앞에서 사랑하는 그녀가 다른 사람과 왈츠를 추게 하지는 않겠다고 다짐했네. 그것 때문에 파멸할 수밖에 없다 해도 말일세. 자네는 이런 나를 이해해 주겠지!

우리는 가쁜 숨을 진정시키느라 천천히 홀을 몇 바퀴 돌았네. 그러고 나서 로테가 자리에 앉았고 나는 겨우 몇 개밖에 남아 있지 않던 오렌지 조각을 살짝 가져왔네. 로테가 기운을 차리는 데 오렌지가 탁월한 역할을 했지. 다만, 그녀가 옆에 있는 염치없는 여자에게 예의상 오렌지 조각을 나눠 줄 때마다 심장이 콕콕 찔리는 것 같았네.

세 번째 영국식 춤을 출 때 우리는 두 번째 커플이 되었네. 대열을 만들어 춤출 때 내가 그녀의 팔을 잡고 눈을 바라보며 얼마나 큰 행복감에 젖었는지 모를 걸세. 로테의 눈은 순수한 즐거움을 숨기지 않고 그대로 진실하게 드러내고 있었지. 춤을 추면서 어느 부인을 스쳤는데, 그리 어려 보이는 얼굴은 아니었지만 애교 있는 표정 때문에 눈에 띄었어. 우리를 지나칠 때 그 부인이 미소 띤 얼굴로 로테를 바라보며 약간 겁을 주듯 손가락 하나를 치켜들고는 의미심장한 어조로 알베르트라는 이름을 두 번이나 말하더군.

　로테에게 물었네. "이런 질문이 실례가 될지 모르겠지만, 알베르트가 누구인가요?" 로테가 막 대답하려고 했을 때 우리는 큰 8자 대형을 만들어야 해서 서로 떨어져야 했네. 그렇게 서로 엇갈리며 지나칠 때 나는 그녀에게서 생각에 골몰한 모습을 본 것 같았어. "당신에게 말하지 못할 이유가 어디 있겠어요." 그녀가 프롬나드 자세를 취하려고 내게 손을 건네면서 말했네. "알베르트는 훌륭한 사람이에요. 그 사람과 저는 약혼한 사이나 마찬가지랍니다." 사실 그 이야기를 처음 듣는 건 아니었어. 오는 길에 마차 안에서 숙녀들에게 들었으니 말일세. 그런데도 이 말이 내게 새롭게 들리는 것은, 그때는 이 잠깐 사이 너무도 소중해진 그녀와 그 얘기를 관련지어 생각하지 못했기 때문이었지. 내가 너무 당황한 데다 정신까지 없어져서 대열에서 짝을 잘못 찾아 들어가는 바람에 모두가 우왕좌왕하게 되었어. 그때 로테가 중심을 잡고 사람들을 당기고 끌어 주어서 다시 빠르게 수습될 수 있었네.

　우리는 한참 전에 지평선에서 번쩍이는 번개를 보았었고, 나는 계속 마른번개일 뿐이라고 둘러댔었지. 그런데 무도회가 채 끝나기도 전에 훨씬 더 강한 번개가 내리치기 시작했고 천둥소리에 음악 소리가 묻혀 버렸네. 세 여성이 대열에서 빠져나갔고 남자 파트너들이 그 뒤를 따라가면서 전체적으로 분위기가 어수선해졌고 음악도 중단되었네. 즐거운 분위기 속에 있다가 불행이나 공포에 놀라게 되면, 자연스럽게 다른 때보다 더 강한 인상을 받아. 이렇게 되는 첫째 이유는 극도의 차이가 생생하게 느껴지기 때문이고, 더 큰 이유는 우리 감각이 한번 열려 감수성이 풍부해진 상태에서는 어떤 인상을 더 빠르게 받아들이기 때문일 거야. 내가 본 몇몇 여자들의 얼굴이 이상하게 일그러진 것도 그런 이유일 테지. 그중 가장 현명한 여자는 등이 창 쪽을 향하도록 구석에 앉아서 손으로 귀를 막았어. 또 다른 여자는 첫 번째 여자 앞에 무릎을 꿇고 그 여자의 무릎에 얼굴을 묻었고, 세 번째 여자는 눈물을 줄줄 흘리면서 둘 사이에 끼어 들어가 두 사람을 안았어. 몇몇 여자는 집에 가고 싶어 했고, 또 다른 몇몇은 어찌해야 할지 몰라 했고, 술기운이 오른 젊은이들의 대담한 행동을 막을 정신도 없어 보였네. 젊은이들은, 안절부절 어찌할 바를 모르고 하늘을 향해 불안한 기도를 올리는 여자들의 입술을 훔치느라 바쁜 것 같아 보였지. 몇몇 신사들은 조용히 파이프 담배를 피우기 위해 아래로 내려갔어. 여주인이 현명하게도 덧창과 커튼이 있는 방으로 자리를 옮기자고 제안했고 남아 있던 일행은 그것을 받아들였네. 우리가 그 방으로 들어가자마자 로테는 바삐 의자들을 둥글게 놓게 하고 거기에 사람들을 앉히더니 게임을 하자고 제안했어.

몇 사람이 짜릿한 벌칙을 기대하면서 입술을 뾰족 내밀고 팔다리를 쭉 뻗는 것도 보이더군. 로테가 입을 열었네. "우리 숫자 세기 놀이를 해요. 자, 잘 들으세요. 제가 오른쪽에서 왼쪽으로 빙 돌면서 걸어갈 거예요. 그럼 여러분은 각자 자기 차례에 숫자를 부르세요. 아주 빠르게 이어져야 해요. 더듬거리거나 숫자를 틀리게 말하면 저에게 따귀를 한 대 맞을 거니까요. 자, 그럼 천까지 해봐요." 꽤 재미있어 보였네. 로테는 팔을 앞으로 뻗은 채 걸어 다녔어. 첫 번째 사람이 "하나!" 하고 시작했고, 옆 사람이 "둘!", 그다음 사람이 "셋!", 그렇게 계속 이어 갔지. 그러면서 로테가 걷는 속도를 높였고, 걸음은 점점 더 빨라졌어. 한 사람이 실수를 하자 따귀를 한 대 찰싹! 그다음 사람도 웃음이 터져서 역시 따귀를 한 대 찰싹! 게임은 점점 더 빠르게 진행되었어. 나도 두 대를 맞앉는데 로테가 다른 사람보다 나를 더 세게 때려서 내심 즐거워졌다네. 사람들 모두 큰 소리로 웃고 정신없이 떠드는 바람에 천까지 다 세기도 전에 게임이 끝나 버렸네. 친한 사람들끼리 어울리며 자리를 옮겼고, 그 사이 뇌우는 이미 지나갔어. 나는 홀로 로테를 따라 들어갔네. 로테가 이렇게 말했어. "사람들이 따귀 때문에 천둥 번개가 친 걸 완전히 잊어 버렸어요!" 나는 아무 대답도 할 수 없었네. 그녀가 다시 입을 열었지. "사실 저도 천둥 번개가 무서웠어요. 그런데 다른 사람들에게 용기를 주려고 대담한 척했더니 용감해졌답니다." 우리는 창가로 걸어갔네. 천둥소리는 점점 멀어졌고 기분 좋은 보슬비가 땅을 적시고 있었네. 따뜻한 공기가 가득한 가운데 기분을 상쾌하게 만드는 좋은 향기가 우리 쪽으로 올라왔지. 로테는 창틀에 팔꿈치를 괸 채 서 있었는데, 그녀의 시선이 주위를 꿰뚫는 것 같았네. 로테가 하늘을 올려다보고 나서 나를 쳐다보았는데 그녀의 눈에는 눈물이 그렁그렁했네. 그녀가 자기 손을 내 손위에 얹으며 말했어. "클롭슈토크[11]!" 그 말을 듣자마자 나는 곧바로 그녀가 생각하는 장엄한 송가를 떠올렸고, 그녀가 이 암호 한 마디로 내게 쏟아부은 감정의 격랑 속에 빠져 버렸네. 나는 더 이상 참지 못하고 그녀에게로 몸을 구부렸고, 충만한 황홀감에 눈물을 흘리며 그녀의 손에 키스했네. 그리고 다시 로테의 눈을 바라보았어. 아, 고귀한 시인이시여! 당신을 숭배하는 이 눈길을 보셨더라면……! 저는 당신의 이름을 함부로 입에 올리며 고결함을 모독하는 사람들의 말을 이제 다시는 듣고 싶지 않습니다.

---

11) Klopstock. 괴테보다 앞선 세대의 독일 시인으로 괴테, 릴케 등의 작가들에게 영향을 끼친 프리드리히 고틀리프 클롭슈토크(Friedrich Gottlieb Klopstock, 1724~1803)를 말한다.

6월 19일

지난번에 내가 어디까지 얘기했는지 모르겠네. 잠자리에 들었을 때가 새벽 2시였다는 건 알겠어. 만약 편지로 쓰지 않고 자네를 앞에 앉혀 두고 떠들어 댈 수 있었다면, 자네는 아마 날이 샐 때까지 내게 붙잡혀 있었을 거야.

무도회에서 돌아오는 길에 우리에게 어떤 일이 있었는지는 아직 이야기하지 않았는데 오늘도 거기에 대해 말할 시간은 없을 것 같네.

그날 일출은 가히 장관이라 할 수 있었네. 숲속 나무에서는 물방울이 똑똑 떨어졌고 주변의 들판은 아주 싱그러웠어! 우리와 함께 온 두 여성은 깜빡 잠이 든 상태였지. 로테가 내게 자기는 신경 쓰지 말고 졸리면 눈을 좀 붙이라고 하더군. 나는 그녀를 빤히 쳐다보며 말했네. "당신이 눈을 뜨고 계신 동안에는 잠들지 않을 겁니다." 그렇게 우리 두 사람은 그녀의 집 앞에 다다를 때까지 깨어 있었네. 하녀가 조용히 문을 열어 주었어. 로테가 아버지와 아이들에 대해 묻자 하녀는 모두 잘 있고 아직 자는 중이라고 확인해 주었어. 그녀와 헤어질 때 나는 오늘 바로 찾아와도 되겠냐고 물었어. 로테가 괜찮다며 허락해 주었고 나는 그날 바로 찾아갔네. 그 시간 이후에도 해와 달과 별 들은 묵묵히 운행을 계속하고 있겠지만, 나는 낮인지 밤인지 시간도 분간하지 못하겠네. 나를 둘러싼 세상 전부가 점점 사라지고 있어.

6월 21일

하느님께서 성인(聖人)들을 위해 아껴 두신 것같이 행복한 나날을 보내고 있네. 앞으로 내게 어떤 일이 있든 간에 기쁨을, 인생의 가장 순수한 기쁨을 맛보지 않았다고는 말할 수 없을 거야. 자네는 나의 발하임을 알고 있지. 나는 그곳에 완전히 정착했고 30분이면 로테의 집에 갈 수 있어. 그곳에서 나는 나 자신을 느끼고 인간에게 주어진 모든 행복을 느끼고 있네.

발하임을 목적지로 선택해 산책을 다닐 때만 해도 천국이 그곳에서 그렇게 가깝다는 생각이나 했겠는가! 멀리까지 산책할 때면 때로는 산에서, 때로는 평지에서 강 건너로 지금 내 모든 소망을 품은 그 사냥 별장을 얼마나 자주 보았던가!

빌헬름, 여러 가지를 곰곰이 생각해 보았네. 자신을 펼치고 새로운 발견을 하고 이곳저곳 돌아다니고 싶은 인간 내면의 욕망에 대해서. 그리고 다음에도 기꺼이 속박에 몸을 맡기고 습관의 궤도를 따라가면서 어느 쪽도 신경 쓰지 않으려는 내적 충동에 대해서.

정말 놀라웠어. 이곳에서 살게 된 후 언덕에서 내려다본 아름다운 계곡 주변의 풍경이 얼마나 내 마음을 끌어당겼는지……. 저 작은 숲! 아, 숲의 그늘 속으로 섞여 들어갈 수 있다면! 저 산봉우리! 아, 봉우리에 올라 광활한 그 지역을 한눈에 내려다볼 수 있다면! 굽이굽이 이어진 저 구릉들과 친숙한 계곡들! 아, 그 속에 잠길 수 있다면! 나는 그리로 달려 갔네. 그리고 돌아왔지. 원하는 것은 찾지 못했네. 아, 먼 곳은 마치 미래와 같아! 거대하고 온전한 어떤 것이 희미하게 빛나며 우리 영혼 앞에 놓여 있고, 그 안에서 우리의 감각과 눈은 몽롱해지지. 그런데도 우리는 전 존재를 바쳐 위대하면서도 장엄하고 유일무이한 감정의 온갖 희열로 충만해질 수 있기를 동경하지. 아, 그러다가 우리가 달려간 저곳이 이곳이 되면, 모든 것이 예전과 똑같아지네. 우리는 여전히 결핍 안에, 제한된 삶 안에 서 있고, 우리의 영혼은 이미 다 새어 나가 버린 청량제를 갈구하지.

그리하여 세상을 떠돌던 방랑자도 결국 다시 조국이 그리워지는 법이지. 그리고 그는 광활한 세상에서 찾아 헤매던 더없는 행복을 자신의 집에서, 아내의 품에서, 아이들과 어울리면서, 처자식을 먹여 살리기 위해 일하면서 발견하게 되는 것이네.

아침마다 해가 뜨면 나의 발하임으로 가서, 음식점 텃밭에 앉아 내가 먹을 완두콩을 직접 따서 다듬으며 나의 호메로스를 읽는다네. 작은 부엌에서 냄비 하나를 골라 버터를 떠 넣고 완두콩을 불에 올린 후 뚜껑을 덮고 옆에 앉아 가끔씩 완두콩을 저어 주지. 그럴 때 나는 페넬로페[12]의 오만불손한 구혼자들이 황소와 돼지를 토막 내 불에 굽는 장면을 아주 생생하게 떠올린다네. 가부장제 시대의 삶처럼 고요하고 진실한 감정으로 나를 채워 주는 것은 아예 없네. 그런 삶의 모습들을 수수하게 내 생활 방식에 연결시킬 수 있음에 감사할 뿐이지.

직접 키운 양배추를 자기 식탁에 올리는 사람의 소박하고 천진한 기쁨을 내 마음으로 느낄 수 있다는 게 얼마나 행복한지 몰라. 그 사람은 그저 양배추만 식탁에 올리는 게 아니라 양배추를 심고 가꾸던 화창한 아침과 행복한 모든 날들, 양배추에 물을 주고 성장을 보며 기뻐하던 아늑한 저녁, 그 모든 것을 그 순간에 다시 한꺼번에 누리는 것이지.

6월 29일

이곳 시내에 사는 의사가 그저께 법무관의 집에 왔다가 바닥에 앉아 로테의 동생들 틈에서 놀고 있는 나를 보았네. 아이들 몇몇은 내 몸 위로 기어오르려 하고 또 어떤 아이들은 나를 놀리고, 나는 아이들을 간지

---

12) Penelope. 그리스 신화에 나오는 오디세우스의 아내이다. 남편이 트로이 전쟁에 출정하여 돌아올 때까지 20년 동안 많은 귀족에게 구혼을 받았으나 물리치고 정절을 지켰다.

럽히면서 아이들하고 똑같이 큰 소리를 지르며 법석을 떨고 있었지. 대화 중에 소맷부리의 주름 장식을 접고 계속 옷깃의 프릴을 매만지는 걸로 보아 의사는 독단적이고 틀에 박힌 고루한 사람이었어. 그러니 그 사람은 내 행동이 분별 있는 사람의 품위에 어긋난다고 생각했겠지. 의사가 코를 찡긋거리는 것을 보고 그 사실을 알아차렸지만 나는 전혀 개의치 않았어. 의사는 계속 이성적인 일들을 얘기하도록 내버려 두고, 나는 아이들이 부숴 버린 카드 집을 다시 만들어 주었네. 그 이후로 의사는 시내를 돌아다니면서, 법무관의 아이들이 그렇지 않아도 버릇이 없는데 베르터라는 사람이 아이들 버릇을 완전히 망쳐 놓고 있다고 못마땅하게 얘기한다더군.

그래, 빌헬름, 세상에서 내 마음 가장 가까이 있는 존재가 바로 아이들일세. 아이들을 바라보면 그 작은 존재 안에서 그들이 언젠가 긴요하게 사용할 모든 덕성과 능력의 싹을 찾을 수 있네. 아이들의 고집스러운 모습에서는 미래의 확실하고 의연한 성격이 보이고, 변덕스러운 모습에서는 세상의 위험을 빠져나갈 수 있는 훌륭한 유머와 민첩함을 보게 되는 것이지. 아이들은 모두 그토록 천진하고 완전한 존재일세! 아이들의 모습을 보면, 나는 항상, 언제나 인류의 위대한 스승께서 하신 귀한 말씀을 되새긴다네. "너희가 어린아이와 같이 되지 않는다면!" 친구여, 그런데 우리와 동등한 아이들, 오히려 우리의 모범으로 삼아야 할 아이들을 우리는 노예처럼 다루고 있어. 아이들은 어떤 의지를 지녀서는 안 된다고 하면서! 그러면 우리에게도 의지가 없을까? 우리가 그런 특권을 누리는 근거는 어디에 있단 말인가? 우리가 더 나이가 많고 더 분별력이 있어서? 오, 하느님! 하늘에서 볼 때는 나이 든 아이들과 어린아이들일 뿐, 그 이상은 아니지요. 그리고 당신의 아드님께서 이미 오래전에 당신께서 그중 어느 아이들을 보며 더 즐거워하시는지 선포하셨습니다. 그런데 사람들은 그분을 믿으면서도 그분의 말씀은 따르지 않고 — 물론 이것 역시 오래된 얘기긴 하지. — 자신을 모범으로 삼아 자녀를 키우고 있네. 그리고…… 잘 있게, 빌헬름. 여기에 대해서 더 이상 횡설수설하고 싶지 않군.

7월 1일

로테가 환자에게 어떤 의미를 지니는지 심장으로 느끼고 있네. 내 심장은 병상에서 신음하는 누구보다도 좋지 않은 상태일세. 로테는 며칠간 시내의 어떤 정숙한 부인 댁에서 지내게 되었어. 의사들 말에 의하면 세상을 떠날 날이 가까워지고 있다는 그 부인이 마지막 순간에 로테가 자기 옆을 지켜 주기를 원한다는군. 지난주에 로테와 함께 성(聖) ○○ 마을 목사님을 뵈러 갔었네. 그곳은 여기서 한 시간 정도 거리에 있는 산속 작은 마을이지. 우리는 4시쯤 그곳에 도착했네. 로테는 둘째 여동생을 데려왔어. 키 큰 호두나무 두 그루가 그늘을 드리운 목사관 마당에 들어섰을 때 선한 인상의 노인이 현관 옆 벤치에 앉아 있는 게 보였네. 목사는 로테를 보자 새 활기를 얻은 듯 지팡이도 잊고 일어나 그녀에게로 걸어오려고 했네. 로테가 얼른 목사에게 달려가 그를 자리에 앉혔고 자기도 그 옆에 앉아서 아버님의 안부를 전했지. 그러고 나서 로테는 약간 버릇없고 지저분한 사내애를 안아 주었네. 목사의 늦둥이 아들이었어. 그녀가 노인을 돌보는 모습을 자네도 보았어야 하는데…… 로테는 반쯤 귀가 먹은 노인이 잘 들을 수 있게 목소리를 높였네. 그녀는 뜻하지 않게 죽음을 맞은 건장한 젊은이들에 대해 얘기하면서 카를스바트 온천의 뛰어난 효능도 언급했고, 올여름에 카를스바트에 가기로 한 목사의 결정이 훌륭하다고 치켜세워 주었어. 지난번보다 훨씬 좋아 보이고 건강해 보이신다고도 했네. 그동안 나는 목사 부인과 의례적인 인사를 나누고 있었지. 노인은 아주 기분이 좋아 보였네. 내가 우리 위에 기분 좋은 그늘을 만들어 주는 멋진 호두나무를 칭찬하지 않을 수 없다고 하자, 노인은 약간 힘들어하면서도 그 나무의 역사를 설명하기 시작했네. "저 오래된 나무를 누가 심었는지는 우리도 모른다네. 어떤 사람들은 아무개 목사가 심었다 하고, 다른 사람들은 또 다른 목사가 심었다고 하지. 그런데 저 뒤에 좀 더 젊은 나무는 내 아내와 나이가 같아. 시월에 쉰 살이 된다우. 아내는 저녁때쯤 태어났는데 그날 아침에 장인어른께서 저 나무를 심으셨다는군." 목사가 계속 말을 이어 갔네. "장인어른께서는 내 전임자였지. 장인어른이 저 나무를 얼마나 좋아하셨는지는 말로 다 표현할 수 없어. 나도 아버님 못지않게 저 나무를 좋아하네. 27년 전 가난한 대학생이었던 내가 처음 이 마당에 들어섰을 때, 아내는 저 나무 아래에 있는 통나무 위에 앉아서 뜨개질을 하고 있었어." 로테가 따님의 안부를 물었네. 딸은 슈미트 씨와 함께 들판의 일꾼들에게 가 있다고 하더군. 그런 뒤 노인은 전임자인 장인이 어떻게 자기에게 호의를 갖게 되었고 아내는 어떻게 자기를 좋아하게 되었는지, 또 어떻게 자기가 장인의 부목사가 되고 나중에 후임자가 되었는지에 대해 이야기했어. 이야기가 거의 끝날 즈음에 목사의 딸이 슈미트 씨라는 사람과 함께 정원을 통해 걸어왔네. 그녀는 아주 따뜻하게 로테를 반겨 주었어. 솔직히 말하자면 목사의 딸에게 꽤 호감을 느꼈네. 갈색 머리에 몸이 민첩하고 탄탄해 보였는데, 남자가 시골에서 잠깐 즐겁게 어울릴 만한 여성이었어. 그녀의 애인은 (슈미트 씨의 태도로 금방 알아차릴 수 있었네.) 점잖지만 말수가 적었네. 로테가 계속 대화에 그를 끌어들이려 하는데도 끼어들려 하지 않았네. 똑똑하지 않기 때문이 아니라 아집과 불쾌함 때문에 함께 대화하지 않는다는 것이 그의 표정에서 읽혀서 울적해졌어. 유감이지만 내 생각이 진짜라는 것이 곧 아주 분명하게 드러났네. 산책 도중에 프리데리케는 로테와 같이 걷기도 하고 나하고 같이 걷기도 했는데, 그렇지 않아도 갈색인 이 신사의 얼굴이 눈에 띄게 어두워져 갔네. 그럴 때면 로테가 내 소매를 잡아당기면서 내가 프리데리케와 너무 다정하게 얘기했다고 알려 주었네. 나는 사람들이 서로를 괴롭히는 게 제일 못마땅해 보이네. 특히 인생의 황금기를 맞이해 온갖 기쁨을 만끽할 수 있는 젊은이들이 서로 얼굴을 찌푸리다가 얼마 되지 않는 좋은 날들을 망쳐 버리고는, 너무 늦게 비로소 그렇게 허비한 날들을 그 무엇으로도 보상할 수 없음을 깨닫게 될 때가 가장 안타까워. 이런 생각이 드니 화가 나더군. 그래서 저녁 무렵 목사관으로 돌아와 탁자에 앉아 빵을 부숴 넣은 우유를 먹으면서 우리의 대화가 세상의 기쁨과 고통이란 주제로 흘러갔을 때, 나는 그 구실로 불쾌한 기분에 대해 진지하게 비판할 수밖에 없었네. "우리 인간들은 자주 불평합니다." 나는 이렇게 말을 시작했네. "좋은 날은 너무 적고 나쁜 날이 너무 많다고 말입니다. 그런데 제 생각에 대개의 불평은 옳지 않습니다. 하느님께서 우리의 하루하루를 위해 준비해 두신 좋은 것을 즐기려는 열린 마음을 항상 갖는다면, 우리는 나쁜 것이 온다 해도 충분히 견딜 수 있는 힘을 가지고 있습니다." 그러자 목사 부인이 말했어. "하지만 우리가 기분을 항상 통제할 수 없잖아요. 몸 상태에 따라 많은 게 좌우되지요. 몸이 좋지 않을 때는 어디에서도 마음이 편치 않아요." 그녀의 말을 인정한 뒤 다시 입을 열었네. "그러니까 우리는 그것을 하나의 질병으로 여기고 그에 대한 치료제가 없는지 숙고해 봐야 합니다." 그러자 로테가 말했네. "좋은 말씀이에요. 적어도 저는 많은 것이 우리 자신에게 달려 있다고 생각해요. 저를 봐도 알 수 있지요. 뭔가 짜증이 나고 기분이 나빠지려고 할 때면 벌떡 일어나 정원 이곳저곳을 걷고 콩트르당스 몇 곡을 노래한답니다. 그러면 곧 기분이 나아져요." "그것이 바로 제가 하고 싶었던 말입니다. 불쾌한 기분이란 게으름과 똑같습니다. 일종의 게으름인 셈이지요. 우리에게는 게으른 천성이 있습니다. 그러나 우리가 일단 힘을 내서 천성을 극복하면 일을 신속하게 해결할 수 있고, 그러면 그 활동 안에서 진정한 즐거움을 발견하게 됩니다." 프리데리케는 아주 주의 깊게 듣고 있었어. 그 젊은 남자는 내 말에 이의를 제기하며, 인간은 자기 자신을 다스리지 못하고 감정조차 제어할 수 없다고 말하더군. 그래서 내가 말했네. "지금 여기서 문제 삼고 있는 것은 불쾌함입니다. 누구나 그런 감정에서 벗어나고 싶어 해요. 그런데 시험해 보기 전에는 누구도 자기 힘이 어느 정도인지 모릅니다. 병에 걸린 사람은 분명 여러 의사를 두루 찾아다니겠지요. 그리고 자기가 소원하는 건강을 되찾기 위해서라면 많은 것을 감수하고 가장 쓴 약을 준대도 거부하지 않겠지요." 그때 충직한 목사가 우리 대화에 끼어들기 위해 열심히 경청하는 것을 알아차렸네. 그래서 나는 목소리를 좀 더 키우며 이야기를 목사에게로 돌렸네. "악덕을 없애야 한다는 설교는 수차례 들었는데, 불쾌한 기분을 버려야 한다는 설교는 아직 들어 본 적이 없습니다.[13]" 그러자 목사가 말했네. "그런 설교는 도시 목사들의 몫일세. 농부들은 불쾌할 일이 없거든. 그래도 그런 설교가 가끔은 나쁘지 않을 것 같네. 최소한 목사 아내와 법무관에게는 교훈이 될 거야." 모두 웃음을 터뜨렸고, 목사도 크게 웃다가 기침

13) 이것에 관해서는 현재 라바터의 훌륭한 설교가 있고, 그중에서도 특히 '요나서'에 대한 설교가 뛰어납니다_원주.

이 터져서 우리의 토론은 잠시 중단되었네. 잠시 후 젊은이가 다시 말을 이었지. "불쾌한 기분을 악덕이라고 하셨는데 그건 지나친 발언 같습니다." 그 말을 내가 이렇게 받아쳤지. "절대 지나치지 않습니다. 자기 자신을 해치고 가장 가까운 사람에게 해를 끼치는 것을 악덕이라고 부르는 게 마땅하다면 말입니다. 때때로 각자의 마음이 스스로에게 부여하는 즐거움을 누군가 빼앗는다면 그건 분명한 악덕이죠. 그렇다면 서로 행복하게 해주지 못하는 것도 악덕이지 않을까요? 불쾌해도 주변 사람들의 기쁨을 망치지 않으려고 자기 기분을 숨기고 씩씩하게 혼자 견뎌내는 사람이 있으면 말해 보십시오. 아니면 불쾌감이란 오히려 우리 자신의 보잘것없음에 대한 마음속의 울화, 우리 자신에 대한 불만이 아닐까요? 자신에 대한 불만은 어리석은 자만심이 불러일으키는 시기심과 항상 연결되어 있지요. 우리가 행복하게 해주지 않는데 행복해하는 사람들을 보면 우리는 참기 어렵습니다." 격한 감정으로 이야기하는 내 모습을 보고 로테가 나를 향해 미소를 지었네. 나는 프리데리케의 눈에 맺힌 눈물 한 방울에 더욱 흥분해서 계속 이야기했어. "슬프도다! 어떤 이의 마음을 휘어잡은 힘을 이용해서 그 사람 스스로 싹 틔우는 소박한 기쁨을 빼앗는 사람들이여! 세상의 온갖 선물과 호의도 자기 자신이 느끼는 한순간의 기쁨을 대신하지 못합니다. 그런데 우리 안의 폭군이 질투심을 느껴 불쾌해진 나머지 그 기쁨을 망쳐 버린 것입니다."

이 순간 내 가슴이 뻐근해졌네. 지나간 여러 일들이 마음에 사무치면서 눈물이 고이더군.

내가 외쳤네. "날마다 스스로 이렇게 다짐해도 좋겠지요! '그대가 친구들에게 해줄 수 있는 것은 그들이 기쁨을 누리도록 내버려 두고, 함께 행복을 누림으로써 행복을 더해 주는 것뿐이다. 친구들의 영혼이 불안한 열정으로 고통받고 고뇌로 지쳐 있을 때, 그대는 위로 한 방울이라도 건네줄 수 있는가?'라고 말입니다.

그대가 빛나던 시절에 상처를 준 여인에게 무서운 불치병이 덮쳐 와서 그녀가 비참하게 지친 모습으로 멍하니 하늘을 바라보며 병상에 누워 있고 창백한 이마 위에 죽음의 땀이 맺혔다 사라졌다 할 때, 그대는 저주받은 자처럼 침대 앞에 서서 전 재산을 써도 할 수 있는 일이 없다는 것을 뼈저리게 느낄 것입니다. 그대는 두려워질 것이고, 죽어 가는 그 여인에게 원기를 회복시킬 약과 용기를 한 방울씩이라도 흘려 넣어 줄 수만 있다면 모든 것을 바칠 수 있겠다는 마음이 생길 것입니다."

이 말을 하면서 나는 바로 그 장면 안에 서 있었던 기억에 강하게 사로잡혔다네. 나는 손수건으로 눈물을 감추며 그 자리를 떠났어. 로테가 이제 돌아가자고 부르는 목소리에 겨우 정신을 차렸지. 돌아오는 길에 로테는 내가 온갖 일에 너무 격정적으로 관여한다고 나무라면서 충고하더군. 그러다가 쓰러지겠다고! 스스로 몸을 챙기라고! 아, 천사여! 당신이 있기에 나는 살아가야 합니다!

7월 6일

아직도 로테는 사경을 헤매는 친구 곁에 있네. 늘 한결같이 곁을 지켜 주는 온화한 여자야. 로테가 바라봐 주면 사람들은 고통을 덜고 행복해한다네. 어제저녁에 로테가 마리아네와 어린 말헨을 데리고 산책을 나갔다는 걸 알게 된 내가 중간에 합류하여 함께했어. 한 시간 반 정도 걷다가 시내로 되돌아왔지. 오는 길에 내게 아주 소중한 장소인 샘을 지나왔어. 지금은 천 배는 더 소중해진 곳이네. 로테는 얕은 축대 위에 앉아 있었고 나는 그녀 앞에 서 있었어. 주위를 돌아보다가 홀로 외로워하던 때가 마음속에서 되살아났네. 내가 말했어. "소중한 샘이여, 그때 이후로 서늘한 네 옆자리에서 쉰 적도 없고, 때로는 바삐 지나가느라 너를 쳐다보지도 않았구나." 아래를 내려다보니 말헨이 물 한 컵을 들고 부지런히 올라오고 있었네. 그리고 로테를 바라보니 그녀에게 품은 내 모든 감정이 느껴졌어. 그때 말헨이 물을 가져왔지. 마리아네가 컵을 받아 들려 하자, 아이는 아주 귀여운 표정을 지으며 "안 돼!"라고 소리쳤어. "안 돼. 로테 언니가 먼저야." 그 아이의 진실한 호의가 담긴 그 말이 내게는 무척 감동적이었는데 그때의 느낌을 어떻게 표현할 수 없군. 그래서 아이를 번쩍 안아 들고 아이에게 힘껏 뽀뽀를 했네. 그러자마자 아이가 소리를 지르며 울기 시작했어. "그러시면 안 돼요." 나는 로테의 말에 당황하고 말았네. "이리 와, 말헨." 로테가 이렇게 말하고는 아이 손을 잡고 계단 아래로 데려가더군. "저기 시원한 샘물로 빨리 세수하자. 빨리. 그러면 아무 일도 없을 거야." 나는 거기에 서서 아이가 그 작은 손에 물을 묻혀 얼마나 열심히 뺨을 문지르는지 쳐다보고 있었어. 더럽혀진 모든 것을 기적의 샘물로 씻어 내면 흉측한 수염이 돋아나는 치욕도 지울 수 있다고 믿는 것 같았지. 로테가 "이제 그만!"이라고 말하는데도 아이는 되도록 많이 하는 것이 낫다는 듯 계속 열심히 닦아 내고 있었네. 빌헬름, 자네에게 말하건대 그 어떤 세례식에서도 이보다 더 큰 경외심을 느끼지 못했네. 로테가 위로 올라왔을 때, 한 민족의 죄를 깨끗이 씻어 없앤 예언자 앞에 엎드리듯 그녀 앞에 엎드려 절하고 싶은 심정이었네.

그날 저녁, 나는 즐거운 마음에 그 일을 어떤 남자에게 이야기하지 않을 수 없었네. 분별력이 있는 남자니 다른 사람의 마음을 이해할 감각을 지녔을 것이라고 생각했거든. 그런데 그의 반응이란! 그는 로테의 행동이 아주 잘못되었다고 말했어. 아이들에게 거짓으로 꾸며서 말하면 안 된다는 것이었네. 그렇게 하면 아이들이 수많은 오류와 미신에 빠질 여지가 있으며, 아주 어릴 때부터 그런 것에 물들지 않게 보호해야 한다고 주장했네. 그 남자가 일주일 전에 세례를 받았다는 사실이 그제야 떠오르더군. 그래서 그 사람의 말에 반박하진 않았지만 마음으로 진리를 의심하진 않았네. 하느님께서 우리를 대하시듯 우리가 아이들을 대해야 한다는 진리, 하느님께서 우리를 즐거운 망상 속에서 이처럼 황홀해하도록 내버려 두실 때 우리가 가장 행복하다는 진리를.

7월 8일

사람이 얼마나 어린아이 같은지! 눈길 한 번 마주치기를 그렇게 갈망하다니! 사람이란 모두가 얼마나 어린아이 같은지! 우리는 발하임으로 갔었네. 여자들은 마차를 타고 나갔어. 우리가 산책하는 동안 나는 로테의 검은 눈 속에서…… 바보 같은 날 용서하게. 그 눈을 자네도 보아야 하는데……. 간단히 얘기하겠네. (졸려서 눈이 자꾸 감기고 있거든.) 여자들이 마차에 올라탈 때 그 주위에 젊은 W와 젤슈타트, 아우드란과 내가 서 있었어. 마차 문 너머로 여자들은 이 유쾌하고 쾌활한 젊은이들과 즐겁게 잡담을 나누고 있었지. 나는 로테의 눈을 찾고 있었어. 아, 그녀의 두 눈이 차례대로 한 사람 한 사람에게 향했지. 아. 그런데 내게는! 내게는! 낙담한 채로 혼자 서 있던 내게는 그녀의 눈길이 돌아오지 않았네! 내 마음은 그녀에게 천 번이나 작별 인사를 했는데! 그런데 그녀는 나를 쳐다보지 않았어! 마차가 지나쳐 갈 때, 눈가에 눈물이 맺히더군. 나는 그녀를 눈으로 배웅했네. 그런데 로테의 머리 장식이 마차 문밖으로 언뜻 보였어. 그리고 그녀가 몸을 돌려서 이쪽을 쳐다보았네. 아, 나를 보았던 걸까? 친구여! 확신 없이 헤매고 있네. 아마도 그녀는 날 보았겠지! 아마도! 그것이 위로가 되네. 잘 자게! 아, 나는 왜 이리도 어린 아이 같은가!

7월 10일

사람들과 있다가 로테 이야기가 나오면 내가 얼마나 바보 같아지는지 자네가 한번 봐야 하네! 심지어 누군가 내게 그녀가 마음에 드냐고 물어본다면! 마음에 들다니! 나는 그 말이 죽을 만큼 싫어. 마음에 든다! 마음에 든다! 모든 감각과 감정이 로테에게 모조리 쏠려 있는 게 아니라 마음에 들어만 하는 사람은 대체 어떤 인간인가! 얼마 전에는 어떤 사람이 내게 오시안[14]이 마음에 드는지 물어 왔다네!

7월 11일

M 부인의 병세가 심각하다네. 나는 그녀가 살아나기를 기도하고 있어. 로테가 함께 고통을 나누고 있기 때문이지. 로테는 거의 친구 집에 가지 않는데, 오늘은 M 부인에 대한 놀랄 만한 사건을 말해 주었다네. M 부인의 남편인 늙은 M 씨는 탐욕스럽고 인색한 구두쇠인데 그동안 아내를 너무도 괴롭힌 데다가 경제적으로도 속박했다는군. 그럼에도 아내는 늘 근근이 버티며 살림을 잘 꾸려 나갔대. 며칠 전에 의사가 그녀에게 살날이 얼마 남지 않았다고 통보하자 그녀는 로테에게 남편을 불러 달라고 해서 (로테가 그 방에 있었어.) 이렇게 말했다는군. "당신에게 한 가지 고백할 게 있어요. 내가 죽고 나면 말썽과 혼란을 일으킬 여

---

14) Ossian. 3세기경 고대 켈트족의 전설적인 시인이자 용사(?~?)로, 우울한 낭만적 정서의 서사시를 많이 썼으며 낭만주의 시인들에게 큰 영향을 끼쳤다.

지가 있어서 밝히는 거예요. 지금까지 난 가능한 반듯하고 검소하게 살림을 꾸려 왔어요. 하지만 지난 30년 동안 당신을 속였죠. 용서해 줘요. 결혼 초에 당신은 식비를 포함한 생활비를 아주 적게 주었고, 우리 살림 규모가 커지고 가게가 더 번성했을 때도 상황에 맞게 일주일치 생활비를 올려 줄 생각을 하지 않았죠. 잘 알겠지만 형편이 가장 넉넉했던 시기에도 일주일치 생활비로 7굴덴밖에 주지 않았죠. 난 싫은 소리 없이 그 돈을 받은 뒤 모자라는 돈은 매주 가게에서 꺼내다 썼어요. 누구도 안주인이 금고에서 돈을 빼갈 거라 생각하지 않았으니까요. 그렇다고 해서 낭비한 건 절대 아니에요. 사실 이 일을 밝히지 않아도 마음 편히 천국으로 갈 수 있을 거예요. 내가 죽고 나서 살림을 맡아야 할 여자를 생각하지 않았다면 말이지요. 그 여자가 혼자 힘으로 살림을 꾸려 나갈 수 없다고 말하면, 당신은 첫 번째 아내는 그 돈으로도 충분히 생활했다고 고집을 피울 테니까요."

사람이 그렇게 생각이 없을 수 있는 것이냐고, 생활 규모가 두 배로 늘어났음에도 7굴덴으로 충분히 생활한다면 분명 그 뒤에 숨겨진 무언가를 의심해 봐야 하는 것 아니냐고 로테와 이야기했네. 하지만 자기 집에는 줄어들지 않는, 예언자의 영원한 기름 단지[15]가 있는 걸 의심하지 않을 만한 사람들을 나 또한 알고 있었지.

7월 13일

아니, 착각이 아니야! 그녀의 검은 두 눈에서 나와 내 운명에 대한 진정한 공감을 읽을 수 있네. 그래, 나는 느끼고 있어. 그러니 내 마음속

---

15) 가난한 형편에도 굶은 사람을 도와준 과부에게 하느님이 흉년이 끝날 때까지 밀가루와 기름이 떨어지지 않게 해주었다고 하는 《구약성서》〈열왕기 상〉의 내용에 해당한다.

소리를 믿어도 될 것 같네. 그녀가, — 아, 감히 이 말을 해도 되는가, 할 수 있는가? — 그녀가 나를 사랑한다네!

나를 사랑한다! 그녀가 나를 사랑하게 된 이후에 내가 스스로를 얼마나 소중하게 여기는지, 또 내가 — 자네는 이해심이 깊으니 이런 말을 해도 되겠지. — 나 스스로를 얼마나 우러러보는지!

주제넘은 생각일까, 아니면 진짜 우리 관계에서 받는 느낌일까? 누군가가 로테의 마음속에 있을까 걱정되지는 않네. 그런데 로테가 따뜻하고 사랑이 담긴 말투로 약혼자에 대해 설명할 때면, 나는 모든 명예와 작위뿐만 아니라 칼까지 빼앗긴 듯한 느낌이 드네.

7월 16일

어쩌다 내 손가락이 그녀의 손가락에 닿을 때나 탁자 아래에서 서로의 발이 부딪칠 때 모든 핏줄에 흐르는 그 느낌! 나는 불에 덴 듯 화들짝 뒤로 물러나지만 보이지 않는 힘이 다시 나를 앞으로 이끄네. 그럴 때 내 감각은 온통 뒤섞이지. 아! 그런데 순진하고 구김살 없는 그녀의 영혼은 아주 사소한 친밀감의 표현에도 내가 얼마나 괴로워하는지를 느끼지 못한다네. 더구나 그녀가 말을 하다가 내 손 위에 자기 손을 얹을 때나 나를 설득할 생각에 내 쪽으로 바싹 다가앉은 그녀의 입술에서 나오는 천상의 숨결이 내 입술에 닿기라도 할 때면, 나는 벼락을 맞은 듯 그 자리에서 쓰러질 것만 같네. 빌헬름! 이 천상의 존재를, 이 신뢰를 내가 감히 언젠가……! 자네는 나를 이해하겠지. 그래, 그렇게 타락하진 않았지. 약하도다! 너무도 나약하도다! 그런데 나약함이 바로 타락이 아닌가?

로테는 내게 성스러운 존재일세. 그녀 앞에서는 모든 탐욕이 잠잠해진다네. 그녀 곁에 있을 때 내 모습이 어떤지 잘은 모르겠지만, 영혼이 모든 신경 속에서 제자리를 찾아가는 느낌이 드네. 그녀가 천사의 힘으로 피아노 곡을 연주할 때가 있는데, 소박하지만 영감에 가득 찬 선율이라고 느껴지네. 그녀가 가장 좋아하는 그 곡의 제1악장 연주만 들어도 나는 모든 고통과 혼란과 근심으로부터 벗어나 정신을 차리게 된다네.

옛날 음악이 지닌 마력에 대한 말들이 내게 틀린 얘기는 아닌 것 같아. 그 단순한 노래가 얼마나 나를 끌어당기는지! 그리고 때로 머리에 총을 겨누고 싶을 때 그녀는 어떻게 알고 그 노래를 연주하는 것인지! 그 선율은 내 영혼의 혼란과 어둠을 몰아내고 나를 다시 자유롭게 숨 쉬게 한다네.

7월 18일

빌헬름, 사랑 없는 세상이란 게 우리에게 어떤 의미가 있겠는가! 빛이 없다면 마법 등잔이 필요하겠는가! 등불을 등잔 안으로 넣자마자 하얀 벽면에 다채로운 영상들이 나타나는데! 그것이 스쳐 가는 환영에 지나지 않는다 해도, 우리가 풋풋한 사내애들처럼 마법의 현상들을 보며 황홀해질 때 그것은 늘 우리를 행복하게 해줘. 오늘은 로테에게 갈 수 없었네. 꼭 참석해야 하는 모임이 있었거든. 그러니 어찌했겠는가? 내 하인을 그리 보냈네. 오늘 그녀와 가까이 있었던 사람을 내 주변에 두기 위해서였어. 하인이 돌아오기를 기다리는 동안 얼마나 애가 타던지! 다시 그를 보았을 때 얼마나 기뻐했던지! 창피한 마음이 들지 않았다면 아마 하인의 머리를 붙잡고 입이라도 맞추었을 걸세.

형광석은 햇빛이 비추는 곳에 두면 빛을 흡수해서 밤에 한동안 반짝거린다고들 이야기하지. 그 젊은 하인이 내게 그러했네. 그녀의 눈길이 머물렀다는 생각에 그의 얼굴과 뺨, 상의 단추들, 외투 깃까지 모든 것이 성스럽고도 소중하게 보였어! 그 순간에는 누가 1천 탈러를 준다 해도 그 하인과는 바꾸지 않았을 걸세. 그가 옆에 있다는 사실만으로 기분이 좋았네. 자네가 이런 나를 비웃지 않았으면 좋겠네. 빌헬름, 우리를 행복하게 만드는 마음이 과연 환상일까?

7월 19일

"그녀를 만날 거야!" 잠에서 깨면 아침마다 아름다운 태양을 내다보면서 즐겁게 소리치네. "그녀를 만날 거야!" 그러고 나면 온종일 다른 소망은 생기지 않네. 모든 것, 모든 것이 이 기대와 엮인 것이지.

7월 20일

○○으로 공사(公使)를 모시고 가는 것이 좋겠다는 자네의 생각을 아직은 따르고 싶지 않네. 어딘가에 종속되는 것을 그다지 좋아하지도 않고, 모두가 알다시피 공사는 무례하지 않은가. 어머니께서 내가 활동하기를 원하신다는 자네 말을 들으니 웃음이 터져 나오는군. 지금의 나는 활동하지 않는다는 건가? 완두콩을 세건 렌틸콩을 세건 근본적으로는 매한가지가 아닌가? 세상 모든 것이 시시껄렁한 방향으로 내달리는데, 다른 사람들 때문에 자신의 열정과 욕구와 상관없이 돈이나 명예 또는 다른 무언가를 얻으려고 자기를 혹사시키는 사람은 언제나 바보가 될 수밖에 없어.

7월 24일

내가 그림에 소홀한지가 자네에게 그렇게 중요했나. 언젠가부터 거의 그리지 않았다고 고백하느니 차라리 아무 말도 하지 않고 넘어가고 싶네.

지금보다 행복했던 적은 없었네. 살아온 동안 작은 돌 하나와 풀 한 포기에까지 자연에 대한 내 감정이 이렇게 충만하고 진실했던 적은 없었네. 그런데…… 어떻게 이 마음을 표현해야 할지 모르겠군. 내 표현력이 빈약해서 모든 것이 나의 영혼 앞에 흔들거리며 떠돌 뿐 윤곽을 잡을 수 없네. 하지만 내게 점토나 밀랍이 있으면 좋겠다고 생각해 본다네. 그러면 내가 어떤 형상을 만들어 낼 수 있을 것 같아. 이 마음이 좀 더 오래 지속된다면 점토를 집어 들어 반죽할 것 같네. 그러다 케이크를 만들지도 모르지만!

로테의 초상화를 그려 보려고 세 번이나 붓을 들었는데 전부 망치고 말았네. 얼마 전에는 아주 즐겁게 초상화를 그렸는데, 이렇게 다 망치고 나니 더 화가 나는군. 그런 후에 그녀의 실루엣을 그리긴 했으니 그걸로 만족해야겠지.

7월 26일

그래요, 친애하는 로테. 제가 모든 일을 보살피고 수행하겠습니다. 제게 더 많은 일을 정말 자주 맡겨 주십시오. 그런데 한 가지 부탁드릴 일이 있습니다. 앞으로는 제게 보내는 편지 위에 모래를 뿌리지 말아 주세요. 오늘 편지를 급하게 입술로 가져갔는데, 치아 사이에서 모래가 버스럭거렸답니다.

7월 26일

벌써 여러 번 그녀를 자주 만나지 않겠다는 결심을 했었네. 그렇지만 누가 그 결심을 지킬 수 있을까! 매일 유혹에 굴복하고는 내일은 정말로 찾아가지 않겠노라고 스스로 엄숙하게 맹세하지. 그래 놓고 아침이 오면 다시 그녀를 만나야만 하는 이유를 찾아내서 나도 모르는 사이에 그녀에게로 가는 거야. 그녀가 저녁에 "내일도 오시지요?"라고 말했다거나 — 그러면 어느 누가 가지 않겠는가? — 부탁한 일에 대해 직접 답해주는 게 좋다고 생각해 버리는 거야. 그것도 아니면 이런 이유를 대지. 날씨가 너무 좋아서 발하임으로 산책을 갈 건데, 거기서는 30분이면 그녀에게 갈 수 있지! 그녀의 기운을 아주 가까이에서 느낄 수 있다고. 그런 마음이 들면 바로 그녀의 집으로 달려간다네. 할머니께서 자석 산에 대한 동화를 얘기해 주신 적이 있네. 어떤 배든지 그 산에 너무 가까이 가면 단번에 배에 있는 쇠붙이를 모두 뺏긴다고 했어. 그런데 못들까지 몽땅 날아가서 결국 불쌍한 선원들이 무너지는 판자들 사이에서 물속으로 가라앉게 된다는 얘기였지.

7월 30일

알베르트가 돌아왔네. 나는 떠나야겠지. 알베르트는 매우 훌륭하고 고상한 사람이어서 어떻게 보아도 내가 따라갈 수 없는 사람임을 인정할 각오는 되어 있네. 그래도 다방면으로 완벽한 사람을 바로 눈앞에서 보는 건 견디기 어려울 거 같아. 소유하고 있다! 그렇다네, 빌헬름. 그녀의 약혼자가 돌아왔어! 훌륭하고 친절한 남자이니 사람들이 호감을 가질 수밖에 없지. 다행히도 그를 맞이하는 자리에 나는 없었다네. 거기 있었다면 아마 가슴이 갈기갈기 찢겼을 거야. 점잖은 알베르트는 아직까지 한 번도 내가 있는 자리에서 로테에게 키스하지 않았네. 알베르트에게 신의 보답이 있기를! 그가 로테를 존중하는 모습을 보니 나도 그를 좋아하지 않을 수 없었네. 그 역시 나를 기분 좋게 대하려고 하는데, 내 짐작에는 마음에서 저절로 우러나온 행동이라기보다 로테가 시켜서 그런 것 같네. 여자들은 그런 면에서 아주 섬세하고 옳은 판단을 하기도 하니까. 아주 드문 경우지만 자기를 숭배하는 두 남자가 서로 좋은 관계로 유지한다면, 그녀에겐 항상 이득이겠지.

어쨌든 알베르트를 존경하지 않을 수 없어. 의젓한 그는 불안정함을 감출 수 없는 나와 아주 뚜렷하게 대비된다네. 알베르트는 감정이 풍부하고, 로테가 얼마나 특별한 사람인지도 알고 있네. 그는 기분이 나쁜 경우도 거의 없는 것 같네. 자네도 알다시피 기분 나빠하는 모습은 내가 인간에게서 볼 수 있는 다른 어떤 악덕보다 싫어하는 부분이지.

그는 나를 감성적인 사람으로 여기네. 로테에 대한 애착과 그녀의 일거수일투족에 내가 보이는 진심 어린 기쁨은 그의 승리감을 더욱 커지게 하고, 그가 더욱더 로테를 사랑하게 할 뿐이야. 살짝 질투심을 느낀 알베르트가 그녀를 괴롭히지 않을까는 생각하고 싶지 않네. 최소한 나라면, 내가 그라면, 질투라는 악마에게 이길 자신이 없거든.

알베르트가 어떻든 간에, 로테 곁에 머무는 기쁨은 이제 내게서 사라져 버렸네. 이것을 바보 같은 것이라고 불러야 할까, 아니면 현혹이라고 해야 할까? 뭐라고 부른들 무슨 소용이겠는가! 사실 자체가 말해 주는데! 나는 알베르트가 오기 전에도 지금 알고 있는 것을 이미 느끼고 있었네. 로테에게 감히 무언가를 원해서는 안 된다는 것을 인지하고 있었고, 무언가를 원하지도 않았었네. 가능하다면, 사랑스러운 그녀에게 무언가를 원하면 안 된다는 것이었지. 그런데 다른 사람이 나타나 정말로 그녀를 빼앗아 가자 바보 같은 나는 놀라서 눈만 휘둥그레 뜨고 있네.

나는 이를 악물고 비참한 내 모습을 비웃고 있네. 달리 어찌할 수 없으니 단념하라고 나에게 말할 수 있는 사람들이 있다면, 나는 그런 사람들을 두 배, 세 배 더 비웃어 주겠네. 그런 허수아비 같고 어리석은 자들을 내게서 멀리 떨어뜨려 주기를! 숲속을 이리저리 헤매다가 로테의 집으로 가곤 하는데, 정원의 정자 아래에 로테와 알베르트가 앉아 있으면 나는 어떻게 할 수가 없어서 바보 같은 짓을 거침없이 하면서 우습고 정신없는 짓거리를 하기 시작한다네. 오늘은 로테가 이렇게 말하더군. "제발 부탁이에요. 어제저녁 같은 모습은 보이지 마세요! 그렇게 우스꽝스럽게 구는 당신은 끔찍해요!" 우리끼리니까 하는 얘기인데, 나는 알베르트가 다른 일이 생길 때를 엿보고 있어. 그럴 때 밖으로 휙 나가는 거야. 로테가 혼자 있는 모습을 보면 항상 편안해진다네.

8월 8일

믿어 주게, 빌헬름! 자네를 염두에 두고 피할 수 없는 운명에 순응하라고 요구하는 사람들을 참을 수 없다고 비난했던 건 절대 아니었네. 자네가 그와 비슷한 생각을 하리라고는 정말 짐작도 못했네. 근본적으로는 자네가 옳지. 친구여, 다만 한 가지는 말하고 싶네. 세상에 '이것 아니면 저것'으로 완전히 해결되는 일은 흔치 않다는 거야. 매부리코와 납작코 사이에도 높이와 경사의 차이가 있듯이 감정과 행동 방식들에는 다양한 층위의 명암이 있는 법일세.

그러니 자네의 모든 견해를 인정하면서도 '이것 아니면 저것' 사이로 슬쩍 빠져나가려고 하는 나를 용서해 주게.

로테에 대한 희망이 있든가 없든가, 둘 중 하나라고 자네는 말하지. 첫 번째 경우라면 희망을 밀고 나가서 소원을 이루도록 노력하고, 반대 경우라면 모든 기력이 비참함 때문에 다 소진되고 말 테니 용기를 내어 그녀에게서 벗어나라고 말이야. 친구여! 전부 좋은 말이지만 쉽게 하는 말이기도 하지.

그런데 자네라면 진행이 느린 병 때문에 괴로워하며 조금씩 꺼져 가는 생명을 붙들고 있는 불행한 사람에게 칼로 자신을 찔러서 단번에 그 고통에서 해방되라고 말할 수 있겠는가? 그리고 사람의 모든 기력을 소진시키는 고통은 아픈 것과 동시에 거기서 벗어날 용기마저도 앗아 가지 않는가?

물론 자네도 비슷한 비유를 들어서 받아칠 수 있을 거야. 누구든 주저하고 머뭇거리다가 생명을 위태롭게 하는 것보다 한쪽 팔을 잘라 내는 선택을 할 거라고 말이지. 모르겠어! 비유를 들어 가며 서로를 물어뜯는 일은 그만두도록 하세. 이제 충분해. 그래, 빌헬름. 가끔은 나도 벌떡 일어나 모든 것을 떨쳐 버릴 용기가 솟는다네. 그런 마음이 들 때, 어디로 가야 할지 알면 떠날 수 있을 텐데.

8월 8일 저녁

얼마 전부터 소홀히 하던 내 일기장을 오늘 다시 넘겨 보다가 깜짝 놀랐네. 나는 모든 상황을 뻔히 짐작했으면서도 한 걸음 한 걸음 그 안으로 걸어 들어갔던 것이었어! 언제나 상황을 명확하게 파악하고 있었는데도 아이같이 행동했지. 지금도 이렇게 명확하게 알지만, 개선할 마음은 여전히 조금도 없네.

8월 10일

이 정도로 바보만 아니면, 가장 행복한 삶이자 최고의 삶을 누릴 수도 있을 텐데. 지금의 내 상황처럼 아름다운 상황들이 하나로 어우러져 한 인간의 영혼을 기쁘게 하는 것이 쉽지는 않으니 말일세. 아, 우리의 마음만이 행복을 부를 수 있다는 건 확실하지. 사랑스러운 가족의 일원이 되어 노인에게 아들처럼 사랑을 받고, 아이들에게는 아버지처럼 사랑을 받고, 그리고 로테에게! 변덕을 부리거나 무례하게 굴지 않으며 내 행복을 방해하지 않는 성실한 알베르트. 알베르트는 진심 어린 우정으로 나를 포용하고 있네. 알베르트에게 세상에서 로테 다음으로 소중한 사람은 바로 나야! 빌헬름, 산책하면서 함께 로테에 대해 이야기하는 것이 우리에게는 기쁨이라네. 세상에 이보다 더 우스꽝스러운 관계는 없겠지. 그런데 이 관계에 대해 생각할 때면 종종 눈물이 흐른다네.

알베르트가 성품이 올곧으셨던 로테의 어머니에 대해 이야기해 주었네. 임종 당시 어머니께서 로테에게는 집안과 동생들을 맡겼고, 알베르트에게는 로테를 부탁하셨다고 하네. 그리고 그때부터 로테는 완전히 새로운 활기에 사로잡힌 듯 집안일이나 진지한 일을 처리하는 데서 진정한 어머니처럼 행동했다는군. 사랑을 듬뿍 베풀었고, 한순간도 일하지 않고 보낸 적이 없었다더군. 그러면서도 늘 쾌활하고 경쾌했다더라고. 알베르트와 나란히 걸을 때면, 나는 길가에 핀 꽃을 꺾어 아주 정성스럽게 꽃다발을 만들어 강물에 던지고는 아래로 조용히 흘러가는 모습을 따라가며 바라본다네. 편지에 썼는지 모르겠는데, 알베르트는 이곳에 머물 것이고, 궁정에서 보수가 꽤 괜찮은 관직을 얻게 될 거라는군. 그는 궁정의 총애를 받고 있다네. 업무 처리에서의 규율과 근면성에 있어서 알베르트에 견줄 만한 사람은 찾기 어려울 것 같네.

8월 12일

알베르트는 분명히 이 세상에서 제일 훌륭한 사람이야. 어제는 그와 이상한 격론을 벌였네. 작별 인사를 하러 알베르트에게 갔었어. 불현듯 말을 타고 산으로 여행을 가고 싶은 마음이 들었거든. 지금 이 편지도 산에서 쓰는 거라네. 알베르트의 방 안을 돌아다니다가 권총들을 보았네. "권총 좀 빌려 주게. 여행에 가져가려고." 내가 말했지. "좋을 대로 하게. 직접 총알을 장전하는 수고를 감수하겠다면 말리지 않겠어. 총알도 없는데 그냥 폼으로 걸어 둔 것이거든." 나는 권총 한 자루를 꺼냈고 그는 계속해서 말했네. "신중하게 행동하려다 오히려 흉한 일을 겪은 적이 있어서 그 물건에는 손대고 싶지 않네." 나는 호기심이 생겨 그 이야기가 듣고 싶어졌어. 그가 이내 다시 입을 열었네. "석 달 정도 시골의 친구 집에서 지낸 적이 있었어. 그때 장전하지 않은 소형 권총 몇 자루를 가지고 있었고 잠도 편하게 자곤 했었네. 그런데 비가 내리던 어느 날 오후, 한가롭게 앉아 있던 중에 이유는 모르겠지만 이런 생각이 들었어. '우리는 습격을 받을 수도 있어. 그러니 권총이 필요한 순간도 있겠지. 그리고……' 그런 생각이 어떤 건지 자네도 알겠지. 그래서 하인에게 권총을 손질하고 총알을 장전해 두라고 했네. 그 하인은 하녀들에게 장난으로 겁만 주려고 했어. 어떻게 된 일인지는 모르지만, 그러다가 권총이 발사되고 말았네. 꽂을대가 아직 총구에 들어 있었거든. 한 하녀의 오른손 엄지손가락 근육으로 꽂을대가 날아가서 그녀의 엄지손가락이 으스러지고 말았다네. 울며불며 야단이 났고 나는 치료비까지 물어 줘야 했지. 그때 이후로 모든 총을 장전하지 않은 채 보관한다네. 친구여, 신중함이 무슨 필요란 말인가? 위험을 전부 막을 수도 없는데! 물론 다만……" 자네도 알다시피 나는 그를 좋아하지만 '물론 다만'까지는 아니라네. 모든 일반적인 명제에는 예외가 존재하는 게 당연하지 않은가? 그런데 사람이 되어서 그렇게 변명을 늘어놓다니! 자기가 너무 성급하게 결론 내린 얘기, 일반적인 얘기, 반쯤만 진실인 얘기를 한 것 같을 때면, 그는 계속 한계를 규정하고, 수정하고, 취소하고 덧붙인다네. 끝내 모든 얘기들이 주제를 벗어나 버리지. 그런데 이번에도 알베르트가 자신의 얘기 속으로 점점 빠져들어 가더군. 그래서 나는 결국 그의 말을 듣는 걸 포기하고 여러 가지 공상에 빠졌네. 그러다가 갑작스럽게 총구를 오른쪽 눈 위 이마에 갖다 대었네. "아니! 대체 뭐 하는 짓인가?" 알베르트가 권총을 아래로 잡아당기면서 말했네. "총알도 없는데 뭘." 내가 대답했지. "그렇더라도 이게 무슨 짓인가?" 알베르트가 다급하고 단호한 어조로 말했네. "자신에게 총구를 겨누는 어리석은 사람이 정말로 있을까 싶네. 생각만으로도 몸서리쳐지는군."

그 말에 내가 큰 소리로 대답했네. "자네 같은 사람들은 어떤 일에 대해 곧바로 '어리석다, 현명하다, 훌륭하다, 나쁘다'라고 꼭 말을 하지. 그런데 그게 다 무슨 의미가 있나? 그래서 자네는 어떤 행동의 내적 동기를 탐구해 보았나? 왜 그런 일이 일어났는지, 꼭 일어나야만 했는지 그 원인을 확실하게 차근차근 설명할 수 있나? 만약 그럴 수 있다면 그렇게 성급하게 판단을 내리지 않았을 걸세."

알베르트는 이렇게 말했네. "하지만 어떤 동기로 행했든 분명 악덕이라고 말할 수밖에 없는 행동들이 있다는 것은 자네도 인정하겠지."

나는 어깨를 으쓱하며 그의 말에 동의해 주었네. 그리고 내 말을 이어 갔어. "여보게. 그런데 여기에도 몇 가지 예외가 있네. 도둑질이 악덕인 건 맞아. 하지만 당장 굶어 죽을 상황에서 자신과 가족을 위해서 도둑질했다면, 그 사람은 동정받아 마땅한가, 아니면 벌받아 마땅한가? 또 부정(不貞)을 저지른 아내와 그녀를 유혹한 비열한 인간의 목숨을 의분에 치받친 그녀의 남편이 앗아 간다고 하면, 누가 먼저 나서서 이 남자에게 돌을 던지겠는가? 황홀감에 도취된 순간 억제할 수 없는 사랑의 기쁨에 몸을 맡긴 처녀는 어떤 사람이라고 평가할 것인가? 냉정하고 융통성 없는 우리의 법률도 감동을 받아 그들에 대한 처벌을 보류할 걸세."

"그건 아주 다른 얘기지." 알베르트가 반박하더군. "격정에 사로잡힌 사람은 분별력이 없어서 술 취한 사람이나 미친 사람으로 여겨지니 말일세."

"오, 그대들, 이성적인 인간들이여!" 내가 웃으며 소리쳤네. "격정! 도취! 광기! 그대들은 그런 것에 신경을 끄고 침착함을 유지하고 있군. 그대들, 도덕적인 인간들은 술에 취한 사람을 질타하고 제정신이 아닌 사람을 꺼려 하며, 성직자처럼 지나쳐 가면서 바리새인처럼 하느님께 감사를 드리지. 하느님께서 나를 저런 자들처럼 만들지 않았음에 감사 드린다고. 나는 여러 번 술에 취했었고, 나의 격정적인 태도는 광기와 크게 다르지 않았어. 이 두 가지 모두 후회하지 않는다네. 위대한 사람들이나 불가능해 보이는 일들을 해냈던 비범한 사람들은 모두 예로부터 취객이나 광인(狂人)으로 매도되어 왔다고 나름대로 이해했기 때문일세.

하지만 평범한 삶 속에서도, 사람들이 예상치 못한 자유롭고 고상한 행동을 하는 사람에 대해 '저 사람은 취했어, 또는 저 사람은 어리석어!' 라고 뒤에서 큰 소리로 수군거리는 건 듣고 있기 어렵네. 그대들, 취하지 않고 깨어 있는 이들이여, 부끄러워하기를! 그대들, 현명한 이들이여, 부끄러워하기를!"

"자네, 또 황당한 생각을 하는군!" 알베르트가 말했네. "자네는 매사를 부풀려서 생각해. 적어도 지금 우리가 논하고 있는 자살을 위대한 행위와 비교하려는 건 옳지 않네. 자살은 나약함으로 생각할 수밖에 없기 때문이지. 고통스러운 삶을 꿋꿋하게 견디는 것보다 죽음을 택하는 편이 당연히 더 쉬울 테니까 말일세."

그때 나는 대화를 중단하려고 했었네. 논쟁이 벌어졌을 때 나는 온 마음을 다해 이야기하는데 상대가 의미 없고 진부하고 상투적인 말로 응대하는 것만큼 당황스러운 일도 없으니까. 하지만 이미 자주 들어 왔던 말이고 또 자주 그것에 대해서 화를 냈었기 때문에, 나는 마음을 다잡고 약간 활발한 말투로 말했네. "자네는 그것을 나약함이라고 말하는 건가? 부탁인데 겉모습만 보고 현혹되지 말게. 견디기 힘든 폭군의 압제하에서 신음하던 민중들이 참다못해 끓어올라 자신들을 옭아맸던 사슬을 깨부술 때, 그들을 나약하다고 말해도 될까? 화염에 휩싸인 자기 집을 보고 놀라 믿을 수 없이 힘이 세져서 평상시의 정신으로는 움직이기 어려운 무거운 짐을 들어 옮기는 사람, 모욕을 당한 데에 화가 치밀어서 여섯 명과 힘을 겨루고 그들을 제압하는 사람, 이런 사람을 나약하다고 말할 수 있는가? 친구여, 고된 노력이 강인함이라면 왜 과도한 긴장은 반대로 나약함이 되는 것인가?" 알베르트가 나를 바라보며 말했어. "기분 나쁘게 생각하지는 말게. 자네가 제시한 예들이 우리의 주제에 전혀 맞지 않는 것 같아." "그럴지도 모르지. 나의 연상 방식이 가끔은 헛소리에 가깝다고 다른 사람들에게도 자주 비난받아 왔으니까. 그러면 평소에는 힘들게 느끼지 않았던 삶의 짐을 벗어던지기로 결심한 사람의 기분을 우리가 다른 방식으로는 상상할 수 있는지 생각해 보세. 우리가 그들의 기분에 공감하는 한에서 그들의 일에 대해 온당하게 말할 테니 말이야."

나는 계속 이야기했네. "인간의 본성에는 한계가 있네. 어느 정도까지는 기쁨, 슬픔, 고통을 견딜 수 있지만 한계를 넘으면 쓰러지고 말지. 여기에서 문제는 사람이 약한지 강한지가 아니야. 도덕적인 것이든 신체적인 것이든 어느 정도까지 고통을 견딜 수 있느냐이지. 그러니 악성 열병에 걸려 죽은 사람을 비겁하다고 말하는 것이 이치에 맞지 않는 것처럼 스스로 목숨을 끊는 사람을 비겁하다고 말하는 것도 이상하다고 생각하네."

"궤변이군! 엄청난 궤변이야!" 알베르트는 이렇게 소리쳤고 나는 다음과 같이 맞받아쳤어. "자네의 생각만큼은 아닐세. 사람이 어떤 병의 공격을 받고 기력이 소진되어 전혀 활동하지 못하게 되고 어떤 뛰어난 시술로도 생명의 순환을 다시 정상적으로 복구할 수 없을 때, 우리가 그것을 죽을병이라고 부른다는 것에는 자네도 동의하겠지.

자, 그러면 이것을 정신에 적용시켜 보세. 절박한 상황에 처한 사람이 있네. 그는 사람들의 감정에 이런저런 영향을 받고 내면에 온갖 생각들이 점점 쌓여, 마침내 거대해진 격정에 안정된 직관력까지 뺏겨서 파멸을 향해 가고 있어.

침착하고 이성적인 사람이 불행한 사람을 파악하고 설득하려 해봤자 아무 소용이 없네! 건강한 사람이 병 수발을 든다 해도 자신의 기력을 환자에게 줄 수 없는 것과 마찬가지라네."

이런 말은 알베르트에게 너무 일반적인 얘기로 들리는 것 같더군. 그래서 얼마 전에 익사체로 발견된 어떤 아가씨를 상기시키면서 그녀의 이야기를 되풀이했네. "선량한 그 아가씨는 집안 살림을 돌보고 매주 정해진 일을 하는 좁은 테두리 안에서 성장했다네. 즐거움이라고는 한두 벌씩 마련해 두었던 나들이옷을 입고 일요일마다 또래 친구들과 어울려 근교로 산책을 간다거나 큰 축제가 있을 때면 한 번씩 춤을 춘다거나 어떤 싸움이나 나쁜 소문들에 대해 이웃 여자와 몇 시간씩 열성적으로 수다를 떠는 것 정도였어. 더 기대할 만한 일은 없었어. 그러다가 그녀의 열정적인 본성이 내면의 깊숙한 욕망을 느끼게 되었던 거야. 남자들의 감언이설로 욕망은 더 커졌어. 예전엔 기쁨이었던 일들에 매력을 잃어 가던 중에 한 남자를 만났고, 어떤 알 수 없는 감정에 이끌려 저항할 수도 없이 그 남자에게 빠져들었지. 그때부터 그녀는 그 사람에게 자신의 모든 희망을 걸었고, 주변 세상은 잊은 채 그 남자 외에는 아무것도 듣거나 보거나 느끼지 못했어. 오직 그 남자만을 원했지. 그녀의 욕망은 불안정한 허영심에서 오는 공허한 쾌락으로 변질되지 않고 하나의 목표를 향해 곧장 나아갔네. 그의 아내가 되고 싶다는 것으로. 그 남자와의 영원한 결합 속에서 지금까지 누리지 못했던 모든 행복과 만나고 싶었고, 그녀가 동경하던 기쁨의 합일을 전부 맛보고 싶었던 것이지. 그 모든 희망을 확신하게 만드는 약속의 반복과 욕망을 더욱 커지게 하는 대담한 애무가 그녀의 영혼을 완전히 사로잡았네. 그녀는 온갖 기쁨의 예감에 들떠 몽롱한 의식 속을 떠다니는 것 같았어. 그녀의 마음은 최고의 경지까지 부풀어 올랐고 마침내 팔을 뻗어 모든 소망들을 움켜쥐려고 했지. 그런데 바로 그때 애인이 그녀를 떠나 버렸네. 그녀는 마비되고 감각도 잃은 채 깊은 심연 앞에 서게 되었네. 주변은 온통 깜깜했으며 어떤 기대나 위안을 삼을 만한 것도, 짐작할 수 있는 무언가도 없었어. 오직 그 남자 안에서만 자신의 존재를 느꼈는데 그 사람에게 버림받은 거야. 자기 앞에 놓인 넓은 세상도, 이 상실감을 보상해 줄 많은 사람들도 그녀의 눈에는 보이지 않았고, 온 세상으로부터 버림받은 외로움을 느꼈네. 극심한 심적 고통에 짓눌려 궁지로 몰린 채 아무것도 볼 수 없던 그녀는 사방에서 자신을 껴안은 죽음으로 모든 괴로움을 끝내고자 심연 아래로 몸을 던져 버렸다네. 알베르트, 보게나. 그 많은 사람들의 사연은 다들 이렇다네. 말해 보게. 그건 질병이 아닌가? 얽히고설킨 모순적인 힘들이 만든 미로에 인간의 본성이 갇혀 벗어날 출구를 찾지 못하면 인간은 죽을 수밖에 없네.

그 모습을 보며 '어리석은 여자! 기다렸어야지. 그랬으면 시간이 약이 되어 절망이 가라앉았을 거야. 그리고 다른 사람이 나타나 위로해 주었을 텐데.'라고 말할 수 있는 사람이 있다면 부끄러운 줄 알기를! 이것은 '열병에 걸려 죽다니 바보 같은 사람! 기력이 회복되고 몸 상태가 좋아져서 끓어오르는 혈액이 가라앉을 때까지 기다렸어야지. 그랬으면 지금까지 살아 있을 텐데.'라고 말하는 것과 똑같네."

이 비유를 명확히 받아들일 수 없었던지 알베르트는 몇 가지 반론을 더 제기했어. 특히 내 이야기는 순진하고 젊은 여자에 대한 것뿐이라고 국한하더군. 하지만 만일 그 여자처럼 제한된 범위에만 있지 않고 상황을 좀 더 넓게 통찰하는 이성을 지닌 인간이 그랬다면, 그건 용서받지 못할 선택이라고 말했네. 그 말을 듣고 내가 큰 소리로 말했네. "친구여, 인간은 인간일 뿐이야. 인간의 알량한 분별력은 격정에 사로잡히고 인간성의 한계에 도달하면 전혀 아니 거의 소용이 없네. 그보다는 오히려…… 아니, 그 얘기는 다음에 하지." 이렇게 말하고는 모자를 집어 들었네. 아, 가슴이 터질 것 같더군. 우리는 서로를 이해하지 못한 채 헤어졌네. 이 세상에서 다른 사람을 이해한다는 건 얼마나 어려운 일인가.

8월 15일

세상에서 인간에게 사랑보다 더 필요한 게 없다는 건 분명한 사실이야. 로테가 나를 잃고 싶지 않아 한다는 것을 느끼고 있네. 그리고 아이들도 항상 내가 다음 날 또다시 찾아올 거라고 믿고 있어. 오늘은 로테의 피아노를 조율하러 갔는데 그 일은 시작도 못했네. 아이들이 동화를 들려 달라고 나를 졸졸 따라다녔고 로테도 아이들이 원하는 대로 해 달라고 말했기 때문이었지. 이제 아이들은 로테에게 받는 것만큼 나한테 빵을 받는 것도 좋아했네. 나는 아이들에게 저녁 빵을 잘라 주고는 손들이 시중을 들어주는 공주 이야기를 했다네. 아이들에게 이야기를 들려주면서 오히려 내가 많이 배운다는 건 정말 확실하네. 이야기가 아이들에게 남기는 강한 인상에 나는 놀라곤 한다네. 사소한 부분은 가끔 지어내서 말할 수밖에 없는데 두 번째 얘기할 때 나는 그 부분을 잊곤 해. 그런데 아이들은 듣자마자 지난번과 다르다고 말하지. 그래서 지금은 이야기가 달라지지 않고 노래하듯이 줄줄 나올 수 있게 낭송하는 연습을 하고 있다네. 여기에서 배운 것이 있네. 작가가 이야기를 수정해서 두 번째 책을 내면 개정판이 문학적으로 더 나아졌다 해도 어쩔 수 없이 원작에는 해가 될 수밖에 없다는 점이지. 우리는 첫인상을 쉽게 받아들여. 그리고 원래 인간은 아주 괴상한 이야기도 납득할 수 있는 존재야. 그런데 인상이란 금방 단단해지는 것이니, 그것을 다시 긁어내거나 지워 없애려는 사람은 고통스러우리라!

8월 18일

사람에게 더할 수 없는 행복을 주는 것이 다시 비참한 불행의 원천이 되는 건 어쩔 수 없는 일일까?

생생한 자연을 보며 느꼈던 충만함과 따뜻함, 그것들이 넘치도록 크나큰 기쁨을 주었고 주위 세상을 천국으로 느끼게 해주었네. 그런데 그 감정이 이제는 견딜 수 없이 고통스럽고, 가는 길마다 나를 괴롭히는 악령이 되어 따라다니고 있어. 예전에는 바위에서 강 건너 저 언덕들까지 이르는 비옥한 계곡을 내려다보면서 내 주위의 모든 것이 싹트고 솟아

나는 것을 보았었지. 산기슭에서 봉우리까지 키 큰 나무들로 **빽빽하게** 뒤덮인 저 산들, 꼬불꼬불 휘어진 저 계곡의 고즈넉한 숲에 드리운 그림자를 보았었지. 그리고 속삭이는 갈대 사이로 고요히 미끄러져 가는 강물 위에는 부드러운 저녁 바람에 흔들리며 하늘에 떠다니는 정겨운 구름이 어른거렸지. 주위에서는 숲에 생기를 불어넣어 주는 새소리가 들렸어. 마지막 붉은 햇살이 저물어 갈 때 수많은 날벌레들이 떼를 지어 힘차게 날아다녔고, 마지막으로 해가 반짝일 때 딱정벌레가 붕붕거리며 풀숲에서 날아올랐지. 주변에서 윙윙거림과 움직임들이 느껴져 땅바닥에 주의를 기울였네. 내가 앉은 단단한 바위에서 자양분을 빨아들이는 이끼와 메마른 모래 언덕 아래쪽으로 자라나는 수풀이 자연의 뜨겁고 성스러운 내면의 힘을 내게 드러내 보였지. 그 모든 것을 뜨거운 가슴속에 담으며 나는 신이 된 듯 흘러넘치는 충만함을 느꼈고, 이 세상의 무한하고 장엄한 형상들이 영혼 속 모든 것에 생기를 주며 움직였네. 거대한 저 산들이 나를 에워싸고, 발아래로는 깊은 낭떠러지가 놓여 있고, 폭우로 불어난 계곡물이 쏟아지고, 저 아래 강물이 흐르는 소리에 숲과 산들이 메아리로 화답했지. 설명할 수 없는 이 모든 힘들이 지구의 깊은 곳에서 활동하고 서로에게 작용하는 것을 보았네. 대지와 하늘 사이에는 온갖 종류의 생명체들이 북적거리며 살아가지. 세상 어디에나 수천 가지 형상들이 모여 살고 있네. 그런데 인간들은 조그만 집 안에서 함께 안전을 꾀하며 둥지를 틀고 살면서 드넓은 세상을 지배하고 있다고 생각하다니! 불쌍한 바보들! 인간이 모든 것을 하찮게 여기는 이유는 자신을 보잘것없이 작은 존재로 보기 때문일세. 영원한 창조자의 정신은 우리가 오르지 못할 산들에서부터 불어와 사람의 발길이 닿지 않은 황무지를 넘어 미지의 대양 끝까지 누비며, 그의 소리를 들으며 살아가는 존재라면 티끌 하나를 본다 해도 기뻐하지. 아, 그 당시, 내 위로 날아가는 두루미의 날개를 타고 측량할 수 없이 넓디넓은 바다의 해안으로 날아가기를 얼마나 자주 동경했던가. 솟구치는 생명의 환희를 무한한 존재의 거품이 넘치는 술잔으로 마시는 것, 그리고 자신 안에서 자신의 힘으로 모든 것을 창조하는 존재가 느끼는 희열 한 방울을 단 한 순간만이라도 내 가슴의 미약한 힘으로 느낄 수 있기를 얼마나 동경했던가.

형제여, 그 시간들을 회상하는 것만으로도 즐겁네. 말로 다 표현할 수 없는 그 느낌들을 다시 불러내려는 이런 노력만으로도 나의 영혼은 한껏 고양되지. 하지만 그러고 나면 지금 나를 둘러싼 상황에 대한 공포를 두 배 더 절감하게 된다네.

내 영혼 앞에 드리워졌던 장막이 걷힌 것 같고, 내 앞에서 무한한 생명의 무대가 영원히 열려 있는 무덤의 심연으로 바뀌고 있네. 모든 것이 사라져 가고 있는데 '그것이 존재한다!'라고 말할 수 있을까? 모든 것이 번개처럼 빠르게 지나가 버리고 존재의 온전한 힘은 좀처럼 지속되지 않는데, 아, 강물에 휩쓸려 가라앉고 바위에 부딪혀 산산이 부서지는데도 그렇게 말할 수 있을까? 매번 자신과 주위 사람들을 피폐하게 만들 것이고, 매번 파괴자가 될 수밖에 없을 것이네. 아무런 악의 없이 산책을 하는 동안 불쌍한 벌레들 수천 마리의 생명을 빼앗고, 한 발로 개미들이 공들여 지은 집을 망치고 작은 세계를 짓밟아 비참한 무덤으로 만들어 버리기도 하지. 아, 내 마음을 뒤흔드는 것이 세상에 드물게 일어나는 거대한 참사, 마을들을 휩쓸어 가는 홍수, 도시들을 집어삼키는 지진은 아닐세. 자연이라는 우주 안에 숨어 있는 힘, 피폐하게 만드는 그 힘이 내 마음을 추락시키고 있네. 그 힘에 의해 만들어진 모든 것은 이웃과 자신을 파괴하고 말지. 나는 그렇게 불안해하며 비틀거리고 있네.

하늘과 땅과 나를 둘러싸고 움직이는 힘들. 내 눈에는 그것이 영원히 무언가를 삼키고 되새김질하는 괴물로 보일 뿐이네.

8월 21일

답답한 꿈에서 깨어나는 아침마다 두 팔로 그녀를 향해 헛손질을 하네. 밤이면 풀밭에서 그녀 옆에 앉아 손을 잡고 수없이 키스를 퍼붓는 행복하고 순수한 꿈을 꾼다네. 거기에 미혹되어 침대에서 그녀를 찾곤 하지만 소용없지. 아, 그러면 나는 반쯤 잠에 취한 상태로 그녀를 찾아 더듬거리다가 이내 정신을 차리네. 그러면 억눌렸던 가슴에서 눈물이 솟구쳐 오른다네. 또 캄캄한 미래가 절망스러워져 눈물을 쏟곤 하네.

8월 22일

불행한 일일세, 빌헬름. 활동력이 사라지면서 나는 불안한 게으름쟁이로 변해 버렸네. 여유롭게 빈둥거릴 수도, 그렇다고 무언가를 할 수도 없어. 상상력도, 자연에 대한 감흥도 일지 않네. 책들을 보면 구역질이 나지. 우리에게 자기 자신이 없다는 건 세상 전부가 없는 것과 같아. 가끔 날품팔이꾼이 되기를 소망하는 건 맹세컨대 사실이야. 그러면 아침에 눈을 뜰 때 다가올 하루에 대한 기대와 갈망과 희망을 품게 될 테니 말이야. 서류에 얼굴을 파묻고 있는 알베르트에게 종종 부러움을 느끼면서, 알베르트의 자리에 있으면 얼마나 좋을까 상상해 보네. 공사관의 일자리를 주선해 달라고 자네에게, 그리고 장관님께 편지를 써야겠다고 벌써 여러 번 생각했었네. 내가 거절당하지 않고 그 자리를 얻을 수 있을 것이라고 자네는 확신하지. 나도 그렇게 믿고 있네. 오래전부터 계속 장관님은 내게 호의적인 태도를 보이며 어떤 일이든 무엇인가에 전념

해야 한다고 계속 당부하셨지. 그래서 나도 잠시 그게 좋겠다고 생각했던 걸세. 하지만 그다음에 재차 생각해 보니 이 이야기가 떠올랐어. 말이 자유를 견디지 못하고 초조함에 사로잡혀 안장과 마구를 얹은 데다가 사람까지 태우고 달리다 쓰러져 버렸다는 이야기 말이야. 어떻게 해야 할지 모르겠네. 친구여! 이 상태를 바꾸고 싶은 마음속 동경은 혹시 어디를 가든 나를 따라다닐, 내면의 불편한 초조함은 아닐까?

8월 28일

내 병이 치유된다면 그건 바로 이들 때문일 거야. 오늘이 내 생일인데, 아침 일찍 알베르트에게서 소포가 왔네. 포장지를 풀자 곧바로 연분홍색 리본이 눈에 들어왔네. 처음 만났을 때 로테가 달고 있던 리본 중 하나인데, 그 후에 내가 여러 번 달라고 부탁했던 것이네. 그리고 책이 두 권 들어 있었네. 베트슈타인 출판사에서 나온 작은 판형의 호메로스 작품으로, 아주아주 탐내던 책이었어. 에르네스트판의 큰 책을 들고 산책을 다닐 때는 너무 지쳤었거든. 보이지 않나? 두 사람은 내가 원하는 것을 미리 알아주지. 게다가 작은 부분들까지 우정 어린 호의를 보여 준다네. 주는 사람의 허영 때문에 받는 사람이 오히려 굴욕스러워지는 휘황찬란한 선물들보다 이들의 선물이 천 배는 값지다네. 나는 로테의 리본에 수천 번이나 입을 맞추고 있다네. 그리고 한번 호흡할 때마다 행복했던 날들의 추억을 들이마신다네. 다시는 오지 않을 그 잠깐의 즐거웠던 시간 동안 내 마음을 벅차오르게 했던 행복을 말이야. 빌헬름, 그런 것이지. 불평하지 않겠네. 인생에서 한창 꽃피는 시기가 있다는 건 그저 환상일 뿐이야! 얼마나 많은 꽃들이 흔적도 남기지 않고 사라져 가는가. 열매를 맺는 꽃은 얼마 되지 않고, 그중에서도 열매가 무르익는 것은 또 얼마나 되겠는가! 잘 익은 열매가 충분히 많이 열렸는데…… 그래도…… 아, 내 형제여! 이렇게 무르익은 열매를 내버려 두고, 돌보지 않고, 맛보지 않은 채 썩어 가게 할 수 있는가?

잘 지내게! 화창한 여름이야. 자주 로테의 정원에서 나무에 걸터앉아 과일 따는 장대로 꼭대기에 달린 배를 따곤 한다네. 내가 아래쪽에 서 있는 로테에게 배를 떨어뜨리고 그녀는 받지.

8월 30일

불행한 자여! 너는 바보가 아닌가? 너 자신을 속이고 있는 게 아닌가? 끝없이 광분하는 이 격정은 대체 무엇인가? 나는 이제 그녀에게 기도만을 바칠 뿐일세. 나의 상상력으로는 그녀 외에 다른 형상을 떠올릴 수 없고, 나를 둘러싼 세상 모든 것을 그녀와 연관 지어서만 보게 되네. 그런 생각으로 몇 시간을 행복하게 보내다가 다시 억지로 그녀로부터 벗어나야 하지. 아, 빌헬름! 내 가슴은 그렇게 자주 어디로 나를 몰아가는 것인지! 나는 그녀 옆에 두세 시간 동안 앉아서 그녀의 모습과 몸짓을 보고 그녀의 입에서 나오는 천상의 표현들을 들으며 즐거워하네. 그러다 보면 모든 감각이 굳어져 가고 눈앞이 흐릿해지면서 아무 소리도 들리지 않는 지경이 되네. 암살자가 목을 조르는 것처럼 숨이 막혀 오네. 그러면 내 가슴이 방망이질을 하며 짓눌린 감각에 숨통을 틔우려 하는데, 그래 봤자 더욱 혼란스러울 뿐일세. 빌헬름, 나는 내가 이 세상에 존재하는지 아닌지 모르겠다는 생각을 자주 해. 그러다가 가끔 슬픔이 복받칠 때도 있어. 그때 로테가 그녀의 손에 얼굴을 묻고 답답한 마음을 눈물로 쏟아 내게 하는 비참한 위로를 허락하지 않으면, 나는 그 자리를 떠나 밖으로 나갈 수밖에 없네. 그러고는 먼 들판을 쏘다니지. 가파른

산을 기어오르는 것과 길도 없는 숲을 헤쳐 가다가 덤불에 긁혀 상처를 입고 가시에 몸이 찢기면서도 길을 만들며 나아가는 것이 즐겁다네! 그러면 마음이 조금은 나아지니까! 조금은! 돌아다니다가 지치고 목이 말라 가끔은 길에 누워 있기도 하고, 머리 위로 보름달이 높이 뜬 깊은 밤에는 가끔 나 혼자뿐인 숲에서 휘어져 자란 나무에 걸터앉아 다친 발바닥을 가라앉히기도 하지. 그럴 때면 피곤에 지쳐 쉬다가 어스름한 달빛을 받으며 잠들어 버리기도 한다네. 아, 빌헬름! 내 영혼은 수도원의 고독한 독방, 거친 털로 만든 수도복, 가시 박힌 허리띠라는 청량제를 찾아 헤매네. 잘 있게! 이 비참함은 무덤에서야 끝날 것 같네.

9월 3일

떠나야 해! 빌헬름, 갈피를 잡지 못하고 있었는데 결단을 내리게 도와주다니 고맙네. 2주 내내 그녀를 떠나겠다는 생각만 했어. 난 떠나야 해. 그녀는 다시 시내의 친구 집에 갔네. 그리고 알베르트는…… 그리고…… 내가 떠나야 하네.

9월 10일

힘든 밤이었어! 빌헬름! 이제 모든 것을 이겨 낼 걸세. 다시는 그녀를 만나지 않을 거야! 친구여, 자네에게 달려가 자네의 목을 끌어안고 눈물을 펑펑 쏟으며 내 마음을 괴롭히는 이 감정에 대해 모조리 쏟아 내고 싶군. 난 여기 앉아서 거친 숨을 내쉬며 마음을 진정시키려고 애쓰며 아침을 기다리고 있네. 해가 뜨면 마차가 문 앞에 와 있을 거야.

아, 그녀는 편히 잠들었을 테고 이제 다시 나를 볼 수 없다는 생각은 하지도 못하겠지. 나는 떨치고 나왔어. 그리고 두 시간이나 대화를 했지만 마음을 굳게 먹은 뒤라서 그녀에게 내 계획을 발설하지 않았네. 아, 얼마나 대단한 대화였던지!

알베르트가 저녁 식사를 끝내면 곧바로 로테와 정원으로 오겠다고 약속했었네. 나는 마지막으로 키 큰 밤나무들 아래에 있는 테라스에 서서 아늑한 골짜기 위쪽과 잔잔한 강물 위로 지는 태양을 바라보았네. 그녀와 함께 여기에 서서 꽤 자주 저 장엄한 광경을 바라보았는데, 이제는……. 내가 좋아했던 가로수 길을 이리저리 거닐었네. 로테를 알기 전부터 좋아했고 은근히 이끌렸던 이곳에 자주 멈춰 있곤 했었지. 로테와 알게 된 지 오래되지 않았을 때, 우리 두 사람 다 이 장소를 좋아했다는 사실에 얼마나 즐거워했던가. 그곳은 내가 본 그림들 속에 있던 가장 낭만적인 장소 중 한 곳이라네.

밤나무들 사이에 펼쳐진 넓은 전망이 맨 먼저 보이지. 내 기억에는 벌써 여러 번 자네에게 보내는 편지에 썼던 것 같군. 높이 솟은 너도밤나무들이 벽처럼 끝없이 그곳을 에워싸고 있고, 그다음에 바로 이어지는 관목 덤불에 가려 가로수 길이 점점 어두워진다네. 그 끝에는 사방이 막힌 작은 공간이 있는데, 고독한 한기가 감돌지. 처음 그곳에 들어선 날 낮에 받은 비밀스러운 느낌은 지금까지도 생생하다네. 그곳이 훗날 환희와 고통의 무대가 되리라는 예감이 어렴풋이 들더라고.

30분 정도 작별과 재회에 대한 애타고 달콤한 생각들에 빠져 있었는데, 두 사람이 테라스 위로 올라오는 소리가 들렸네. 나는 그들에게로 달려갔고 떨리는 마음으로 그녀의 손을 잡고 입을 맞추었네. 우리가 막 위쪽으로 올라왔을 때 우거진 덤불 언덕 위로 달이 떠올랐어. 우리는 여러 가지 이야기를 나누면서 가까운 데 있는 어둑어둑한 정자로 가게 되었네. 로테가 그곳에 앉자 알베르트와 내가 그녀 옆에 앉았네. 하지만 불안한 마음에 오래 앉아 있을 수가 없었네. 나는 일어나서 그녀 앞에 서기도 하고 다시 서성이기도 하다가 자리에 앉았네. 초조한 상태였지. 달빛이 만들어 내는 아름다운 풍경을 보라고 로테가 우리의 주의를 환기시켰네. 너도밤나무들의 벽 끝에서 달빛이 우리 앞의 테라스를 전부 비추고 있었지. 우리가 깊은 어둠에 싸여 있었기 때문에 훨씬 더 두드러지고 멋지게 보였네. 우리는 말없이 앉아 있었지. 잠시 후 로테가 말문을 열었네. "달빛 속을 거닐 때면 어김없이 돌아가신 분들에 대한 생각이 떠오르고, 매번 죽음과 미래에 대한 예감이 매번 엄습하죠. 다음 생에도 우리는 존재할 거예요." 그녀는 비장한 어조로 이야기를 계속했네. "베르터, 그런데 우리가 다시 서로를 찾아낼까요? 다시 서로 알아볼까요? 어떻게 생각하세요? 어떻게 말씀하시겠어요?"

그 말에 답하면서 그녀에게 손을 내미는데, 내 눈에 눈물이 차올랐네. "로테, 우리는 다시 만날 겁니다! 현세에도 내세에도 다시 만날 겁니다!" 그 이상 말을 이을 수가 없었네. 빌헬름, 이별의 두려움을 마음에 품고 있던 그때, 하필 그녀가 내게 이 질문을 해야 했다니!

그녀가 말했네. "한때 사랑했지만 지금 이 세상에 안 계신 분들은 과연 우리에 대해서 알고 계실까요? 우리가 잘 지내고 있고, 따뜻하고 사랑이 가득한 마음으로 그분들을 기억한다는 것을 느끼실까요? 아! 조용한 저녁에 어머니의 아이들인 제 아이들 사이에 앉아 있을 때, 어머니에게 그랬던 것처럼 아이들이 저를 둘러싸고 모여 있을 때면 늘 어머니의 모습이 주위에 어른거린답니다. 그럴 때 저는 그리움에 눈물을 흘리고 하늘을 바라보며 빕니다. 어머니의 임종을 지키던 자리에서 제가 동생들의 어머니가 되겠다던 그 약속을 지키고 있는 모습을 어머니께서 잠깐만이라도 보실 수 있으면 좋겠다고요. '소중한 어머니, 제가 어머니만큼은 아이들에게 못하더라도 용서하세요. 아! 그래도 할 수 있는 전부를 하고 있어요. 아이들에게 옷을 마련해 주고 음식을 해주죠. 아, 이건 당연한 일이고 그 이상으로 아이들을 보살피고 사랑하고 있어요. 화목한 우리 모습을 어머니께서 보실 수 있다면! 그러면 마지막에 쓰라린 눈물을 흘리며 자녀들의 행복을 기도하셨던 어머니께선 하느님께 열렬한 감사와 찬미를 전하시겠죠.' 감정이 복받친 저는 이렇게 외친답니다."

로테가 그렇게 말했어! 아, 빌헬름, 어느 누가 그녀의 말을 재현할 수 있겠는가. 죽어 있는 차가운 철자들이 천상의 꽃처럼 피워 낸 정신을 어떻게 그려 낼 수 있겠는가! 알베르트가 슬쩍 얘기에 끼어들었네. "로테, 너무 격해지고 있어요. 당신이 이런 생각들에 매달리는 것은 알지만 부탁이니 좀 쉬어요." 그러자 로테가 말했네. "아, 알베르트, 그 저녁 시간들을 당신이 지금까지 잊지 않은 걸 알아요. 아버지께서는 출장 중이셨고, 우리는 아이들을 재운 뒤 작고 둥근 탁자에 함께 앉아 있었지요. 당신은 종종 훌륭한 책을 가지고 왔지만 정말 읽은 적은 많지 않죠. 어머니의 훌륭한 영혼과 교감하는 걸 무엇보다 소중히 여겨서였을 거예요. 어머니는 미인인 데다가 자애롭고 명랑하고 항상 활동적이기까지 했죠! 제가 자주 침대에 엎드려 어머니를 닮게 해달라고 기도하면서 눈물을 흘리는 것을 하느님께서는 아시지요."

"로테!" 나는 그녀 앞에 무릎을 꿇고 손을 잡으며 소리쳤네. 하염없이 흘러내리는 내 눈물이 그녀의 손을 적셨지. "로테! 하느님의 은총이, 어머님의 영혼이 당신의 머리 위에 함께하실 겁니다!" "당신이 어머니와 만났더라면 좋았을 텐데요!" 이렇게 말하면서 그녀가 내 손을 꼭 잡았네. "당신이 알고 지내도 좋을 만큼 훌륭한 분이셨어요." 그 말을 듣고 나는 쓰러질 뻔했네. 나에 대한 평가 중에 이보다 더 위대하고 자랑스러운 말은 없었어. 그녀는 계속 이야기했네. "그런데 한창 나이에 세상을 떠나야 했던 거예요. 막내가 그때 겨우 6개월이었는데! 어머니의 병환은 오래 계속되지도 않았지요. 어머니는 운명을 담담하게 받아들이셨지만 아이들, 그중에서도 특히 갓난아기 때문에 마음 아파하셨어요. 임종의 시간이 가까워지자 어머니께서 아이들을 데려오라고 하셨어요. 아무것도 모르는 어린 동생들과 아직 분별력이 없는 큰 아이들이 침대 위에 모이자, 어머니께서는 아이들을 위해 두 손을 들어 축복의 기도를 하시고 모두에게 입을 맞추신 뒤에 아이들을 내보내게 하셨지요. 그러고는 제게 말씀하셨어요. '저 아이들의 엄마가 되어 다오!' 저는 그렇게 하겠다고 약속했어요. 어머니께서 당부하시더군요. '아가, 그 말엔 많은 것이 담겨 있단다. 엄마의 마음과 눈을 갖겠다는 약속이기도 하지. 종종 눈물을 흘리며 내게 고마워하는 너를 보며 이미 네가 그 뜻을 알고 있다는 생각이 들었단다. 동생들을 위해 엄마의 마음과 눈을, 아버지를 위해서는 아내와 같은 성실과 순종의 마음을 지녀 다오. 아버지의 마음을 잘 다독거려 드려야 한다.' 말을 마치신 어머니는 아버지를 찾으셨어요. 아버지는 견딜 수 없는 슬픔을 우리에게 보이지 않으려고 나가 계셨거든요. 아버지께선 가슴이 찢어진 듯 슬퍼하셨어요.

알베르트, 당신은 방 안에 있었지요. 인기척이 들리자 어머니께서 누구냐고 물으시고는 당신을 가까이로 부르셨지요. 어머니께서는 마음이 놓이신 듯 편안한 눈빛으로 당신을 바라본 뒤 저를 바라보셨어요. 우리 두 사람은 행복할 거라고, 함께 행복하게 살 거라고 눈으로 말씀하고 계셨어요." 그때 알베르트가 그녀의 목을 끌어안고 입을 맞추며 소리쳤네. "우리는 행복해요! 앞으로도 행복할 거고요!" 성격이 침착한 알베르트도 완전히 정신이 나가서 나는 어떻게 해야 할지 알 수 없었네.

로테가 다시 말하기 시작했네. "베르터, 그런 어머니께서 돌아가시다니요! 어떻게 그런 일이! 가끔 인생에서 가장 소중한 것을 빼앗긴다는 것에 대해 생각할 때가 있어요. 그럴 때마다 그 일을 저희 아이들만큼 뼈저리게 느낀 사람은 없다고 생각해요. 아이들은 검은 옷을 입은 남자들이 엄마를 데려갔다고 아주 오랫동안 슬퍼했지요!"

로테가 자리에서 일어났고 나도 정신을 차렸네. 하지만 감동이 가시지 않아 로테의 손을 그대로 잡고 있었네. 그녀가 말했어. "이제 가요. 갈 시간이에요." 나는 이렇게 소리쳤네. "우리는 다시 만날 겁니다. 서로를 찾아낼 거예요. 모든 사람들 가운데서도 서로를 알아볼 겁니다. 저는 이제 갑니다." 계속 말했지. "기꺼이 떠나겠습니다. 하지만 영원한 이별이 된다면 견디기 어렵겠지요. 로테! 잘 있어요. 알베르트, 잘 있게나. 우리는 다시 만날 겁니다." "내일 다시 말이지요." 로테가 농담처럼 대답했지. 나는 그 내일이 느껴졌네. 아, 내게 잡혀 있던 손을 뺄 때 그녀는 몰랐었지. 로테와 알베르트는 가로수 길을 벗어났고, 나는 그대로 서서 달빛 속으로 걸어가는 그들의 모습을 바라보다가 바닥에 풀썩 주저앉아 펑펑 울었네. 그러곤 다시 벌떡 일어나 테라스 위로 뛰어갔네. 아래쪽을 보니 키 큰 보리수나무들의 그늘 속에 정원 문 쪽으로 가는 로테의 흰색 원피스가 희미하게 반짝거렸네. 두 팔을 앞으로 뻗어 보았지만 그녀는 이미 사라져 버린 뒤였네.

제2부

Es ist nicht Verzweiflung,
es ist Gewißheit, daß ich ausgetragen habe und daß ich mich opfere für dich.

이 마음은 절망이 아닙니다.
고통이 끝났고, 당신을 위해 나를 희생할 것이라는 확신입니다.

1771년 10월 20일

우리는 여기에 어제 도착했네. 공사가 몸 상태가 좋지 않아서 우리도 며칠은 집에서 쉴 것 같네. 공사가 그렇게 성마른 성격만 아니라면 모든 일이 순탄할 텐데 말이지. 운명이 내게 가혹한 시련을 내리기로 작정했다는 것을 느끼고 있네. 그래도 기분은 가볍네! 가벼운 마음이 모든 것을 견디게 할 거야! 가벼운 마음? 내 펜으로 이런 말을 적다니 웃기군. 아, 조금만 더 태평했더라면 나는 하늘 아래에서 가장 행복한 사람이 되었을 텐데. 뭐란 말인가! 다른 사람들은 미미한 힘과 재주를 가지고도 내 앞에서 태연하게 뽐내고 허풍을 떠는데, 나는 내 힘과 재능에도 절망하는 것인가? 저에게 이 모든 재능을 선물해 주신 자비로운 신이시여, 차라리 재능의 절반을 거둬 가고 그 대신 자신감과 자족감을 주는 건 어떠신가요?

인내! 인내해야지! 그러면 나아질 거야. 친구여, 자네 말이 옳아. 매일 사람들 사이를 분주히 돌아다니며 사람들이 무슨 일을 하는지, 어떻게 일하는지를 보게 된 이후로 나 스스로에게 훨씬 만족해. 확실히 우리는 모든 사람들을 우리와 비교하고 우리를 모든 사람들과 비교하도록 만들어진 존재들이라서, 행복이나 불행은 우리의 비교 대상들에 좌우된다네. 그러므로 고독이 제일 위험하네. 우리의 상상력은 본성상 더 높이 올라가려 하고, 문학 작품 속의 환상적인 인물들을 통해 더욱 발전하지. 그리고 상상력은 일련의 존재들을 차곡차곡 만드는데, 우리 자신은 그중에서 최하위 존재로, 다른 사람들은 전부 훌륭하고 완벽한 존재로 보이게 하지. 아주 자연스러운 현상이야. 우리는 자신에게 많은 것이 부족하다고 수시로 느끼고, 우리에게 결여된 바로 그것을 다른 사람이 갖고 있다고 흔히 생각하지. 그렇게 우리는 갖고 있는 것을 그에게 몽땅 주고, 이상주의적인 만족감까지도 부여해 주는 것이지. 행복한 사람은 그렇게 완성되는 거야. 즉 행복한 사람이란 우리 자신이 만들어 낸 존재라는 것이네.

그런데 이와 반대로 온갖 어려운 일이 생기고 힘이 들고 느리더라도 꿋꿋이 계속 앞으로 항해하면 오히려 돛을 달고 노를 젓는 다른 사람들보다 더 멀리 가는 경우가 종종 있네. 그리고 다른 사람들과 동등하게, 또는 그보다 앞서 달려갈 때 느껴지는 모습이 진정한 자기 자신이라네.

11월 26일

이 정도면 이곳에서의 시작이 순조로운 듯하네. 할 일이 충분히 많다는 것이 가장 좋고, 그다음으로는 아주 다양한 사람들, 여러 종류의 새로운 인물들이 내 앞에서 다채로운 광경을 선보이는 것이 재미있다네. 여기서 C 백작이란 사람을 알게 되었는데, 알아 갈수록 존경심이 더욱 커져만 가네. 명석한 두뇌에 다양한 능력을 지닌 백작은 많은 것을 굽어보고 헤아리며 전혀 냉정하지 않네. 백작과 이야기하다 보면 우정과 사랑에 대한 그의 감각이 대단하다는 것이 확연히 느껴진다네. 내가 어떤 업무를 전달했을 때 그분은 나에게 관심을 보였네. 처음 몇 마디만으로 우리가 서로를 이해하고 있다는 느낌과 다른 누구보다 얘기가 잘 통하겠다는 느낌을 받으신 것이었지. 또한 그분이 나를 대할 때 보여 준 거리낌 없이 솔직한 태도는 아무리 많이 칭송해도 부족할 정도라네. 상대에게 자신의 마음을 여는 위대한 영혼의 소유자를 보는 것보다 더 참되고 따뜻한 기쁨은 없지.

12월 24일

공사 때문에 너무도 불쾌하네. 예상했던 바였지. 그는 세상에 또 없을 가장 성실한 멍청이일세. 늙은 여편네처럼 하나하나 따지며 까다롭게 굴더군. 그는 절대 자기 자신에 대해 만족하지 못해. 그래서 누구도 감사 인사를 받을 만큼 그를 만족시킬 수 없어. 나는 일을 쉽게 처리해서 치우는 것을 좋아하고, 일단 처리한 것은 그대로 끝내는 성격이야. 그런데 공사는 내게 서류를 돌려주면서 이렇게 말한다네. "괜찮군. 하지만 한번 쭉 살펴보게. 그러면 항상 더 적절한 단어와 더 세련된 표현이 생각나기 마련이지." 그럴 때마다 정말 미쳐 버리겠네. '그리고' 하나,

접속사 하나도 빠져 있으면 안 되고, 가끔 어쩔 수 없이 쓰는 도치 형태도 절대 용납하지 못한다네. 문장을 관례적인 운율에 맞춰 순서대로 쓰지 않으면, 그는 문장을 아예 이해하지 못해. 그런 사람을 상대해 가며 일해야 한다는 건 정말 괴로운 일일세.

C 백작의 신뢰만이 그런 내 마음을 유일하게 보상해 준다네. 지난번에는 백작이 느리고 생각이 많은 공사가 마음에 들지 않는다고 아주 솔직하게 얘기했네. 그런 사람들은 스스로뿐만 아니라 다른 사람도 힘들게 한다고 말이야. 백작이 이렇게 덧붙였네. "그래도 체념하는 수밖에 없지. 산을 넘어야만 하는 여행자처럼 말일세. 물론 산이 없다면 훨씬 편하고 가까운 길로 갈 수 있지. 하지만 산이 거기에 있으면 넘어야지!"

공사 영감도 백작이 자기보다 내게 호의적이라고 느끼는 것 같네. 그것에 화가 난 모양인지 기회가 있을 때마다 백작에 대한 불쾌한 심정을 내 앞에서 늘어놓는다네. 당연히 나는 그 말에 반박하지. 그러면 상황은 더 나빠지는 거야. 어제는 공사가 나까지 한꺼번에 싸잡아 얘기해서 나를 자극했다네. 백작이 세상사에 능하고 일도 쉽게 처리하는 데다 글까지 잘 쓰지만, 통속 작가들이 다 그렇듯이 근본적인 학식은 부족하다고 말하지 뭔가. 그러면서 '너도 뜨끔하지?'라는 듯한 표정을 지어 보이더군. 하지만 그가 바랐던 작용은 내게 일어나지 않았지. 나는 그렇게 생각하고 행동할 수 있는 인간을 경멸하니까 말이야. 나는 그의 말을 상당히 격하게 맞받아쳤네. 백작은 성품으로 보나 지식으로 보나 존경할 만한 분이라고 말이지. "제가 아는 사람 중에 이렇게 생각의 폭이 넓고, 수많은 대상에게 자신의 생각을 전파하며, 평범한 생활 속에서도 이런 활동을 유지하시는 분은 백작님밖에 없었습니다." 공사의 머리로는 이 말이 도통 이해되지 않았겠지. 나는 이어지는 헛소리에 또 속이 뒤집히지 않으려고 얼른 인사를 하고 나왔네.

내게 멍에를 씌우기 위해 속삭거리고 줄곧 활동을 해야 한다고 노래를 불러 댄 자네와 어머니에게 이 모든 상황의 책임이 있네. 활동이라! 감자를 심고 시내로 말을 타고 가서 곡식을 파는 사람이 나보다 더 많은 활동을 하고 있지. 만일 그렇지 않다면, 나는 지금 묶여 있는 노예선에서 앞으로도 10년간 더 몸이 닳도록 일하겠네.

이곳에 있으면서 만나게 되는 역겨운 인간들 사이에서 보이는 권태와 눈에 띄는 비참함! 그들은 한 발짝이라도 앞서가려는 출세욕으로, 그저 서로 감시하고 주시할 뿐이네. 가장 비참하고 초라한 욕망들을 부끄럼 없이 드러내는 인간들이지. 예를 들어 한 여자가 누구에게나 자신이 어느 지방 출신의 귀족이라고 이야기한다고 해보세. 그러면 타지 사람은 이렇게 생각하겠지. '높지도 않은 신분과 출신 지역의 명성을 저렇게까지 대단하게 생각하다니 멍청한 여자로군.' 그런데 더 역겨운 것은 그 여자가 사실 이곳 근방 출신이고 관청 서기 딸이라는 점이네. 알겠나? 그토록 머리가 비어서 스스로를 천박하게 만드는 인간들을 나는 정말 이해할 수가 없네.

친구여, 자신의 기준으로 다른 사람들을 평가하는 것이 얼마나 바보 같은 짓인지 날마다 새삼스럽게 느끼고 있네. 나 혼자서 할 일도 많은데 마음까지 격렬하게 흔들리다니. 아, 사람들이 나를 내버려 둔다면 나도 다른 사람들이 제멋대로 살아가도 전혀 신경 쓰지 않을 걸세.

마음에 가장 거슬리는 것은 시민 계급이 겪는 숙명적인 상황일세. 물론 시민 계층의 한 사람인 나는 신분 차이의 필요성과 그것이 나에게 주는 많은 이익들도 잘 알고 있네. 다만 신분 차이가 아직 이 세상에서 약간의 즐거움과 한 가닥 행복을 누릴 수도 있는 기회를 막는 걸림돌이 되지 않기를 바랄 뿐이네. 최근에 산책길에서 B라는 젊은 여성을 알게 되었네. 경직된 생활 한가운데서도 자연스러운 본성을 간직한 사랑스러운 여성이지. 우리는 이야기를 주고받으며 서로에게 호감을 느꼈지. 그래서 작별할 때 그녀의 집에 가게 해달라고 부탁했네. 그녀가 아주 흔쾌히 내 청을 들어주어서, 나는 때를 오래 기다리지 않고 곧 그녀에게 갔네. 그녀는 이곳 출신이 아니라서 친척 아주머니의 집에 머물고 있다네. 나이 든 그 아주머니의 인상은 별로였어. 그래도 나는 아주머니에게 관심을 보이면서 대화가 주로 아주머니를 향하도록 했지. 30분도 안 되는 시간에 아주머니에 대해 꽤 많은 걸 알게 되었는데, 나중에 B 양에게 직접 들은 얘기들로 그것이 사실임이 확인되었네. 아주머니는 그 나이에 가진 게 아무것도 없었네. 재산이 넉넉하지도 않고 재주가 있는 것도 아니었지. 그래서 조상들 족보에만 의존하고 자신을 가두어 둔 신분만을 방패막이로 삼으면서, 위층에 앉아 지나가는 시민들 머리를 내려다보는 것 외에는 낙이 없는 생활을 하고 있었네. 젊었을 때는 미인이었지만 고집스러운 성격 탓에 불쌍한 여러 남자를 괴롭히며 좋은 시절을 흘려보냈다고 하더군. 그러다가 꽤 나이를 먹었을 때 나이 든 장교에게 순종하고 굽히면서 살았고, 장교는 이를 상당한 생활비로 보상하면서 말년을 그녀와 함께 보내다가 세상을 떠났다고 하네. 이제 그녀는 늙은 데다 혼자 살고 있는데, 조카딸이 이 정도로 다정한 성격이 아니었으면 아마 그녀에게 눈길을 주는 사람은 아예 없을 거야.

1772년 1월 8일

격식과 의식에만 온통 정신을 뺏기고, 식탁에서 한 자리라도 더 높은 곳에 앉으려고 수년 동안 모든 생각과 노력을 기울이는 인간들이란 대체 어떤 존재들인가. 아니, 짜증 나는 사소한 일들을 처리하느라 정작 중요한 문제들이 뒤로 밀려서 할 일은 오히려 쌓여 가네. 지난주에는 썰매를 타다가 말다툼이 일어나서 즐거움을 다 망치고 말았다네.

원래 중요한 것은 자리가 아니지. 가장 높은 곳에 앉은 사람이 가장 큰 역할을 하는 경우가 극히 드물다는 것을 알지 못하는 바보들 같으니! 얼마나 많은 왕들이 재상들의 조종을 받고, 또 얼마나 많은 재상들이 비서들의 조종을 받고 있나! 그렇다면 누가 제일인자인가? 나는 다른 사람들을 두루 파악하고 그들의 능력과 열정들을 모아서 자신의 계획대로 수행할 수 있을 정도의 힘이나 지략을 갖춘 사람이 제일인자인 것 같네.

1월 20일

친애하는 로테, 거센 눈보라를 피해 들어온 이 초라한 농가 방 안에서 당신에게 편지를 쓰지 않을 수 없군요. 그 끔찍한 D 시(市)에서 낯선 사람들, 즉 내게 낯선 느낌을 주는 사람들 사이를 이리저리 돌아다니는 동안에는 단 한 순간도 당신에게 편지를 써야겠다는 마음이 들지 않았습니다. 그런데 거세게 몰아치는 눈보라와 우박이 창문을 두드리는 오두막에 외롭게 격리되자, 가장 먼저 당신이 떠올랐습니다. 이곳에 들어오니 당신의 모습과 당신에 대한 추억이 몰려왔습니다. 아, 로테! 얼마나 성스럽고 따뜻했던지! 아! 우리가 처음 알게 되었던 행복의 순간이 다시 떠올랐습니다.

친애하는 로테, 당신이 갈래갈래 흩어져서 급류에 휩쓸리는 내 마음을 본다면! 내 감각은 얼마나 메마른지! 마음이 충만해지거나 행복해질 때가 없습니다! 아무것도, 아무것도 없습니다! 나는 마치 요지경 상자 앞에 서 있듯 작은 인간들과 작은 말들이 내 앞에서 움직이고 돌아가는 모습을 보게 되는데, 이것이 착시가 아닌지 자꾸 자문하게 됩니다. 정확히는 나도 그들과 같이 공연하고, 꼭두각시 인형처럼 누군가의 조종으로 움직입니다. 가끔은 옆 사람의 나무로 된 손을 잡았다가 소스라치게 놀라기도 합니다. 저녁에는 다음 날 새벽에 일출을 보러 나가겠다고 다짐하지만 아침에는 침대에서 일어나지 않습니다. 낮에는 달빛을 즐기고 싶다는 생각이 들지만 막상 저녁이 되면 방 안에만 틀어박힙니다. 왜 일어나고 잠드는지 정말 그 이유를 모르겠습니다.

삶을 부풀게 했던 발효제가 지금은 사라졌습니다. 깊은 밤에도 나를 깨어 있게 하고 아침마다 잠에서 깨어나게 했던 자극이 사라져 버렸습니다.

이곳에서 여자라곤 단 한 사람, B만을 만났습니다. 로테, 그녀는 당신과 비슷합니다. 당신과 비슷한 사람이 이 세상에 존재할 수 있다고 가정한다면요. 당신은 "어머! 빈말을 참 듣기 좋게 하시네요!"라고 말하겠지요. 그런데 제가 사실 어느 정도는 그런 편입니다. 얼마 전부터 저는 달리 어쩔 도리가 없어서 아주 공손해졌고 유머도 늘었습니다. 저처럼 세련되게 칭찬할 줄 아는 사람은 없다고 여자들이 말하더군요. (그리고 당신 말대로 덧붙이자면 그렇게 거짓말할 줄 아는 사람이 없는 것이지요. 사실 거짓말이 아니면 그런 칭찬은 할 수 없으니까요. 이해하시지요?) B 양에 대해서 얘기하려고 했었지요. 그녀의 풍요로운 정신은 파란 두 눈에 온전히 드러납니다. 그녀는 마음속 소망들을 하나도 충족시키지 못하는 자신의 귀족 신분을 짐처럼 여기고 있으며, 정신없는 생활에서 벗어나기를 동경하고 있어요. 그래서 우리는 오랜 시간 전원 풍경 속에서 때 묻지 않은 행복에 대해 상상의 나래를 펼칩니다. 아! 그리고 당신에 대한 이야기도 합니다! 그녀는 자주 당신에 대해 경의를 표합니다. 억지로가 아니라 마음에서 우러나서 하는 것이지요. 그리고 당신에 대한 이야기를 듣기 좋아하고 당신을 흠모하기까지 합니다.

아, 지금 이 순간 정겹고 익숙한 그 방에서 당신 발치에 앉아 있다면, 그리고 우리가 사랑하는 동생들이 제 주위를 돌며 함께 뒹굴고 있다면 얼마나 좋을까요. 당신이 아이들에게 너무 시끄럽다고 하면 아이들을 제 주위로 불러 무서운 동화를 들려주며 얌전히 있게 할 텐데요.

하얀 눈이 반짝거리는 풍경 위로 장엄하게 해가 지고 있습니다. 눈보라는 지나갔습니다. 다시 새장 안에 나를 가둬야겠군요. 안녕히! 알베르트는 당신 곁에 있나요? 그리고 어떻게……? 이런 질문을 용서하시기를!

2월 8일

일주일 전부터 매서운 날씨가 계속되어서 오히려 다행이야. 이곳에서 지낸 이후로는 날이 좋아도 누군가 때문에 기분을 잡치고 마음이 상해서 내 눈에 화창해 보일 때가 단 하루도 없었으니 말일세. 그래서 진짜 비가 오거나 눈발이 날릴 때, 으슬으슬 춥거나 눈이 녹을 때면 '그래, 이럴 때 집에 있는 것이 밖에 나가는 것보다 나쁠 리 없어. 아니 반대로 이게 더 좋지.'라고 생각을 한다네. 아침에 해가 떠서 화창한 하루를 예고할 때면 이렇게 소리 지를 수밖에 없네. '하늘의 선물이 왔으니 또 서로 저걸 차지하겠다고 싸우겠군!' 그 사람들은 건강, 명성, 즐거움, 기분 전환 할 것 없이 무엇이라도 서로 차지하겠다고 다툰다네. 대개는 어리석고 아둔하고 속이 좁아서 벌어지는 일인데, 그 사람들은 이 방식이 최선이라고 생각해서 그런다더군. 가끔은 그들에게 제발 그렇게 미친 듯 날뛰면서 자신들의 속을 쑤셔 대지 말라고 무릎이라도 꿇고 간청하고 싶어진다네.

2월 17일

공사와 내가 동료로서 함께 일할 날은 길지 않을 것 같네. 정말이지 참아 주기 어려운 인간이야. 그가 일하는 방식이나 업무를 추진하는 방식은 가소로워서 반박하지 않을 수가 없고, 그렇기 때문에 가끔은 내 생각이나 방식대로 일을 처리해야만 하는 경우가 생기네. 당연히 공사는 그런 날 못마땅해했지. 얼마 전 궁정에서 공사가 내 이런 점이 불만이라고 말해서 장관이 나를 살짝 질책했네. 부드럽긴 해도 질책이었지. 그래서 곧장 사직서를 내야겠다고 마음먹었는데, 그때 장관에게서 사적인 편지[16]를 받았네. 나는 그 편지 앞에 무릎을 꿇고, 고귀하고 훌륭하고 현명한 그의 뜻에 경의를 표했네. 장관은 과할 정도로 예민한 내 성격을 질책했지만, 활동성과 다른 사람들에게 미치는 영향력과 업무 추진력 등에 대한 의견은 젊은이다운 패기라며 높이 평가해 주었네. 그러고는 그 생각을 버리지는 말고 다만 살짝 완화시켜서 그것이 제대로 발휘되고 강력한 효과를 거둘 수 있는 방향으로 발전시켜 보라고 했네. 나도 일주일 만에 기운을 회복하고 마음속에서 안정을 찾았네. 영혼의 평온과 자신에게서 느끼는 기쁨은 소중한 것일세. 친구여, 이 아름답고 값진 보물이 쉽게 깨지지만 않으면 참 좋겠는데.

2월 20일

사랑하는 이들이여, 하느님께서 그대들에게 은총을 주시기를! 내게서 가져간 행복한 날들을 모두 그대들에게 내려 주시기를!

---

16) 이 훌륭한 분에 대한 경외심에서, 지금 이 편지와 이어서 뒤에 언급될 또 다른 편지 한 통을 이 서간집에서 제외시켰습니다. 독자들에게 정말 고마운 일이라고 해도 그분께서 지나친 행동은 받아들여 주시지 않을 것 같기 때문입니다_원주.

알베르트, 나를 속여 주어서 고맙네. 그대들의 결혼식이 언제일지 소식을 기다리고 있었지. 그날이 오면 정중한 태도로 로테의 실루엣 그림을 벽에서 떼어 다른 서류들 사이에 묻어야겠다고 다짐했었네. 그런데 그대들이 부부가 된 지금도 나는 그림을 아직 걸어 두었네! 그래, 그냥 두어야겠네! 안 될 이유는 없지 않은가? 나도 사실 그대들과 함께하고 있다는 걸 아네. 자네와 관계없이 로테의 마음속에 내가 있다는 것도 말이지. 물론 나는 그녀의 마음속에서 두 번째 순서이고, 그 자리를 변함없이 지키려고 해. 또 지켜야 한다는 것도 알지. 아, 그녀가 나를 잊는다면 나는 미쳐 버릴 걸세. 알베르트, 이 생각 속에 지옥이 있네. 알베르트, 잘 있게! 하늘의 천사, 로테여, 잘 지내요!

3월 15일

몹시 불쾌한 일이 있었네. 그 일 때문에 이곳을 떠나게 될 것 같네. 이가 부득부득 갈리는군. 빌어먹을! 뭘 해도 불쾌한 마음이 가시질 않아. 이 모든 일이 마음에 안 드는 직책을 맡으라고 나를 부추기고 몰아 대고 들볶은 자네와 어머니 책임이야. 언젠가 일어날 일이었지! 자네와 어머니도 이제 알겠지! 친구여, 자네가 내 성격이 극단적이어서 모든 일을 망쳐 버린다는 말을 다시는 하지 못하도록 이야기를 하나 해주지. 여기 연대기를 적듯 분명하고 담담하게 적은 이야기를 먼저 보게.

C 백작이 나를 총애하고 각별히 아낀다는 것, 그리고 그 사실이 알려졌다는 것을 벌써 여러 번 얘기했었지. 어제는 백작의 집에서 식사를 했네. 그런데 마침 어제저녁이 상류층 사교계의 신사, 숙녀 들이 그의 집에서 모이는 날이었던 거야. 그런 모임이 열렸을 거란 생각도 하지 못한 내 머릿속에는 그 자리에 우리 같은 하위직이 낄 수 없다는 생각도 없

었네. 아무튼 나는 백작과 한 식탁에서 식사를 한 뒤 큰 홀을 왔다 갔다 하면서 그와 대화를 했고, 저녁 모임에 참석한 B 대령과도 이야기를 나누었네. 점차 모임 시간에 가까워졌고 나는 정말이지 아무 생각이 없었어. 그때 지나치게 고상한 척하는 S 부인이 남편과 딸을 데리고 들어왔네. 가슴이 납작하고 허리를 잘록하게 만드는 코르셋을 입은 딸은 잘 부화시킨 새끼 거위 같더군. 고개를 치켜든 그 사람들이 옆으로 지나갈 때 대대로 물려받은 오만한 눈빛과 거만한 콧구멍이 보였네. 나는 이런 족속들이 진심으로 역겨워 바로 자리를 뜰 마음을 먹고 백작이 공허한 잡담에서 놓여나기만 기다리고 있었지. 그런데 그때 나의 B 양이 들어왔네. B 양을 볼 때면 항상 마음이 약간 들뜨기 때문에 그때도 그대로 남아 있기로 마음먹고는 그녀의 의자 뒤로 갔어. 얼마 지나지 않아서 그녀가 평소처럼 솔직하지 않고 나와 이야기할 때 약간 당혹스러워한다는 것을 알아차렸네. 그 모습이 내게는 이상하게 보였지. 그녀도 다른 귀족들과 똑같은 사람인가 싶은 생각에 마음이 상해서 자리를 뜨려고 했네. 하지만 B 양을 용서하고 싶기도 하고 그 사실이 믿기지도 않아서, 나는 그 자리에 남아서 그녀가 다정한 말 한마디를 건네주기만을 기대했네. 그러는 사이에 프란츠 1세 재위 시절의 복장을 갖춰 입은 F 남작, 이곳에서 품격 있게 '폰 R 씨'로 불리는 궁중 고문관 R, 그리고 그와 동행한 귀머거리 아내 등이 도착했고, 곧 홀이 손님들로 가득 찼지. 가난해 보이는 J는 아직까지 잊히지 않는군. 그는 고대 프랑켄 스타일의 의상을 입었는데 구멍이 난 부분을 요새 유행하는 천으로 덧대어 기웠더군. 그렇게 사람들 무리가 몰려왔고 나는 몇몇 지인에게 말을 걸었어. 그들 모두 아주 짧막하게만 대답했네. 잠시 의아한 생각이 들었지만 그저 B 양에게만 관심을 쏟았지. 그러느라고 홀 구석에서 여자들이 귓속말로 속삭거리는 것도, 그런 행동이 남자들에게까지 퍼져 간 것도, 시간이 더 지난 뒤엔 폰 S 부인이 백작과 이야기하는 것도 알아차리지 못했네. (이 모든 것은 나중에 B 양이 알려 준 것이라네.) 마침내 백작이 다가와서 나를 창 쪽으로 데려가더니 이런 말을 했어. "이 모임 사람들의 특별한 관계는 자네도 알겠지. 사람들은 자네가 여기에 있는 게 껄끄러운 모양이야. 물론 나는 전혀 그러고 싶지 않은데……" 백작이 그 말을 끝맺기도 전에 내가 대답했네. "백작님, 제가 용서를 구하겠습니다. 먼저 말씀드렸어야 했는데요. 앞뒤 모르고 행동해서 죄송합니다. 진즉에 인사를 드리고 갈 생각이었습니다. 제가 무엇에 홀려 붙잡혀 있었나 봅니다." 미소와 함께 마지막 말을 덧붙이고는 몸을 굽혀 인사를 했네. 백작은 내 손을 꽉 잡았네. 모든 것을 그 안에 담은 느낌이었어. 그리고 나는 그 상류 계급 모임에서 슬쩍 빠져나와 이륜마차를 타고 M으로 갔네. 그곳의 언덕에 올라 지는 해를 바라보며 내가 좋아하는 호메로스를 펼쳐서 오디세우스가 훌륭한 돼지치기에게 영접을 받는 멋진 구절을 읽었지. 모든 것이 좋았다네.

저녁에 돌아와 식당에 앉았는데 아직 손님이 몇 명 남아 있더군. 그들은 구석에서 식탁보를 뒤집어 깔고 주사위 놀이를 하고 있었네. 그때 성실한 아델린이 들어왔고 모자를 내려놓으면서 나를 보았네. 그가 내게로 오더니 작은 목소리로 얘기하더군. "불쾌한 일이 있었다면서?" "나 말인가?"라고 말했지. "백작이 자네를 모임에서 내쫓았다며?" 그 말에 이렇게 답했네. "그런 모임에 있기도 싫었어. 밖에 나가서 신선한 바람을 쐬니 좋았네." "자네가 가볍게 생각하니 다행인데, 벌써 사방에서 수군거리는 건 별로군." 그가 말했네. 그제야 나는 화가 나기 시작했네. 식당에서 사람들이 나를 쳐다본 이유가 모두 그 일 때문이라는 생각이

들었어. 피가 거꾸로 솟는 기분이었네.

오늘은 심지어 가는 곳마다 사람들이 나를 동정하고, 나를 시기하는 자들이 승리감에 취해 지껄이는 소리가 들리네. '저것 봐. 좀 똑똑하다고 머리를 치켜들면서 신분을 넘어설 수 있다고 생각하는 거만한 자가 결국 어떻게 되는지 보라고.' 그리고 그보다 더한 험담까지 듣고 나니 정말 내 심장에 칼을 찌르고 싶은 심정이네. 사람들은 의연하게 대처하라고 그저 내키는 대로 말하겠지. 하지만 야비한 인간들이 유리한 고지에 서서 떠들어 대는 얘기를 참을 수 있는 사람이 과연 있는지 알고 싶군. 아, 그들이 방정맞게 하는 말들이 허무맹랑한 얘기라면, 가벼운 마음으로 내버려 둘 수도 있겠지.

3월 16일

모든 것이 나를 궁지로 몰아가고 있어. 오늘은 가로수 길에서 B 양을 만났고, 나는 말을 걸지 않을 수 없었네. 일행과 약간 떨어졌을 때 나는 곧바로 일전에 그녀가 보인 태도에 상처받았다고 이야기했네. B 양은 진심 어린 어조로 이렇게 말했네. "하, 베르터 씨, 제 마음을 아신다는 분이 그때 당황한 제 모습을 그렇게 해석하셨나요? 홀에 들어선 그 순간부터 제가 당신 때문에 얼마나 괴로웠는데요! 저는 그리될 줄 알았어요. 당신에게 말을 해줘야겠다는 생각에 수없이 입을 열까 말까 망설이고 있었죠. 폰 S 부인과 T 부인이 그곳에 있는 당신을 두고 보느니 차라리 남편들과 함께 자리를 박차고 나가려 한다는 것을 알고 있었어요. 또 백작이 그분들 기분을 망치게 해서는 안 된다는 것도요. 그리고 그 소란이 난 거예요!" "뭐라고요?" 나는 놀란 마음을 감추며 말했네. 이 순간 그저께 아델린이 했던 모든 얘기가 끓어오르는 물처럼 혈관을 타고 흘렀네. "그 일 때문에 저는 이미 한바탕 곤욕을 치렀다고요!" 어여쁜 그 여인이 눈물을 글썽이며 이렇게 말했지. 더 이상 마음을 가다듬을 수 없었던 나는 그녀의 발치에 몸을 던지려고 하며 소리쳤네. "말해 보세요!" 그녀의 두 볼에는 눈물이 흘렀지. 어찌해야 될지 모르겠더군. 그녀는 눈물을 감추려 하지 않고 닦았네. "저희 아주머니 성격을 아시잖아요. 아주머니도 그때 같이 오셨었는데, 어떤 눈으로 그 광경을 쳐다보셨는지 아나요! 베르터, 어젯밤에도 오늘 아침에도 전 아주머니가 당신과의 교제에 대해 늘어놓으시는 설교를 참고 들어야만 했어요. 당신을 깎아내리고 모욕하는 소리를 듣고 있을 수밖에 없었고, 당신을 변호하는 말은 거의 할 수 없었어요. 할 수 있는 상황도 아니었지만요."

B 양의 입에서 나오는 말 한 마디 한 마디가 비수가 되어 내 마음에 꽂히는 것 같았네. 그런 얘기를 하지 않고 입을 다물어 주는 것이 얼마나 자비로운 일이었을지 그녀는 모르는 듯했어. 앞으로도 사람들이 계속 험담을 늘어놓을 것이고, 어떤 사람들은 그 일을 뽐내면서 좋아할 것이라고 덧붙여 말했네. 오만한 데다 다른 사람들을 얕본다며 나를 비난하던 사람들은 벌을 받은 것이라며 고소해할 것이라는 말도 했네. 빌헬름, 이 모든 얘기를 정말 진심으로 나를 동정하는 그녀의 목소리로 들으니 내 마음은 와르르 무너졌고 마음속에서 분노가 치밀어 올랐네. 누군가 내 앞에서 그런 비난을 퍼붓기를, 그래서 그의 몸에 비수를 꽂을 수 있기를 바랐네. 피를 보면 좀 나아질 것 같네. 아, 이 옥죄는 가슴에 숨구멍을 트기 위해 수백 번 칼을 잡았었네. 품종이 우수한 어떤 말은 기진맥진할 때까지 자신은 몰아 몸이 끔찍하게 뜨거워지면 본능적으로 제 혈관을 물어뜯어 숨통을 틔운다고 하네. 나도 자주 그러고 싶네. 스스로 혈관을 끊어 영원한 자유를 얻고 싶네.

3월 24일

궁정에 사직서를 제출했고 수리되기를 바라고 있네. 먼저 허락을 받지 않은 건 자네와 어머니 모두 용서해 주겠지. 이제 떠날 수밖에 없네. 자네와 어머니가 무슨 말로 나를 이곳에 계속 머물도록 설득할지 다 알고 있네. 그러니 어머니께는 좀 더 완곡하게 소식 전해 주게. 지금은 나도 어쩔 수가 없어. 내가 어머니를 돕지 못해도 어머니께서는 잘 견뎌 내실 게야. 물론 힘들어하시겠지. 추밀 고문관과 공사가 되는 출세의 길로 막 들어섰다고 생각했던 아들이 갑자기 멈춰서 작은 말을 타고 뒤로 돌아 마구간으로 돌아오는 모습을 보시게 된 참이니! 자네와 어머니 좋을 대로 생각하시게나. 그리고 내가 머물 수 있을 경우들과 머물러야 할 만한 경우들이 있는지 생각해 보게나. 더는 못 하겠네. 떠날 거야. 자네와 어머니께서 내 행선지는 알아야겠지. 이곳에 나와 어울리는 것을 즐거워하는 ○○ 후작이 있네. 그가 떠나겠다는 내 생각을 듣더니 자기 영지로 가서 함께 아름다운 봄날을 보내자고 제안했네. 그곳에서 마음이 내키는 대로 지내도 좋다고 약속했네. 우리는 어떤 점만 제외하면 서로 잘 통한다네. 그래서 나는 운에 맡긴 채 그와 동행하려고 하고 있네.

추신_ 4월 19일

편지를 두 통이나 보내 주어서 고맙네. 답장을 안 했던 것은 궁정에서 내 사직이 결정될 때까지 앞의 편지를 보내지 않았기 때문일세. 어머니께서 장관께 도움을 청해 내 계획을 수포로 만들까 봐 걱정이었거든. 하지만 이제 되었네. 사직이 결정되었어. 궁정에서 내 사직서를 마지못해 수락했다는 것과 장관이 내게 보낸 편지의 내용을 자네와 어머니께는 말하고 싶지 않네. 그걸 들으면 다시 자네와 어머니에게서 탄식이 터져 나올 테니까. 황태자께서는 작별 인사와 함께 25두카텐을 보내 주셨는데, 그 인사는 눈물이 날 정도로 감동적이었네. 그래서 얼마 전에 어머니께 편지로 부탁했던 돈은 이제 필요치 않게 되었네.

5월 5일

내일 이곳을 떠난다네. 가는 길에서 겨우 6마일 정도 벗어난 곳에 내가 태어난 고장이 있기 때문에, 그곳에도 한번 들러서 행복한 꿈을 꾸었던 과거를 회상해 보려 하네. 어머니께서 나를 데리고 떠나왔던 그 성문을 통해 안으로 들어갈 거야. 아버지께서 돌아가신 후 어머니께서는 정 들고 익숙한 고장을 떠나 살기 힘든 도시 안에 스스로를 가두셨지. 빌헬름, 잘 지내게. 앞으로의 여정에 대해 소식 전하겠네.

5월 9일

순례자처럼 경건한 마음으로 고향 순례를 마쳤네. 예기치 않았던 여러 감정들에 사로잡히게 되더군. S를 향해 가다가 내가 살던 도시에서 15분 정도 떨어진 곳에 있는 큰 보리수나무에 마차를 멈추게 하고 나는 내렸네. 마차는 먼저 보냈다네. 걸어가면서 기억 하나하나를 아주 새롭고 생생하게 떠올리고 마음이 가는 대로 음미해 보고 싶었기 때문이었네. 옛날에 내가 소년이었을 때, 내 산책의 목적지이자 경계였던 그 보리수나무 아래에 서 보았네. 얼마나 달라졌던지! 아무것도 몰라서 행복했던 옛날에는 미지의 바깥세상으로 나가기를 동경했었지. 그곳에 가면 내 마음을 키울 자양분을 듬뿍 얻을 수 있을 것이고, 갈망과 동경으로 부푼 내 가슴을 가득 채우고 이러저러한 즐거움에 만족하리라 기대했었지. 이제 그 넓은 세상에서 돌아와 다시 그곳에 섰는데……. 아, 친구여! 얼마나 수없이 많은 희망과 계획이 무너졌는가! 그토록 오랜 날들 동안 내 소망의 대상이었던 산들이 눈앞에 펼쳐져 있는 것을 보았네. 그곳에 앉아서 몇 시간씩 산 너머를 동경하는 마음으로 바라봤다네. 그러면 그렇게도 어렴풋하고 정겨워 보이던 숲속과 계곡을 마음으로 헤매고 다닐 수 있었어. 그러다가 다시 집으로 돌아가야 할 시간쯤이 되면, 그 자리가 어찌나 좋은지 너무도 떠나기 싫었지! 그런 생각을 하며 도시로 가까이 가고 있었네. 낡고 익숙한 별장들에 모두 안부 인사를 건넸지. 새로 지어진 것들은 마음에 들지 않았고, 그 밖의 다른 곳에서 보이는 변화들도 모두 눈에 거슬렸어. 성문으로 들어가자마자 곧바로 온전한 예전 그대로의 나를 되찾았네. 친구여, 세세한 얘기까지는 하고 싶지 않군. 내게는 아주 매력적이었지만 설명하기에는 아주 단조로운 이야기일 테니 말이야. 나는 예전 우리 집 바로 옆인 장터 광장에서 머물기로 결정했네. 그리로 가면서 보니 학교였던 곳이 잡화점으로 변해 있었네. 성실하고 늙은 여선생이 우리의 어린 시절을 가두어 놓은 곳이었지. 그 굴속 같던 교실에서 견뎌 내야 했던 불안과 눈물, 그리고 숨이 막힐 것 같던 답답함과 두려움이 기억나네. 한 걸음 한 걸음 내디딜 때마다 보이는 모든 게 특별했네. 성지 순례자라고 해도 종교를 경건하게 회상할 수 있는 장소를 나처럼 많이 만나지 못할 것이고, 순례자의 영혼도 이만큼 신성한 감동으로 충만해지기 어려울 거야. 해주고 싶은 얘기가 너무도 많지만 딱 한 가지만 더 이야기하겠네. 한 농가가 보일 때까지 강을 따라 아래쪽으로 걸었어. 예전에 잘 다니던 길이었고, 여기 남자애들이 강물에 납작한 돌을 던지며 누가 가장 많은 물수제비를 뜨는지 연습하던 곳이었어. 때때로 거기에 서서 흐르는 강물을 눈으로 뒤쫓던 게 생생히 떠올랐네. 아주 기이한 예감에 사로잡혀 강물을 뒤쫓았고, 강물이 흘러가 닿는 지역들은 어떨지 풍성한 모험심으로 상상해 보았었지. 금세 상상력의 한계에 부딪쳤지만 그래도 계속 상상해 보려고 애썼어. 그러다가 아득히 먼 곳에 대한 생각에 빠질 때도 있었지. 친구여, 보게나. 훌륭하신 선조들은 제한되고 좁은 곳에서도 그토록 행복해하셨네! 선조들의 감정과 문학은 그렇게도 순진무구했지! 오디세우스가 측량할 수 없는 망망대해와 무한한 대지에 대해서 이야기하면, 그것들은 참되고, 인간적이고, 내밀하고, 친근하고, 신비롭게 느껴지지. 지금 내가 어린 학생들처럼 지구는 둥글다는 뒷말을 할 수 있다고 한들, 그것이 무슨 소용이겠는가? 지구 위에서 즐기며 살기 위해 인간은 그저 약간의 땅덩어리만 있으면 되고, 땅속에서 안식을 누리기 위해서는 더 작은 땅덩어리가 필요할 뿐이지.

지금 나는 후작의 사냥 별장에 있네. 후작과의 생활은 아주 편안하네. 진실하고 가식 없는 분이지. 그분 주위를 에워싼 이상한 사람들이 도대체 어떤 성격인지는 전혀 파악하지 못했네. 무뢰한은 아닌 것 같지만 그렇다고 정직해 보이지는 않네. 가끔은 그들이 진실한 사람처럼 보이지만, 그래도 신뢰할 수는 없네. 또 하나 유감스러운 것은, 후작이 자기가 읽거나 들었던 일들에 대해 전해 들은 관점 그대로 이야기한다는 것일세.

또한 후작은 나의 가슴보다 지성과 재능을 더 높게 평가한다네. 내 가슴은 유일한 자부심이고 모든 것의 원천, 모든 힘과 행복과 불행의 원천인데 말이야. 내가 알고 있는 것은 누구나 알 수 있지만 내 가슴은 오직 나만이 가질 수 있지.

5월 25일

구상하던 일이 있었는데, 실행에 옮길 때까지 자네와 어머니께는 공개하지 않을 생각이었네. 그런데 그 일이 무산되었으니 이제 얘기해도 상관없겠지. 나는 오랫동안 전쟁에 참가하려는 계획을 마음에 품고 있었다네. 이곳으로 후작을 따라왔던 가장 큰 이유도 사실 전쟁 때문이었지. 후작은 ○○에 복무하는 장군이라네. 산책길에 후작에게 내 계획을 털어놓았네. 그런데 후작이 그 마음을 막았네. 만일 내가 후작의 이야기를 귀담아듣고 싶지 않았다면, 그 마음은 틀림없이 변덕보다는 열정에 가까울 걸세.

6월 11일

자네가 뭐라 말해도 더 이상 여기에 머물 수 없네. 여기서 내가 뭘 할 수 있겠나? 하루하루가 지루하네. 후작은 내게 더할 나위 없이 호의적이지만 여기는 내 자리가 아닌 것 같아서 편하지 않아. 후작과 나는 근본적으로 아무런 공통점이 없다네. 후작은 아주 평범한 정도의 이해심을 가진 사람이야. 그와의 교제는 그다지 즐겁지 않네. 잘 쓰인 책을 읽는 것 이상은 아니라네. 일주일 더 이곳에 머무른 뒤 다시 목적 없이 여기저기 돌아다니려 하네. 이곳에서 내가 했던 것 중 가장 잘 한 일은 스케치일세. 후작은 예술적 감각이 있어. 고루한 학문적 기질과 평범한 전문 용어에 얽매이지만 않는다면 예술을 더 깊게 느낄 수 있을 텐데. 가끔 내가 열심히 상상력을 발휘해서 그를 자연과 예술의 세계로 끌어올 때가 있는데, 그때 후작이 상투적인 예술 용어를 쓰며 끼어들어서는 자기가 갑자기 정말로 잘 하고 있다고 생각하면 나는 속으로 이를 갈기도 하네.

6월 16일

그래, 나는 그저 이 땅의 방랑자일 뿐, 순례자일 뿐! 그렇다면 자네들은 그보다 나은 존재인가?

6월 18일

어디로 갈 거냐고? 자네를 믿고 털어놓겠네. 아직 2주일은 더 이곳에 있어야 해. 그다음에는 ○○ 지역의 광산을 방문해야겠다고 나 스스로를 속이고 있지만, 사실 광산은 하나도 중요하지 않아. 그저 다시 로테 가까이에 있고 싶어 결정했을 뿐이네. 그것이 전부일세. 이런 내 마음에 혼자 실소를 짓지만, 그냥 마음 가는 대로 행동하려 하네.

7월 29일

아니, 괜찮아! 모든 것이 괜찮아! 내가 그녀의 남편이라면! 아, 저를 만들어 내신 하느님이시여, 제게 그런 축복을 내려 주셨다면 저는 평생토록 당신께 기도를 올렸겠지요. 불평하려는 것은 아닙니다. 제 눈물을 용서해 주십시오! 헛된 제 소망들을 용서해 주십시오! 그녀가 내 아내라면! 하늘 아래 가장 사랑스러운 그녀를 내 품에 안는다면! 빌헬름, 그녀의 날렵한 몸을 감싸 안은 알베르트를 보면 온몸에 소름이 돋는다네.

그런데 이런 말을 해도 되는 걸까? 빌헬름, 왜 안 되겠나? 로테가 나와 함께였다면 알베르트와 있는 것보다 더 행복해졌을 거야. 아, 알베르트는 로테의 마음속 소망들을 모두 충족시켜 줄 사람이 아니라네. 그가 감수성이 부족한 사람인 건 확실하네. 부족하다는 말이 무슨 뜻일지는 자네 마음대로 생각하게. 아, 좋아하는 책을 읽다가 어떤 구절에서 내 마음과 로테의 마음이 하나가 될 때, 또 제삼자의 행동에 대해 우리의 감정이 격해지는 수많은 경우들에도 알베르트의 심장은 교감하거나 뛰지 않는다네! 빌헬름, 물론 알베르트는 온 마음을 다해 로테를 사랑하네. 그런 사랑이 어떤 보답인들 받지 못하겠나!

보고 있기 힘든 사람이 오는 바람에 쓰던 편지를 중단했었네. 눈물은 말라 버렸고 정신은 멍한 상태일세. 잘 있게, 친구!

8월 4일

나만 이렇게 지내는 게 아니라네. 모든 사람들이 희망에 속고 기대에 배반당하며 살아가지. 보리수나무 아래에 있는 선한 여자를 찾아갔었네. 나를 본 큰애가 달려왔고, 기뻐하며 법석을 떠는 소리에 애들 엄마도 그리로 왔는데 아주 침울한 얼굴이었어. "아, 선생님, 한스가 세상을 떠났어요." 그것이 그녀의 첫마디였어. 한스는 그녀의 막내아들이야. 나는 아무 말도 하지 못했네. 그녀가 계속 말했지. "그리고 남편이 스위스에서 돌아왔는데요, 아무것도 받지 못하고 빈손으로 왔답니다. 게다가 착한 사람들이 도와주지 않았으면 나가서 구걸이라도 해야 할 형편이었다고 하네요. 가는 길에 열병에 걸렸다지 뭐예요." 나는 그녀에게 아무 말도 할 수 없어서 어린애에게 돈만 조금 주었네. 그녀가 부탁이니 사과라도 몇 개 가져가래서 나는 사과를 받아 들고 그 슬픈 추억의 장소를 떠나왔네.

8월 21일

내 마음이 손바닥 뒤집듯이 쉽게 변하는군. 가끔 삶에 대한 즐거운 전망이 다시 떠오를 때도 있지만, 아, 그저 한순간일 뿐! 몽상에 잠길 때면 이런 생각이 드는 것을 막을 수가 없네. 알베르트가 죽으면 어떻게 되지? 그러면 네가! 그래, 그러면 로테가…… 그런 생각이 들면 나는 망상을 따라가고 낭떠러지에 이르러서야 떨면서 돌아선다네.

성문으로 나가 무도회에 가는 로테를 태우기 위해 처음 달렸던 그 길을 지나가는데 모든 게 달라졌더군! 모든 것, 모든 것이 다 지나가 버렸어! 그때 그 세상의 손짓 하나도, 그때 맥박이 뛰던 내 감정들의 잔재도 남아 있지 않네. 창성했던 영주가 성을 지어 그 안을 온갖 화려한 선물들로 채워 놓고 세상을 떠날 때 사랑하는 아들을 믿고 물려주었는데, 혼령이 되어 돌아와 불타서 완전히 폐허가 된 성을 바라보는 심정이라네.

9월 3일

이토록 온 마음을 다해 진실하고 충만하게 로테를 사랑해. 오직 그녀만 알고, 내게는 그녀밖에 없어. 그런데 어떻게 다른 사람이 그녀를 사랑할 수 있는지, 그리고 사랑해도 되는지 가끔 이해가 되지 않는다네.

9월 4일

그래, 그런 것이지. 계절이 가을로 접어들자, 내 마음속과 주위 세상이 가을이 되고 있네. 내 마음의 나뭇잎들은 노랗게 물들고, 주위 나무들에서는 벌써 낙엽이 떨어지네. 내가 여기에 온 지 얼마 안 되었던 언젠가 젊은 농부에 대한 편지를 보낸 적이 있지 않았나? 이번에 발하임에서 그 사람을 다시 수소문해 봤네. 고용되었던 집에서 쫓겨났다고 하는데, 아무도 그 이상의 일은 모르고 알고 싶어 하지도 않더군. 그런데 어제 다른 마을로 가다가 정말 우연히 그 청년을 만났다네. 내가 말을 걸자 그는 자기 이야기를 시작하였네. 아주 감동적인 이야기였어. 지금 내가 그 이야기를 하면 자네도 이해가 쉽겠지. 그런데 나는 무엇을 위해 자네에게 이런 얘기를 하는 것일까? 왜 나를 두렵고 마음 상하게 만드는 것을 혼자 간직하지 않는 것일까? 왜 자네까지 울적하게 만드는 것일까? 왜 자네에게 항상 나를 동정하고 질책할 기회를 주는 것일까? 하지만 어쩔 수 없지. 그것도 내 운명이려니!

내 몇 가지 물음에 그 젊은이가 처음에는 작은 목소리로 슬프게 대답을 했어. 그걸 보고 약간 수줍어한다는 생각이 들었네. 하지만 그가 갑자기 자신과 나를 다시 알아본 것처럼 금방 마음을 열고는 자기 잘못을 내게 털어놓고 자신의 불행을 한탄했네. 친구여, 그의 말 한 마디 한 마디를 자네의 판단과 함께 들을 수 있다면! 그가 고백하기를, 아니 고백한다기보다 회상에 잠겨서는 일종의 즐거움과 행복을 느끼면서 이야기하기를, 그의 마음속에서 여주인에 대한 열정이 하루하루 자라나서 마침내는 자기가 무슨 행동을 하는지, 무슨 말을 어떻게 하는지, 고개를 어디로 두어야 할지도 몰랐다고 했네. 무엇을 먹거나 마실 수도 없고, 잠을 잘 수도 없고, 무엇이 목구멍을 꽉 막은 것 같고, 하지 말아야 할 일을 하고 해야 할 일은 잊어버렸다고 하네. 마치 악령에 쫓기는 기분이었다더군. 그러던 어느 날 여주인이 위층 방에 있는 것을 알고는 그녀를 쫓아갔대. 아니, 그녀에게 저절로 이끌렸다고 했네. 그런데 여주인이 자신의 애원을 들어주지 않자 완력으로 그녀를 차지하려고 했다네. 자기도 어떻게 그런 일이 벌어졌는지 모르겠다고 하더군. 그녀를 향한 자신의 마음은 항상 순수했다고 말했네. 언제나 그녀와 결혼해서 여생을 함께 보내길 간절하게 바랐을 뿐이었다고, 하느님께서 그 사실을 아실 것이라고 했네. 한동안 이야기를 이어 가던 그는 뭔가 할 말이 남았는데 감히 꺼내지 못하는 사람처럼 주저했어. 마침내 그녀가 사소하지만 친밀한 행동 몇 가지를 그에게 허용했고, 자기가 어느 정도 거리를 좁혀도 그녀가 개의치 않아 했다고 수줍어하며 고백하더군. 중간에 두세 번 얘기를 중단하고는 자기가 그녀를 나쁜 사람으로 만들기 위해 이런 얘기를 하는 것이 아니고, 그저 자기가 예전처럼 그녀를 사랑하고 존중한다는 사실을 보여 주려는 것이라고 열을 내며 항변했네. 그리고 나는 입에 올린 적도 없었는데, 그는 자기 머리가 완전히 이상하거나 정신이 나가지 않았음을 확신시켜 주기 위해서 나에게만 이야기한다고 하더군. 친구여, 그리고 이 대목에서 내가 항상 되뇌며 앞으로도 영원히 되뇔 그 소리를 또 시작해야겠네. 내 앞에 서 있던 그 사람을, 아직도 내 앞에 서 있는 것 같은 그 사람을 자네에게 소개시켜 줄 수 있다면! 내가 그의 운명에 공감하고 있고, 공감할 수밖에 없다는 것을 전부 자네가 제대로 느끼도록 전할 수 있다면! 하지만 자네가 내 운명과 나를 알고 있으니 됐네. 모든 불행한 사람들에게, 특히 이 불행한 남자에게 내가 왜 이렇게 마음이 이끌리는지 자네는 너무나 잘 알고 있을 거야.

편지를 다시 죽 읽어 보니 깜빡하고 이야기의 결말을 얘기하지 않았더군. 물론 쉽게 짐작할 수 있겠지만 말이야. 여주인은 젊은이를 밀쳐 냈고, 마침 그때 여주인의 오빠가 들어왔다네. 그 오빠는 이미 오랫동안 이 젊은이를 미워해서 집에서 쫓아내고 싶어 했다는군. 왜냐하면 누이에게는 아이가 없으니 자기 아이들이 유산을 물려받을 것이란 기대가 아주 컸기 때문이지. 혹시 누이가 재혼을 해서 제 아이들 몫의 유산을 뺏길까 봐 벌벌 떨었다더군. 여주인의 오빠가 젊은이를 당장 집 밖으로 쫓아냈고 이 일을 크게 떠벌리고 다녔다네. 그래서 여주인이 혹시 그에게 마음이 있더라도 다시 받아 줄 수 없게 말이야. 지금 여주인은 새 일꾼을 들였는데, 사람들 말로는 그 일꾼 때문에 또 오빠와 사이가 틀어졌다고 하네. 사람들은 여주인이 그 일꾼과 결혼할 것이라고 확신하지만, 젊은이는 그렇게 되도록 놔두지 않을 것이라고 단단히 결심하고 있다네.

내가 한 이야기에 과장이나 거짓은 조금도 없다네. 오히려 약하게 누그러뜨려 얘기했다고 해도 괜찮은 정도지. 우리의 고루하고 도덕적인 말들로 전달하다 보니 약간 거칠어진 것은 같네.

이런 사랑과 절개와 정열은 문학적 허구가 아니지. 그것은 살아 있으며, 우리가 교양 없고 거칠다고 일컫는 계층 안에서 가장 순수하게 존재하네. 우리 교양인들은 그릇된 교육으로 특별하지 않은 사람들이 되어 버렸네! 부탁하건대 이 젊은이의 이야기를 경건한 마음으로 읽어 주게. 이야기를 써 내려가는 오늘, 마음이 평온하네. 다른 때처럼 몰아치듯 휘갈기지 않은 내 필체에서 자네도 알 수 있을 거야. 벗이여, 이것이 자네 친구의 이야기일 수도 있다고 생각하며 읽어 보게. 나도 이미 겪은 일이고 앞으로도 내게 있을 일이야. 그 젊은이와 나를 감히 비교할 수 없겠지만, 나는 그 가련하고 불행한 사람의 반만큼의 용기도, 결단력도 없네.

9월 5일

업무 때문에 시골에 머물고 있는 남편에게 로테가 짤막한 편지를 썼었네. 편지는 이렇게 시작되었지. "소중한 그대, 내가 누구보다 사랑하는 당신, 되도록 빨리 와주세요. 아주아주 즐거운 마음으로 당신을 기다리고 있답니다." 그때 한 친구가 집에 와서 알베르트에게 사정이 생겨 그가 금방 돌아오지 못할 것이라는 소식을 전했네. 편지는 그 자리에 그대로 놓여 있었고 저녁에는 내 손에 들어오게 되었네. 그것을 읽고 미소를 짓자 로테가 왜 웃느냐고 묻더군. 내가 큰 소리로 대답했네. "상상력이란 얼마나 훌륭한 신의 선물인지요. 잠깐 이 편지가 제게 온 편지라고 상상해 보았습니다." 그녀는 갑자기 아무 말도 하지 않았네. 내 말이 마음에 들지 않는 것 같았어. 나도 입을 다물었네.

9월 6일

로테와 처음 춤을 출 때 입었던 수수한 푸른색 연미복을 버리기로 결심하는 게 매우 힘들었네. 하지만 옷이 완전히 추레해져서 어쩔 수 없었네. 그런 다음 그것과 굉장히 비슷하게 옷을 맞추었네. 옷깃과 소맷부리를 똑같이 해달라고 했고 노란색 조끼와 바지도 곁들여 맞추었지.

그런데 새 옷에 대해서는 별 감흥이 없네. 모르겠어. 시간이 가면 이 옷도 좋아지겠지.

9월 12일

로테가 알베르트를 마중하러 며칠간 여행을 떠났었네. 오늘 내가 그녀의 방에 들어섰을 때 그녀가 나를 맞이해 주었네. 너무 반가운 나머지 그녀의 손에 입을 맞추었네.

거울 위에 앉아 있던 카나리아 한 마리가 그녀의 어깨 위로 날아왔네. 로테가 손에 새를 앉히며 말했네. "어린 동생들을 위해 새 친구를 데려왔어요. 정말 사랑스럽지요! 보세요. 빵을 주면 날개를 파닥거리면서 귀엽게 쪼아 먹어요. 뽀뽀도 한답니다. 보세요!"

로테가 그 작은 새를 향해 입을 내밀자 새가 달콤한 그녀의 입술에 사랑스럽게 입을 맞추었네. 마치 그 새는 지금 누리는 환희를 느낄 수 있는 것처럼 보였네. "당신에게도 입을 맞추게 할게요." 로테가 이렇게 말하면서 새를 건네주었네. 새의 작은 부리가 그녀의 입에서 내 입으로 옮

겨 왔네. 콕콕거리는 새의 부리가 애정 넘치는 즐거움의 숨결이자 예감
처럼 내 입술에 와닿았네.

내가 말했네. "새의 입맞춤에 탐욕이 없는 건 아니네요. 먹이를 찾다
가 속 빈 애무를 받으니 실망해서 돌아가네요."

"제 입에 있는 먹이를 받아먹기도 해요." 로테가 말했네. 그녀가 입술
에 빵 부스러기를 물어 새에게 건네주었네. 그녀의 입술에서 나온 순수
하게 교감하는 사랑의 기쁨이 황홀한 미소가 되어 번졌네.

나는 얼굴을 돌렸네. 로테는 그러지 말았어야 했어. 천상의 행복과 순
수를 간직한 모습으로 나의 상상력을 자극하면 안 되는 거였어. 이따금
인생의 무심함으로 인해 잠드는 내 마음을 깨우지 말았어야지. 그런데
왜 안 된다는 것인가? 로테는 그만큼 나를 믿어! 그녀를 향한 내 사랑이
얼마나 큰지 그녀는 알고 있다고!

9월 15일

빌헬름, 이 세상에 아직까지 가치를 지니고 있는 것은 얼마 없는데,
그 귀한 것을 알지도 느끼지도 못하는 인간들이 있다는 사실 때문에 미
쳐 날뛰고 싶어지네. 성 ○○ 마을의 신실하신 목사님 댁에 갔을 때 로
테와 내가 함께 호두나무들 아래에 앉았던 것을 자네도 알 거야. 언제나
지극한 영혼의 기쁨으로 내 마음을 충만하게 했던 멋진 호두나무들이었
지! 그 나무들 때문에 목사관이 얼마나 친숙해 보였고 얼마나 시원했던
지! 나뭇가지들은 또 얼마나 위풍당당했던지! 오래전 그 나무들을 심었
던 존경스러운 성직자들로까지 거슬러 올라가는 추억마저 깃들어 있었
지. 학교 선생님은 할아버지로부터 들었다던 어떤 분의 이름을 우리에
게 자주 이야기했네. 아주 훌륭한 분이었다고 하는데, 나무들 아래에 서

면 늘 경건한 마음으로 그분을 떠올렸지. 우리가 어제 그 나무들이 베어져 사라졌다는 이야기를 하자, 학교 선생님의 두 눈엔 정말로 눈물이 고였네. 나무들을 잘라 내다니! 도끼를 처음 내리친 그 인간을 죽이고 싶어서 미칠 것 같았어. 내 집 정원에 서 있는 나무들 중 한 그루가 나이들어 말라 죽어도 애통한데, 이 상황을 보고만 있을 수밖에 없다니. 친구여, 다만 한 가지 위안이 되는 것이 있다네. 사람들의 감정이라는 것이지! 마을 전체가 이 일에 불만을 품고 있어. 버터와 계란, 그 밖에 신망이 줄어드는 것을 보고 목사 부인이 자기가 이 마을에 얼마나 큰 상처를 주었는지를 좀 느껴야 할 텐데 말이야. 새로 부임한 목사의 부인이 (우리의 나이 드신 목사님은 돌아가셨네.) 나무들을 베어 낸 장본인이야. 마르고 허약해 보이는 그 여자가 세상에 무관심한 데는 이유가 있어. 그 누구도 그녀에게 관심이 없거든. 학식을 갖추었다며 큰소리치는 그 바보 같은 여자는 경전 연구에 몰두하고, 기독교에서 새롭게 유행하는 도덕적·비판적 개혁 운동에 심취하고, 라바터의 열성적 신앙에 대해서는 어깨만 으쓱하며 무시하는 사람일세. 건강이 완전히 망가졌기 때문에 그 여자는 하느님의 땅 위에서 어떤 즐거움도 느끼지 못하네. 그런 인간이니 나의 호두나무들을 그렇게 베어 버릴 수 있었던 거야. 정말이지 정신을 차릴 수가 없네! 그녀의 말은 이렇다네. 나뭇잎들이 떨어지면 마당이 더럽고 눅눅해지고, 나무들은 햇빛을 가리고, 또 호두가 익으면 남자애들이 그걸 따려고 돌을 던지는데 이런 것들이 자기 신경에 거슬린다는 거야. 자기가 케니코트와 제믈러, 미하엘리스를 연구하고 비교하면서 깊은 사색을 하는 데 방해가 된다는 것일세. 마을 사람들이, 특히 나이 든 사람들이 불만스러워하는 것을 보고 내가 물었네. "왜 그냥 참고 계셨습니까?" 그러자 그들이 말했네. "이런 시골에서 마을 이장이

한다는데 사람들이 뭘 할 수 있겠는가?" 그런데 한 가지 일이 제대로 벌어졌네. 목사는 수프를 멀겋게 끓여 놓는 고약한 아내가 갑자기 저지른 일에서도 뭔가 이득을 챙기고 싶어 했지. 목사와 이장은 이익을 나눠 가질 생각을 하고 있었다네. 그런데 그 이야기를 듣게 된 관청에서 "여기로 가져오도록 하시오!"라고 했다네. 나무가 서 있던 목사관 땅의 권리를 아직 관청이 가지고 있었기 때문이었지. 관청에서는 나무들을 최고가 입찰자에게 팔았다네. 나무들은 아직 쓰러진 채 있네! 아, 내가 영주라면! 그랬으면 목사의 아내와 이장과 관청을 다……. 영주라! 정말 내가 영주라면 내 영지의 나무들에 신경이나 쓰겠는가!

10월 10일

로테의 검은 두 눈을 바라보기만 해도 나는 정말 행복하네! 그런데 내가 불쾌한 것은 알베르트가 — 그가 기대했던 만큼, 내가 아마 그럴 것이라고 생각하던 만큼 — 그렇게 행복해 보이지는 않는다는 것이네. 줄표를 별로 좋아하진 않지만, 여기에서는 달리 표현할 방법도 없고 이것을 씀으로서 충분히 분명해졌다는 생각이 드네.

10월 12일

내 마음을 사로잡은 오시안이 호메로스를 밀어냈네. 위대한 시인이 이끌고 간 세상이란! 안개가 자욱하고, 폭우를 몰아오는 세찬 바람 소리가 사방에서 들리고, 그 바람 소리는 어스름한 달빛 속에 조상들의 영혼을 불러오고, 나는 황야를 지나쳐 가네. 동굴에서 울려 나오는 정령들의 신음 소리는 산에서 들려오는 폭포의 포효에 묻혀 반쯤 바람으로 흩어지네. 고결하게 쓰러진 애인의 무덤에 있는 묘석 네 개가 이끼와 무성한 잡초에 덮여 있으며, 숨넘어갈 듯 울부짖는 처녀의 탄식이 그곳을 맴도네. 그다음으로 광활한 황야에서 조상들의 발자국을 찾는 백발의 방랑 시인이 보인다네. 아, 그는 조상들의 묘비를 발견하고 탄식하네. 그리고 고개를 들어 다정하게 반짝이는 밤하늘의 별을 바라보네. 별은 넘실거리는 바닷속으로 모습을 감추었네. 영웅의 마음속에서 지나간 세월이 생생하게 되살아나네. 예전에 그 다정한 별빛이 용감한 자들의 위험을 비춰 주었고, 승전 후에 화환으로 장식된 채 돌아가는 그들의 배도 밝혀 주었었지. 그의 이마에는 깊은 탄식이 서려 있고, 쓸쓸한 최후의 영웅은 기진맥진한 몸으로 무덤을 향해 비틀비틀 걸어가네. 세상을 떠난 이들의 그림자가 힘없이 돌아다니는 가운데 그가 언제나 새롭고 고통스럽게 타오르는 기쁨을 들이마시며, 차가운 대지와 높이 자라 바람에 흔들리는 수풀을 내려다보며 이렇게 소리치네. "아름다웠던 내 모습을 알고 있는 방랑자가 찾아오리라. 그리고 물으리라. '핑갈의 뛰어난 아들, 그 음유 시인은 어디에 있는가?' 그자의 발걸음이 내 무덤 위를 스쳐 지나가고 그는 지상에서 나를 찾아다니겠지만 결코 찾을 수 없으리라." 아, 친구여! 고귀한 기사처럼 칼을 뽑아 숨이 끊어질 듯 말 듯 서서히 죽어 가는 고통으로부터 나의 주군을 단번에 해방시켜 주고 싶네. 그리고 고통에서 해방된 반신(半神)의 뒤를 따라 내 영혼도 보내고 싶네.

10월 19일

아, 공허한 이 마음! 가슴속에서 느껴지는 이 공허함! 로테를 그저 한 번만, 단 한 번만 이 가슴에 품을 수 있다면 내 가슴속 구멍을 가득 채울 수 있으리라는 생각이 자꾸 드네.

10월 26일

친구여, 점점 더 분명해지는 사실이 한 가지 있네. 한 인간의 존재가 참으로 미미하다는 것, 인간은 아주 하찮은 존재라는 것일세. 로테의 친구가 그녀를 찾아와서 나는 옆방에 책을 가지러 갔었네. 하지만 책이 읽히지 않아서 편지를 쓰려고 펜을 들었네. 그때 그들이 나지막하게 두런거리는 소리가 들렸네. 두 사람은 사소한 일들과 시내 소식들을 이야기하고 있었어. 어떤 여자는 결혼을 할 것이고, 어떤 여자는 병세가 심각하다는 등의 그런 얘기였지. "마른기침을 하고, 뼈가 튀어나올 정도로 마른 데다가 기절까지 하는 거 있지. 내 생각에는 오래 못 살 것 같아." 친구가 말했네. 로테가 "○○ 씨도 많이 아프잖아."라고 하자 친구가 "벌써 몸이 부어올랐어."라고 말했네. 그러자 나의 왕성한 상상력이 나를 이 불쌍한 사람들의 병상 옆으로 재빠르게 데려다주었네. 나는 삶을 하직하기 싫어서 안간힘을 쓰는 사람들을 보았네. 빌헬름, 그들은······. 그런데 나의 여인들은 모르는 사람이 죽어 가는 듯 그들의 죽음을 말하고 있었네. 방 안을 빙 둘러보며 주위에 있는 로테의 옷들과 알베르트의 서류들, 친숙하게 느껴지는 가구들, 그리고 이 잉크병까지 보고 나니 생각에 잠길 수밖에 없었네. 보아라, 너는 이 집에서 어떤 존재란 말이냐! 짧게 말하면 친구들은 너를 존중해! 너는 종종 그들을 기쁘게 해줘. 너도 그들이 없으면 못 살 것 같다고 느끼지. 그런데 네가 가버린다면, 이 친구들을 떠나간다면? 그들은 너를 잃어서 그들의 운명에 생긴 균열을 느끼기는 할까? 그 시간은 얼마나 될까? 얼마나 오래일까? 아, 덧없어라, 인간이여! 자신의 존재를 진정으로 확신하는 곳에서도, 자신의 현존이 유일하고 진실하게 각인된 곳에서도, 사랑하는 사람들의 기억과 마음속에서도 그렇게 빨리 사그라지고 사라질 수밖에 없다네!

10월 27일

종종 사람이 다른 사람에게 그토록 부질없는 존재일 수 있다는 생각을 하면 가슴을 찢고 머리를 짓이기고 싶어지네. 아, 사랑과 기쁨과 온정 그리고 환희를 스스로 느끼지 못하면, 다른 사람도 내게 그것을 줄수 없어. 내 마음이 행복감으로 가득 차 있어도 내 앞에 냉정하고 무력하게 서 있는 사람을 그 마음만으로는 행복하게 만들 수 없다는 거야.

10월 27일 저녁

내게는 많은 것이 있지만, 로테를 향한 감정이 다른 모든 것을 삼켜버리네. 그녀가 없다면 많은 것을 갖고 있어도 모두 무(無)가 된다네.

10월 30일

벌써 수백 번은 정말로 그녀의 목을 감싸 안으려 하지 않았는가! 그렇게 사랑스러운 여인이 눈앞에서 왔다 갔다 하는데도 손을 뻗어서는 안되는 괴로운 심정을 하느님께선 아시겠지. 그것이 인류의 가장 자연스러운 본능인데 말이야. 아이들은 잡고 싶으면 어느 것이라도 손을 뻗지 않는가? 그런데 나는?

11월 3일

하느님께선 아시겠지. 침대에 누울 때 종종 다시 깨어나지 않기를 바라는 내 마음을. 아니 때로는 그런 희망을 갖고 침대에 눕는다네. 아침에 눈을 떴을 때 태양이 다시 보이면 비참해지네. 변덕쟁이가 될 수만 있으면 어긋난 일의 책임을 날씨나 제삼자에게로 돌릴 텐데. 그러면 견디기 힘든 이 불만의 짐을 반이라도 덜 수 있을 텐데. 아! 그러나 모든 잘못이 나 때문임을 절실히 느끼고 있네. 잘못은 아니지! 그래, 예전에 내 안에 모든 행복의 원천이 있었듯 이제는 내 안에 모든 불행의 원천이 숨겨져 있는 것이지. 과거에 나는 감정이 풍부해서 둥둥 떠다녔었고, 한 걸음 내디딜 때마다 낙원이 따라왔었고, 이 세상 전부를 사랑으로 끌어 안을 심장을 가졌었지. 그때의 나와 지금의 나는 똑같은 사람 아닌가? 그런데 이제는 심장이 죽어 있어 내게선 어떤 황홀감도 흘러나오지 않고, 눈은 메말라 눈물도 시원하게 흘리지 못하고, 감각은 다시 기운을 차리지 못해서 불안하게 이마를 찌푸리게 되네. 너무나도 괴롭네. 내 인생의 유일한 행복과 나를 둘러싼 세상을 창조했던 신성한 활력을 잃어버렸네. 사라져 버렸어! 창밖으로 먼 언덕을 내다보면 아침 태양이 안개를 뚫고 나와 고요한 초원을 비추고, 잔잔한 강물이 잎 떨어진 버드나무 사이를 지나 내게로 굽이굽이 흘러오네. 아! 하지만 그토록 수려한 자연도 내 눈에는 에나멜을 칠한 그림처럼 생기 없어 보이고, 그 모든 환희도 내 심장에서 머리까지 행복 한 방울을 길어 올리지 못하네. 그 모습을 하고 말라 버린 우물처럼, 깨진 바가지처럼 하느님 앞에 서 있네. 종종 바닥에 엎드려 하느님께 눈물을 달라고 기도했네. 머리 위 하늘이 이글거리고 주위의 땅이 가뭄으로 타들어 갈 때 농부가 비 내리기를 기원하는 것처럼.

아, 하지만 나는 느낄 수 있네. 우리의 간절한 애원에도 하느님께서는 비와 햇빛을 내리시지 않을 거야. 떠올리면 괴롭기만 한 그 시절, 그때의 내가 그렇게 행복했던 것은 참을성 있게 성령을 고대했고 성령께서 내 위에 내리신 은총을 진심으로 감사하며 온전한 마음으로 받아들였기 때문이었네.

11월 8일

로테가 내게 절제심이 부족하다며 책망을 했네. 아, 그렇게나 사랑스러운 말투로! 나의 무절제는 가끔 포도주 한 잔에 유혹당해 한 병을 비워 버리는 정도라네. "그러지 말아요! 로테 생각 좀 하세요!" 그녀의 말에 이렇게 대답했네. "생각 좀 하라니! 그렇게까지 말할 필요가 있나요? 생각합니다! 아니, 생각이 아니지요. 당신은 언제나 내 마음에 있습니다. 오늘은 얼마 전에 당신이 마차에서 내렸던 곳에 앉아 있었지요." 내가 더 깊이 빠져들지 않도록 로테가 다른 주제를 꺼냈네. 친구여, 난 그 정도라네. 로테는 나를 원하는 대로 다룰 수 있네.

11월 15일

빌헬름, 진심으로 관심을 가져 주고 좋은 뜻으로 충고해 주어 고맙네. 그리고 부탁인데 걱정하지 말게나. 혼자 견뎌 내도록 내버려 두게. 아주 힘들고 괴롭지만 아직은 충분히 이겨 낼 힘이 있네. 자네도 알다시피 나는 신앙을 존중하네. 신앙은 삶에 지친 수많은 이들에게 지팡이가 되고, 목말라 죽어 가는 많은 사람들에게 시원한 음료가 된다네. 하지만 어떤 사람에게나 신앙이 그런 의미일 수 있을까, 그리고 그런 의미여야 할까? 자네가 이 넓은 세상을 둘러보면 그렇게 생각하지 않는 수많은 사람이 보일 것이고, 그럴 수 없는 사람들도 아주 많이 보일 걸세. 설교를 들었든 듣지 않았든 상관없지. 그런데 내게 신앙이 그런 것이어야 할까? 아버지께서 주신 사람들이 당신 주위에 있을 것이라고 하느님의 아들도 말씀하지 않는가? 아버지께서 그분에게 주신 사람이 내가 아니라면? 마음이 내게 말해 주듯, 아버지께서 이제 나를 당신 곁에 두고자 하신다면? 내 말을 잘못 해석하지 않기를 바라네. 악의 없는 말 속에 약간의 냉소를 섞었다고 생각하지 말게나. 자네 앞에 꺼내 놓은 이것이 나의 온전한 마음일세. 이런 마음이 아니라면 차라리 입을 다물고 싶었을 것이고, 말하지 않았을 거야. 나든 누구든 알지 못하는 일은 조금도 언급하고 싶어 하지 않네. 자신의 한계를 견뎌 내고 주어진 잔을 다 마시는 것이 인간의 운명이 아니면 무엇이 인간의 운명이겠나? 하늘에서 오신 예수님의 입술에도 그 잔이 너무나 쓴 것이었거늘 내가 어찌 허세를 부리며 그 잔을 달콤하다 말하겠는가? 또 내 모든 존재가 실존과 소멸 사이에서 떨고 있는 그 끔찍한 순간에, 미래의 어두운 심연 위로 과거가 번개처럼 번쩍거리고 내 주위의 모든 것은 가라앉아 나와 함께 세상이 무너져 내리는 그 끔찍한 순간에 왜 내가 부끄러워하겠는가? 그것은 완전히 자신의 내면으로 떠밀려 스스로를 잃고 저지할 수 없이 추락하는 피조물이 내면 깊이에서 힘을 끌어 올리려다 실패하고 겨우겨우 끄집어 내는 목소리가 아닌가. "하느님! 나의 하느님! 어찌하여 저를 버리셨나이까?" 그런데 내가 이 표현을 부끄러워해야 할까? 하늘을 두루마리처럼 둘둘 말아 버릴 수 있는 그분도 벗어나지 못한 그 순간을 내가 두려워해야 할까?

11월 21일

로테는 그녀 스스로 자신과 나를 파멸시킬 독을 만들고 있다는 것을 알지도 느끼지도 못하네. 그리고 나는 그녀가 나를 파멸시키기 위해 건네주는 그 잔을 아주 기쁜 마음으로 홀짝거리다가 비워 버리지. 그녀가 나를 바라볼 때 자주 — 자주? — 아니, 자주는 아니지만 가끔 보이는 온화한 시선과 본의 아니게 표출되는 내 감정을 받아 주는 호의, 그리고 참고 견디는 나를 볼 때 그녀의 이마 위에 나타나는 연민은 대체 무엇이란 말인가?

어제 내가 가려고 하자 그녀가 손을 내밀며 말했네. "잘 가요, 사랑하는 베르터!" 사랑하는 베르터! 그녀가 내게 사랑한다고 말한 것은 처음이었어. 그 말이 뼛속까지 스며들었네. 그 말을 혼자 수백 번이나 되뇌었지. 어젯밤 잠자리에 들려고 할 때 나 자신과 온갖 수다를 떨었는데, 갑자기 "잘 자요, 사랑하는 베르터!"라는 말이 툭 튀어나왔다네. 그런 내 모습에 웃음만 나왔네.

11월 22일

'로테를 제게 허락하소서!'라고 기도할 수는 없지. 그런데도 자주 그녀가 내 여인처럼 여겨지네. '로테를 제게 주소서!'라는 기도도 할 수 없네. 그녀는 다른 사람의 아내니까. 나 혼자 고통을 주거니 받거니 하며 빈정대고 있어. 이렇게라도 하지 않으면 한 구절씩 교대로 올리는 기도를 읊어 대게 될 거야.

11월 24일

내가 무언가를 참고 있다는 걸 로테가 느끼고 있네. 오늘은 그녀의 시선이 내 심장을 깊숙이 뚫고 들어왔네. 혼자 있는 그녀를 보았어. 나는 묵묵히 있었고 그녀는 나를 바라보았네. 그러자 더 이상 그녀 내면의 사랑스러운 아름다움과 반짝거리는 뛰어난 정신이 보이지 않더군. 그 모든 것이 내 눈앞에서 몽땅 사라져 버렸네. 그보다 훨씬 더 황홀한 그녀의 시선에 마음을 빼앗겼지. 마음속 깊숙한 곳에서 우러나오는 관심과 아주 달콤한 연민을 가득 담은 그녀의 시선에. 왜 나는 그녀의 발아래로 몸을 던지면 안 되는 것인가? 왜 나는 그녀의 목덜미에 한없이 키스하는 것으로 그 눈빛에 응답할 수 없는 것인가? 그녀가 그런 나를 피해 피아노 쪽으로 갔네. 그러더니 피아노를 치면서 반주에 맞춰 달콤하고 나지막한 목소리로 노래했네. 그녀의 입술이 전에 없이 매력적이었네. 자네에게 이런 말을 해도 될지 모르겠어. 그녀의 입술은 악기에서 흘러나오는 감미로운 음을 들이마시기를 갈망하며 열려 있고, 순결한 입에서 은밀한 메아리가 울려 나오는 것만 같았다네. 나는 더 이상 견딜 수 없어 몸을 숙여 맹세했네. 하늘의 정령들이 맴도는 그 입술에 감히 입맞춤하겠다는 생각도 하지 않으리라. 마음을 다잡아도 그런 마음이 드는구나! 아, 친구여, 그 소망이 장막처럼 내 영혼을 가로막고 있네. 그런 지고(至高)의 행복을 맛보고, 그다음에 죄에 대한 벌로 파멸하는 것이지. 그런데 그게 죄인가?

11월 26일

가끔 혼자 이렇게 읊조리네. '너의 운명은 아주 희귀하구나. 다른 사람들의 행복을 찬미하여라. 지금껏 그 누구도 이렇게 고통당한 사람은 없었어.' 그리고 나서 옛 시인의 시를 읽지. 마치 나 자신의 마음을 들여다보는 것 같다네. 그토록 많은 것을 견뎌 내야 하다니! 아, 도대체 나보다 먼저 이 세상에 살았던 사람들은 얼마나 불쌍했던 것인가?

11월 30일

가는 곳마다 내 마음을 어지럽히는 것들과 만나게 되니 세상이 나에게 정신을 차리지 말라고 하는 것 같네. 오늘도 그랬다네! 아, 운명이여! 아, 인간이여!

점심때 딱히 먹고 싶은 게 없어서 강가를 거닐고 있었네. 사방이 황량

했고, 산에서 차갑고 습한 저녁 바람이 불어왔고, 잿빛 비구름이 계곡으로 몰려들고 있었지. 저 멀리에 허름한 녹색 웃옷을 걸친 사람이 보였네. 바위 사이를 기어 다니면서 약초를 찾는 듯 보였어. 그 사람에게 가까이 가자 그가 내 발소리를 듣고 몸을 돌렸네. 아주 흥미로운 인상을 받았네. 잔잔한 슬픔이 눈에 띄게 배어 있는 얼굴은 그의 곧고 선한 기질을 말해 주는 듯했네. 검은 머리칼은 두 다발로 뭉쳐 핀을 꽂아 두었고, 나머지는 굵게 땋아서 등 뒤로 늘어뜨리고 있었어. 옷차림을 보니 미천한 신분인 것 같았고, 하고 있는 일에 관심을 가져도 나쁘게 받아들이지 않을 것 같다는 생각이 들었네. 그래서 그에게 무엇을 찾느냐고 물었네. 그가 깊은 한숨을 내쉬며 대답했네. "꽃을 찾고 있어요. 그런데 한 송이도 없네요." "꽃이 필 계절이 아니잖아요." 나는 미소를 띤 채 대답했고, 그는 내가 있는 아래로 내려오면서 이렇게 말했네. "꽃이 아주 많아요. 우리 집 정원에는 장미도 있고, 인동덩굴도 두 종이나 있어요. 한 종류는 아버지가 주신 건데 잡초처럼 자라나요. 벌써 이틀째 찾는 중인데 안 보여요. 밖에는 언제나 꽃이 있어요. 노란 꽃, 파란 꽃, 빨간 꽃. 용담초에도 예쁘게 꽃이 피었어요. 그런데 하나도 못 찾겠어요." 그의 말이 약간 이상하게 들려서 내가 슬쩍 돌려 물어보았네. "꽃을 찾으면 뭘 할 건가요?" 그러자 비죽거리는 오묘한 미소가 그의 얼굴에 스쳐 갔네. 그가 손가락을 입에 대며 말했네. "모두에게 비밀인데, 애인에게 꽃다발을 만들어 주기로 약속했어요." "멋진데요." "아, 그녀는 가진 게 많아요. 부자거든요." "그래도 당신의 꽃다발은 좋아할 겁니다." 내 대답에 그가 계속해서 말했네. "아, 그녀는 보석도, 왕관도 가지고 있답니다." "그런데 그녀의 이름은 뭔가요?" 내 물음에 그는 이렇게 말했다네. "네덜란드 의회에서 나한테 보수를 지불하려고 했었다면 다른 사람이 될 수 있었는데. 옛날엔 좋았어요. 그런 때가 있었지요. 지금은 다 끝났어요. 이제 나는……." 하늘을 올려다보는 촉촉한 눈빛이 모든 것을 말해 주었네. "그러니까 그때는 행복했군요?" "아, 다시 그렇게 되면 좋겠어요. 그때는 정말 좋았답니다. 행복했지요. 물 만난 고기같이 즐겁고 신났어요." 그가 이런 말을 했을 때, 한 노파가 길을 따라 우리 쪽으로 오면서 "하인리히!" 하고 소리쳤네. "하인리히! 어디 숨어 있었던 거냐? 얼마나 찾아다녔는데. 이리 오렴. 밥 먹으러 가자." "아드님이신가요?" 내가 노파에게 다가가서 묻자 노파가 대답했네. "네, 불쌍한 제 아들이랍니다. 하느님이 제게 무거운 십자가를 지우셨지요." 내가 물었네. "언제부터 저랬나요?" "저렇게 얌전해진 지는 반년 정도 되었답니다. 그나마 저 정도인 게 정말 다행이지요. 그 전의 1년은 미쳐 날뛰는 바람에 정신 병원에서 사슬에 묶여 있었어요. 이제는 다른 사람에게 해코지하지 않아요. 지금은 맨날 왕과 황제 얘기만 한답니다. 예전에는 착하고 조용한 아이였지요. 집안 살림에 도움도 주고 저 고운 손으로 글씨도 잘 썼지요. 그런데 갑자기 우울증에 사로잡혀 무서운 열병을 앓더니 결국 미쳐 버렸어요. 그러고는 보시다시피 저 지경입니다. 좀 더 얘기하자면……." 쏟아져 나오는 노파의 말을 끊으며 물었네. "아드님이 행복하고 좋았다고 자랑하는 그 시절은 언제였나요?" "바보 같은 놈!" 노파가 가엽다는 듯 웃으며 큰 소리로 말했네. "정신이 온전치 못했던 때를 말하는 거예요. 아무것도 모르고 정신 병원에 갇혀 있던 때요." 이 말이 벼락처럼 내 머리를 내리쳤네. 그녀의 손에 동전 한 닢을 쥐여 주고 황급히 자리를 떠났네.

그때가 행복했다니! 빠른 걸음으로 시내를 향해 걸어가면서 혼자 소리쳤네. 그때가 물 만난 고기같이 즐거웠다고! 하늘에 계신 주여! 이성을 갖기 전과 잃어버린 후를 제외한 시간들에는 결코 행복할 수 없는 것이 바로 하느님 당신께서 창조하신 인간의 운명입니까! 불행한 자여! 하지만 당신의 우울증과 당신을 파멸시키는 의식의 혼돈이 부럽구려! 당신의 여왕에게 바칠 꽃을 꺾기 위해 — 이 겨울에 — 희망을 가득 품은 채 밖으로 나가고, 꽃을 찾지 못해 슬퍼하면서도 꽃을 찾을 수 없는 이유가 무엇인지는 알지 못하지. 그런데 나는 희망도, 목적도 없이 밖으로 나왔다가 왔던 것과 똑같이 집으로 되돌아가네. 당신은 네덜란드 의회에서 보수를 지불했다면 자신이 어떤 사람이 되었을까 하고 망상을 펼치지. 불행한 이유를 세상의 장애물 탓으로 돌릴 수 있다니 당신은 복받은 거야! 당신의 불행이 짓밟힌 가슴과 혼란스러운 머리에 있다는 것, 그래서 세상의 어떤 왕도 당신을 구해 줄 수 없다는 것을 느끼지 못하고 있구나.

병을 치료할 목적으로 아주 먼 샘을 찾아 여행을 갔지만, 그 샘이 오히려 병을 키워서 남은 삶이 더 고통스러워진 환자가 있다고 하자. 그를 보고 조롱하는 자가 있다면 위로도 받지 못한 채 죽어야 마땅하리라! 양심의 가책과 영혼의 고뇌를 떨쳐 버리기 위해 성인의 무덤으로 순례를 떠나는 억눌린 마음을 경멸하는 자도 그렇게 죽어 마땅하네. 길이 울퉁불퉁해서 걸을 때마다 발바닥이 갈라져도 내디디는 매 발걸음은 괴로운 영혼을 달래는 진정제 한 방울이 되고, 하루를 견디며 여행을 이어 나갈 때마다 마음은 그 많은 괴로움을 조금씩 덜어 내며 가벼워지네. 그런데 푹신한 방석에 앉아 쓸데없는 말이나 늘어놓는 너희들이 감히 그 마음을 광기라고 불러도 되는 것인가? 광기! 아, 주여! 제 눈물을 보고 계시지요! 당신께서는 사람을 그토록 가련하게 창조하시고, 그 사람 옆에 이런 형제들까지 붙여 두어야만 했습니까? 가진 게 없는 이 사람에게서 그나마 조금 남아 있던 것마저 **빼앗고**, 당신을 향한, 다시 말해 모두를 사랑하시는 하느님을 향한 그 약간의 신뢰마저 **빼앗아** 가는 형제들을요. 병을 치유하는 나무뿌리나 포도즙의 효능을 믿는 것이 당신에 대한 믿음이 아니고 무엇이며, 우리가 항상 필요로 하는 치유와 위안의 힘을 당신께서 주위의 모든 것에 부여해 놓으셨다고 확신하는 것이 당신에 대한 믿음이 아니고 무엇입니까? 제가 알지 못하는 아버지시여! 예전에는 제 영혼을 충만하게 했으나 지금은 제게서 얼굴을 돌린 아버지시여! 저를 당신의 옆으로 불러 주소서! 이제 침묵하지 마시옵소서! 당신께서 침묵하셔도 목말라하는 이 영혼을 붙잡아 둘 수 없습니다. 예기치 않게 집으로 돌아오는 아들이 아버지의 목에 매달려 이렇게 소리칠 때 어떤 사람이, 어떤 아버지가 화를 낼 수 있겠습니까? "아버지, 제가 다시 왔습니다. 당신의 뜻을 따라 더 오래 계속했어야 할 여행을 중단하였으나 노여워하지 마십시오. 세상은 어디나 마찬가지입니다. 노력하고 일하는 자에게는 대가와 기쁨이 따라오지요. 하지만 그것이 제게 다 무슨 소용입니까? 저는 당신께서 계신 곳에서만 행복하고, 괴로움도 즐거움도 당신 앞에서 누리고 싶습니다." 하늘에 계신 아버지시여, 당신께서는 그를 내치시겠습니까?

12월 1일

빌헬름! 지난번 편지에 썼던 그 남자, 행복해하지만 불행한 그 남자는 로테 아버지 사무실의 서기였었다는군. 남몰래 그녀에 대한 연정을 키우다가 털어놓았는데, 그 일로 직장에서 쫓겨나고 정신이 이상해졌다더군. 이 건조한 말을 들으며 내가 받았을 충격이 얼마나 컸을지 짐작되는가. 알베르트는 아주 태연하게 내게 그 이야기를 했다네. 자네도 아마 태연하게 이 이야기를 읽고 있겠지.

12월 4일

주여, 제발! 보이시지요? 저는 끝났습니다. 더 이상은 견디지 못하겠습니다! 오늘 로테 옆에 앉았네. 나는 가만히 앉아만 있었고, 그녀는 피아노를 쳤네. 다양한 선율로 모든 것을 표현하더군. 모든 것, 모든 감정을! 주여, 당신이 원하는 건 무엇입니까? 로테의 여동생이 내 무릎에 앉아 인형을 매만지고 있었네. 눈물이 고여서 나는 고개를 숙였지. 그런데 로테의 결혼반지가 내 눈에 들어왔고 눈물이 주르륵 흘러내렸네. 그때 갑자기 그녀가 천상의 감미로움을 지닌 옛 노래들을 연주하기 시작했네. 갑작스러운 일이었어. 위로받는 느낌과 함께 지난날의 기억이 내 마음을 파고들었네. 그 노래를 듣던 시절, 억지로 떠나 있던 그 음울한 시간 동안 허사가 된 희망들에 대한 기억 말이지. 방 안을 왔다 갔다 해봐도 답답했고 심장이 터질 것만 같았네. "제발!" 갑자기 감정이 격해졌고 그녀에게 가며 소리쳤다네. "제발 그만해요!" 그녀는 연주를 멈추고 나를 물끄러미 바라보았네. "베르터!" 그녀는 내 영혼을 꿰뚫는 미소를 지으며 말했네. "베르터, 많이 편찮으신가 봐요. 그렇게도 좋아하시던 곡을 그만 치라고 하시다니. 부탁이니 어서 돌아가 안정을 취하세요." 나는 황급히 그녀 곁을 떠났네. 주여! 당신께서는 제 불행을 아시니, 이 불행을 끝내 주시겠지요!

12월 6일

그녀의 모습이 계속 나를 따라다니네! 깨어 있을 때나 꿈을 꿀 때나 나의 온 영혼은 로테로 가득하다네! 눈을 감으면 내면의 시력이 하나로 모이는 내 이마 안에 그녀의 검은 두 눈이 있네. 여기! 그것을 자네에게 달리 표현할 수 없군. 눈을 감으면 그녀의 두 눈이 보이네. 마치 바다처럼, 또 심연처럼 내 앞에, 내 안에 그녀의 눈이 나타나고, 내 이마의 감각을 온통 지배하고 있네.

반신이라 칭송받는 인간이란 대체 무엇인가! 가장 절실하게 힘이 필요한 때에 힘을 갖지 못하는 존재가 아닌가? 기쁨에 들뜨거나 괴로움 속에 가라앉을 때, 그리고 끝을 알 수 없는 충만함 속에서 무아지경에 빠지기를 갈망하는 바로 그때, 인간은 그 어디에도 머물러 있지 못하고 무감각하고 냉정한 의식을 되찾지 않는가?

편집자가 독자께 드리는 글

우리 친구 베르터의 기묘한 마지막 며칠에 대해서 그가 자필로 적은 기록이 많이 남아 있었으면 얼마나 좋을까요. 그랬다면 그가 남긴 편지들을 중단하고 이렇게 주절거릴 필요가 없었을 것입니다.

베르터의 이야기를 잘 알고 있을 법한 사람들의 입을 통해 정확한 소식을 듣고 수집하려고 애썼습니다. 이야기는 사소한 몇몇 부분들을 제외하면 모두의 말과 일치합니다. 다만 주요 당사자들의 심리 상태에 관해서는 의견이 여러 가지로 나뉘고 판단도 엇갈렸습니다.

우리에게 남은 일은 계속 노력하여 알게 되는 내용을 양심적으로 적고, 고인이 남긴 편지들을 끼워 넣고, 아주 작은 쪽지 하나를 찾았더라도 소홀히 다루지 않는 것뿐입니다. 평범하지 않은 사람들의 행동은 아무리 작은 행동 하나일지라도 본질적이고 고유한 동기를 찾는 것이 어렵기 때문입니다.

베르터의 영혼 속에 불만족과 불쾌감이 점점 더 깊이 뿌리를 내리고 단단히 뒤얽혀 그의 존재 전체를 잠식시키고 있었습니다. 정신의 조화는 완전히 깨져 버렸고, 본성이 지닌 모든 힘을 흔들어 놓은 내면의 격정과 열기가 가장 불행한 영향력을 미쳐서 결국 그에게는 기진맥진한 마음만 남아 있었습니다. 그는 지금까지 모든 불행과 싸웠던 것보다 더 불안하고 초조한 마음으로 그 상태를 벗어나려고 안간힘을 썼습니다. 그의 불안함은 남아 있던 정신력을 다 갉아먹어 버리고, 생기와 통찰력마저도 다 소진시켰습니다. 그는 이제 모임에 가도 슬퍼하기만 했고, 점점 더 불행해졌습니다. 그럴수록 사람들은 베르터를 더욱 못마땅하게 여겼습니다. 최소한 알베르트의 친구들은 '순수하고 조용한 알베르트가 오랫동안 고대하던 행복을 누리게 되었고, 앞으로도 이 행복을 계속 지켜 가려고 한다. 베르터는 그를 평가할 수 없다. 베르터는 매일 전 재산을 다 써버리고 밤이면 괴로워하고 굶주리려는 사람이기 때문이다.'라고 말합니다. 알베르트가 그 짧은 시간 안에 변할 수도 없을 뿐더러 그는 베르터가 처음에 알고 있던, 그렇게 존중하고 존경했던 그대로였다고 그들은 말합니다. 알베르트는 누구보다도 로테를 사랑했습니다. 로테를 자랑스러워했고 로테가 누구에게나 가장 훌륭한 여성으로 인정받기를 원했습니다. 그러니 알베르트가 의혹을 살 만한 것들을 방지하고 싶어 했다고 해서, 그리고 이 소중한 보물을 아주 순수한 방식으로라도 누구와 나눌 마음이 없었다고 해서 그를 나쁘게 생각해야 하는 것일까요? 베르터가 오면 알베르트가 자주 아내의 방에서 나왔다는 것은 그들도 인정합니다. 하지만 그 행동은 친구에 대한 증오나 혐오감 때문이 아니라 알베르트가 있으면 베르터가 부담스러워한다고 느껴서였다고 합니다.

　병환으로 몸져누운 로테의 아버지가 딸에게 마차를 보냈고, 로테는 아버지의 집으로 가게 되었습니다. 화창한 겨울날이었으며, 그 지역은 마침 첫눈이 많이 내린 탓에 완전히 눈으로 덮여 있었습니다.

다음 날 아침, 베르터는 로테를 뒤따라갔습니다. 알베르트가 아내를 데리러 오지 못하면 자기가 집에 바래다주려고 한 것이었지요.

청명한 날씨도 그의 침울한 마음을 들뜨게 하지는 못했습니다. 그의 마음엔 영혼을 짓누르는 갑갑한 중압감과 슬픔이 단단히 자리 잡고 있었으며, 어떤 심경의 변화도 없이 고통스러운 상념만이 이래저래 이어질 뿐이었습니다.

베르터는 자신과 끝없이 불화를 겪고 있었기 때문에, 다른 사람들의 상태도 그저 의심스럽고 혼란스럽게 보였습니다. 자기가 알베르트와 로테 부부의 좋은 관계를 방해했다며 스스로를 질책했지만, 그 안에는 알베르트에 대한 은밀한 불만이 섞여 있었습니다.

가는 길에도 베르터는 줄곧 이 생각에 몰두해 있었습니다. 그는 혼잣말을 하며 속으로 이를 갈았습니다. "그래, 그래. 이게 친밀하고 호의적이고 다정한 데다가 모든 일에 공감하는 관계라는 것인가! 고요하게 지속되는 신의라고! 아니, 그런 건 권태고, 무관심이지! 그는 그리도 소중하고 귀한 아내보다 궁색한 업무에 더 마음을 쓰고 있지 않은가! 자기가 얼마나 큰 행운을 누리는지 알기는 할까? 존중받아 마땅한 그녀를 제대로 대접해 주고 있을까? 그런데 그는 그녀를 차지하고 있어. 좋아, 차지하고 있다고. 나는 다른 것을 알듯이 그 사실도 잘 알고 있지. 그리고 이젠 익숙해진 것 같기도 한데, 아직도 그 생각만 하면 미칠 것 같고 죽을 것 같아. 나에 대한 그의 우정은 과연 아직 그대로일까? 내가 로테에게 애착을 갖는 것을 알베르트의 권리를 침해하는 것으로, 그녀에 대한 관심을 소리 없는 비난으로 보고 있지는 않을까? 나는 그 사실을 잘 알고, 느끼고 있어. 그는 나를 만나고 싶어 하지 않아. 그는 내가 멀리 떠나기를 바라고 있어. 내가 그에게 부담스러운 존재인 거지."

베르터는 빠르게 걷다가 자꾸 조용히 멈추어 있곤 했어요. 마치 왔던 길을 되돌아가려는 것 같았지요. 하지만 다시 가던 방향으로 계속 걸었고, 그런 생각과 혼잣말을 하던 끝에 마침내 우연히 온 것처럼 사냥 별장으로 향했습니다.

베르터는 문안으로 들어가 로테의 아버지와 로테에 대해 물었고, 사람들이 약간 웅성거리는 것을 보았습니다. 맏아들인 아이가 그에게 와서 저 건너 발하임에서 어떤 농부가 맞아 죽은 사고가 생겼다고 알려 주었습니다. 베르터는 그 얘기에 특별한 감흥이 일지 않았습니다. 방 안으로 들어가자 로테가 아버지를 열심히 설득하는 모습이 보였습니다. 노인은 자기가 아무리 아파도 사건을 조사하기 위해 발하임으로 건너가야겠다고 말했습니다. 피살자는 아침에 대문 앞에서 발견되었고, 범인은 아직 밝혀지지 않았는데 사람들이 범인에 대해 여러 가지로 추측하고 있었습니다. 죽은 사람은 어느 과부의 하인이었습니다. 그전에는 그 집에 다른 하인이 고용되어 있었는데, 예전 하인이 불만을 품은 채 그 집에서 쫓겨났었다는 것이었습니다.

베르터는 그 말에 깜짝 놀랐고 벌떡 일어나 소리쳤습니다. "그럴 수가! 가봐야겠습니다. 잠시도 지체할 수 없습니다." 베르터는 발하임으로 서둘러 발걸음을 옮겼습니다. 가는 동안 모든 기억이 생생히 떠올랐으며, 그 남자가 범인이라고 확신했습니다. 가끔 이야기를 나누었고 베르터가 좋게 평가했던 그 남자가.

시신이 옮겨져 있는 주점으로 가기 위해서는 보리수나무들 사이를 지나가야 했는데, 베르터는 다른 때라면 너무도 좋았을 그곳을 섬뜩하게 느꼈습니다. 이웃 아이들이 자주 놀던 그 문지방은 피로 얼룩져 있었습니다. 인간의 가장 아름다운 감정인 사랑과 신의가 폭력과 살인으로 변해 있었습니다. 잎이 다 떨어진 아름드리나무들이 서리를 맞고 있었습니다. 나지막한 교회 묘지의 담장 위로 아치를 이루는 아름다운 산울타리도 잎이 다 떨어져서 틈 사이로 군데군데 눈에 덮인 묘지석들이 보였습니다.

베르터가 주점에 가까이 갔을 때 마을 사람들이 그 앞에 전부 모여 있었는데, 갑자기 소란스러워졌습니다. 멀리서 무장한 남자들 한 무리가 오고 있었고, 사람들은 범인을 끌고 오는 것이라며 제각기 한마디씩 외쳤습니다. 베르터도 그쪽을 바라봤는데 더 이상 의심의 여지가 없었습니다. 그렇습니다. 그는 과부를 지독히도 사랑했던 그 하인이었습니다. 베르터가 얼마 전에 소리 없는 분노와 은밀한 절망에 휩싸여 돌아다닐 때 우연히 만났던 바로 그 사람이었습니다.

"무슨 짓을 저지른 것인가, 이 불행한 사람아!" 베르터가 잡혀 오는 남자에게 달려들면서 소리쳤습니다. 남자는 베르터를 아무 말 없이 조용히 바라보다가 마침내 아주 담담한 어조로 말했습니다. "아무도 그녀를 차지하지 못할 겁니다. 아무도 가질 수 없다고요." 사람들이 죄인을 주점 안으로 끌고 들어갔고 베르터는 서둘러 그곳을 떠났습니다.

이 놀랍고 강렬한 만남으로 인해 그의 본성 안에 존재하던 모든 것이 뒤섞이고 요동쳤습니다. 그는 슬픔과 불만, 그리고 아무래도 상관없다는 듯한 몰아(沒我) 상태에서 잠시 벗어나게 되었습니다. 그 남자에 대한 동정심이 어찌할 수 없을 만큼 커진 베르터는 그 사람을 구해야 한다는 간절한 욕망에 사로잡혔습니다. 베르터는 그 남자가 너무 불행하다고, 범죄를 저질렀을지언정 무죄라고 생각했습니다. 베르터는 그 남자의 입장에 너무 깊숙이 몰입한 나머지 다른 사람들도 설득할 수 있으리라고 확신했습니다. 그 남자를 변호해 주고 싶었고, 그런 마음이 들자 바로 활기 넘치는 변론이 베르터의 입술에서 쏟아져 나왔습니다. 그는 서둘러 사냥 별장으로 갔습니다. 가는 길에 법무관에게 얘기하고 싶은 모든 말들이 낮은 목소리로 툭툭 튀어나오는 것을 억누를 수가 없었습니다.

　방으로 들어갔을 때 베르터는 알베르트가 와 있는 것을 보고 잠시 거슬리는 기분이 들었습니다. 하지만 곧 평정심을 되찾고 법무관 앞에서 자신의 의견을 열렬히 펼쳐 놓았습니다. 법무관은 중간에 몇 번이나 머리를 가로저었습니다. 베르터가 강력한 어조로 열정과 진심을 다해 한 인간이 다른 사람을 변호할 때 할 수 있는 모든 말을 개진했는데도, 쉽게 예상되듯 법무관의 마음은 조금도 흔들리지 않았습니다. 오히려 법무관은 우리의 친구 베르터가 하는 말을 막고 열심히 반박했으며 살인자를 비호한다는 이유로 그를 꾸짖었습니다. 법무관은 그런 식으로 일을 처리하면 법은 모두 폐기될 것이고 국가의 안전도 무너질 것이라고 지적했습니다. 또한 자신은 막중한 책임감을 가지고 그 사건에 관련된 일들을 진행해야 하고, 모든 것이 엄수된 규칙 안에서 규정된 절차에 맞게 진행되어야 한다는 말도 덧붙였습니다.

　베르터는 굴복하지 않고 계속 간청했습니다. 누군가 그 사람이 도주할 수 있도록 돕는다면 법무관께서 못 본 척 눈감아 달라는 것이었지요! 하지만 법무관은 그 부탁도 물리쳤습니다. 마침내 대화에 끼어든 알베르트도 노인의 편을 들었습니다. 베르터는 두 사람의 의견을 꺾을 수 없었고, 법무관이 몇 번이나 "안 돼. 그자는 구원받을 수 없네!"라고 말하자 지독히도 괴로운 마음을 안고 그 자리를 떠났습니다.

　베르터가 법무관의 말에 상당히 충격을 받았음은 그의 서류들 사이에서 발견된 쪽지를 보면 확실하게 알 수 있습니다. 분명히 그는 이 쪽지를 바로 그날 썼을 것입니다.

자네는 구원받을 수 없네, 불행한 사람! 우리가 구원받을 수 없다는 것을 나 역시도 잘 알고 있네.

알베르트가 마지막에 법무관 앞에서 죄인의 처리에 대해서 했던 말을 듣고 베르터는 매우 불쾌해졌습니다. 알베르트의 말 속에서 베르터에 대한 예민함이 살짝 느껴지는 듯했습니다. 베르터는 여러 번 숙고하고 통찰하며 두 사람이 옳다는 생각을 떨칠 수 없었습니다. 하지만 그렇다고 고백하고 인정하면, 자기 내면의 존재를 포기해야 할 것만 같았습니다.

이와 관련된, 아마도 알베르트와의 관계에 대한 베르터의 전체적 생각을 나타내 줄 쪽지 하나를 그의 서류들 사이에서 찾았습니다.

그가 점잖고 훌륭한 사람이라고 스스로에게 말하고 또 말해 본들 무슨 소용인가. 그 말이 나의 오장육부를 쥐어뜯는다. 나는 공정할 수 없다.

포근한 저녁이었습니다. 눈이 녹기 시작해서 로테는 알베르트와 걸어서 집으로 돌아갔습니다. 로테는 가는 길에 이쪽저쪽을 살폈는데, 베르터가 함께 가지 않아 아쉬워하는 것 같았습니다. 알베르트가 베르터에 대한 이야기를 시작했고, 그가 정의를 알지 못한다며 비난했습니다. 알베르트는 베르터의 불행한 열정을 언급하며 그를 멀리했으면 좋겠다고 말했습니다. "우리를 위해서라도 그게 좋겠소." 알베르트는 이어서 말했습니다. "그리고 부탁인데 그 사람이 지금처럼 당신을 대하지 않도록 주의를 줘요. 자주 찾아오는 것도 자제시키고 말이오. 사람들이 우리를 눈여겨보고 있고, 여기저기서 말이 나오고 있소." 로테는 아무 말도 하지 않았고, 알베르트도 아내의 침묵에서 뭔가를 느낀 것 같았습니다. 적어도 그 이후로 그는 로테 앞에서 베르터를 입에 올리지 않았고, 로테가 베르터를 언급하면 대화를 흐지부지 끝내거나 다른 쪽으로 말을 돌렸습니다.

불행한 그 남자를 구하기 위한 베르터의 노력은 헛된 시도가 되었고, 꺼져 가는 촛불이 마지막으로 타올랐던 것이었습니다. 그때부터 베르터는 고통과 무력감에 점점 더 깊이 빠져들었습니다. 특히 그 남자가 현재 범행을 부인하고 있어서 어쩌면 자기가 반대 측 증인으로 출석 요구를 받을 수도 있다는 이야기를 듣고 베르터는 거의 미칠 지경이었습니다.

직업을 갖고 일할 당시에 겪었던 좋지 않은 모든 사건들, 공사관에서의 기분 나쁜 기억, 그 밖에 실패하고 마음을 상하게 했던 모든 일들이 그의 마음에 떠올랐다가 사라지곤 했습니다. 이런 일들을 다 겪었으니 자기는 활동하지 않을 자격이 있을 것 같았고, 또 이제는 모든 가능성이 차단되었다는 생각도 들었습니다. 평범하게 살면서 어떤 일을 시작할 동기도 찾을 수 없을 것 같았습니다. 베르터는 자신의 기이한 감정과 사고방식과 끝없는 열정에 몰입했고, 결국 자신이 좋아하는 사랑스러운 여인의 안정을 깨뜨렸습니다. 그와 동시에 똑같은 상태로 영원히 되풀이되는 그녀와의 슬픈 교류를 이어 갔으며, 자신의 힘에 휩쓸려서 목표도 가망도 없이 힘을 소진하면서 슬픈 종말에 점점 가까이 다가가고 있었습니다.

남겨진 편지 몇 통이 베르터의 혼란과 열정, 부단한 활동과 노력, 그리고 삶에 지친 마음을 보여 주는 가장 확실한 증거가 될 것입니다. 그 편지들을 여기에 첨부하려 합니다.

12월 12일

친애하는 빌헬름, 사람들이 보기엔 내가 불행하게도 악령에 쫓기는 것 같겠지. 가끔 나를 사로잡는 것이 있네. 불안이나 욕망은 아니야. 알 수 없는 무언가가 마음속에서 미쳐 날뛰면서 가슴을 갈기갈기 찢으려 하고 목을 조르네! 괴롭네! 아아, 고통스럽네! 그럴 때면 나는 이 거친 계절의 무시무시한 밤 풍경 속을 이리저리 떠돌아다니네.

어제저녁에도 밖으로 나가야만 했네. 날씨가 갑자기 눈을 녹일 만큼 포근해졌는데, 들리는 바로는 강물과 개천들이 범람하여 위로는 발하임부터 아래쪽으로 내가 좋아하는 계곡까지 침수가 되었다는군. 밤 11시가 넘은 시간에 밖으로 뛰쳐나갔네. 무서운 광경이 펼쳐져 있었어. 바위 위에서 굽어보니 땅을 파헤칠 듯 쏟아지는 거대한 물결이 달빛 아래서 소용돌이쳤고, 밭과 초원, 울타리 등 모든 것이 물로 뒤덮였으며, 그 넓은 계곡이 울부짖는 바람 속에 폭풍우가 위아래로 몰아치는 바다로 변해 있었네! 먹구름 위로 달이 다시 모습을 보이고, 무섭도록 장엄하게 반사된 달빛 속에 거대한 물결이 내 앞을 소리치며 흘러가고 있었네. 그때 온몸에 전율이 흐르며 어떤 그리움이 나를 사로잡았네. 아, 심연을 향해 두 팔을 활짝 벌리고 서서 아래로 숨을 내뱉었네! 저 아래로! 그러면서 내 고통과 고뇌가 저 아래로 휩쓸려 내려가서 물결처럼 쏟아지는 희열 속에 빠져 있었지! 아! 하지만 바닥에서 발을 뗄 수 없었네. 모든 괴로움을 끝낼 수 없었어! 아직은 내 운명의 시계를 멈출 때가 되지 않았다는 느낌이 드네. 아, 빌헬름! 저 폭풍으로 구름을 갈라놓고 홍수를 잡아 둘 수 있다면, 내 삶을 기꺼이 내주고 싶었네! 아! 감옥 같은 세상에 갇힌 내게 언젠가는 그런 환희가 주어지지 않을까?

무더운 어느 날 로테와 함께 산책하다가 쉬어 갔던 버드나무 아래를 내려다보며 슬픔에 젖었네. 그곳도 물에 잠겨서 버드나무조차 알아보기 힘들었네.

빌헬름! 로테의 초원은, 즉 사냥 별장의 주변은 어찌 되었을까 곰곰이 생각해 봤네. '저 거칠게 휘몰아치는 물결에 우리의 정자도 이제는 무너져 버렸겠지!' 라고 추측했네. 가축과 초원과 명예로운 관직의 꿈이 죄수의 마음을 밝히듯 과거의 햇살이 내 마음속으로 들어왔네. 나는 서 있었네! 나를 탓하진 않아. 죽을 용기가 있기 때문이지. 차라리 내가……. 지금 나는 여기에 늙은 여인네처럼 앉아 있네. 울타리에서 땔감을 줍고 집집마다 돌아다니며 빵을 얻어먹는, 그리고 기뻐할 일을 찾지 못하고 희미해지는 목숨을 잠시나마 부지하며 안도하는 노파처럼.

12월 14일

친구여, 이게 대체 뭐란 말인가? 나 자신이 경악스럽네. 로테를 향한 나의 사랑은 가장 성스럽고 순수한, 동기간의 우애 같은 사랑이 아니던가? 언젠가 마음속에서 벌받을 만한 소망을 느낀 적이 있었던가? 아니라고 맹세하지는 않겠네. 그런데 꿈속에서는! 아, 이 모순적인 감정을 알 수 없는 힘 탓으로 돌렸던 사람들이 사실은 제대로 감지했던 거야! 어젯밤 꿈이었어! 이 얘기를 하려니 몸이 떨리는군. 그녀를 두 팔로 감싸 안았고 가슴에 꼭 품은 채로 사랑을 속삭이는 그녀의 입술에 끝없이 키스를 퍼부었다네. 내 눈은 사랑에 취한 그녀의 눈 속에 빠져 있었지. 오, 하느님! 그토록 뜨겁게 타올랐던 기쁨을 마음속 깊이 회상하고 지금도 그때와 마찬가지로 행복해하는 것이 벌받을 일입니까? 로테! 로테! 나는 이제 끝났어! 감각이 뒤엉켜 혼란스럽고, 생각할 힘조차 없어진 지는 일주일이나 되었어. 두 눈에 눈물만 고일 뿐이네. 어디에서도 편하지 않지만 또 어디에 있어도 편안하네. 아무것도 바라거나 필요하지 않다네. 떠나는 것이 더 나을 것 같아.

세상을 떠나야겠다는 결심은 이 시기에 이런 상황에서 베르터의 마음 속에서 점점 커져 갔던 것입니다. 로테에게 돌아온 이후로 줄곧 그 생 각은 그의 마지막 바람이자 희망이었습니다. 하지만 베르터는 성급하게 행동하지 말고, 충분히 확신이 생기고 결심이 설 때 가능한 차분하게 실 행에 옮겨야겠다고 생각하고 있었습니다.

날짜는 적혀 있지 않은 쪽지가 그의 서류들 사이에서 발견되었습니 다. 빌헬름에게 보내려고 적기 시작했던 게 분명한 이 쪽지에는 베르터 의 망설임과 혼자만의 격렬한 갈등이 엿보입니다.

그녀의 존재와 운명, 그리고 내 운명에 대한 그녀의 연민이 다 타서 시들 어 버린 내 뇌수에서 아직 마지막 눈물을 짜내고 있네.

막을 올리고 그 뒤로 사라지는 것! 그게 전부지! 왜 머뭇거리며 망설이는 것인가? 그 뒤가 어떤 모습일지 알지 못하기 때문인가? 다시 돌아오지 못하기 때문인가? 우리가 아무것도 확신할 수 없는 곳에 대해서는 혼란과 암흑만 있을 것이라고 추측하는 것이 우리 인간 정신의 특성이지.

마침내 베르터는 이런 우울함에 점점 친숙해졌고, 결심은 확고해져서 되돌릴 수 없게 되었습니다. 친구에게 보낸 다음의 모호한 편지가 이에 대해 증언해 줄 것입니다.

12월 20일

빌헬름, 그 말을 그렇게 받아들였다니 자네의 마음이 고맙네. 그래, 자네가 옳아. 내가 가는 편이 낫겠지. 하지만 자네와 어머니에게로 돌아오라는 제안은 그다지 마음에 들지 않는군. 하다못해 돌아서 가는 길이라도 택하고 싶은 마음이네. 특히 추운 날씨가 계속되어서 길 상태가 좋으리라고 기대할 수 있으니까 말이지. 그리고 나를 데리러 오겠다고 해주어 정말 고맙네. 하지만 두 주만 늦춰 주게. 자세한 내용은 편지에 적어 보내겠네. 무엇이든 무르익기 전에는 따지 말 아야지. 두 주를 기다렸다 딸지 아닐지는 중요한 법일세. 어머니께는 아들을 위 해 기도해 달라고 전해 주게. 또 온갖 일로 마음을 불편하게 한 아들을 용서해 달라는 말도 함께. 내 운명은 기쁨을 되돌려 주어야 할 사람들을 슬프게 만드나 봐. 소중한 친구여, 잘 지내게! 자네에게 하늘의 모든 축복이 깃들기를! 잘 있게!

　이 시기에 로테의 마음이 어떠했을지, 그녀가 남편과 불행한 내 친구 에 대해 어떻게 생각했을지 우리의 말로 감히 표현할 수 있을까요. 그렇 지만 우리가 알고 있는 그녀의 성격을 짐작해 본다면, 그녀의 마음을 이 해할 수는 있을 것입니다. 아름다운 영혼을 가진 여성이라면 로테의 마 음으로 생각할 수 있을 것이고, 그녀와 공감할 수 있을 것입니다.

　로테가 베르터를 멀리하기 위해 할 수 있는 모든 일을 하기로 확고히 결심한 것은 분명합니다. 그런 결심에도 주저했던 건 그를 친구로서 진 심으로 아끼는 마음 때문이었습니다. 로테를 멀리하는 것이 베르터에게 엄청난 희생을 요구하는 일이라는 것을, 아니 거의 불가능한 일이라는 사실을 그녀가 알고 있었기 때문이지요. 하지만 그즈음 그녀는 신중하 게 행동해야만 했습니다. 그녀가 늘 이 관계에 대해서 침묵했던 것처럼 남편도 침묵을 지키고 있었는데, 시간이 갈수록 자기도 남편과 같은 생 각이라는 것을 행동으로 보여 줘야겠다는 마음이 점점 더 커졌기 때문 입니다.

　베르터가 위에 첨부된 편지를 친구에게 썼던 날은 크리스마스 직전의 일요일이었습니다. 그날 저녁에 베르터는 로테에게 갔고 혼자 있는 그

녀를 보았습니다. 그녀는 어린 동생들에게 크리스마스 선물로 줄 장난
감들을 정돈하느라 분주한 모습이었습니다. 베르터는 아이들이 기뻐하
겠다며 말문을 열었고, 옛날에 갑자기 문이 열리면서 촛불과 사탕, 사과
로 장식된 나무가 나타나면 마치 천국에 온 듯 넋을 놓고 바라보았다는
이야기를 했습니다. 그때 로테가 엷은 미소로 곤란한 마음을 감추면서
말했습니다. "점잖게 계시면 당신께도 선물을 드릴 거예요. 양초랑 다
른 것도요." "점잖게 있으라니 그게 무슨 뜻입니까?" 베르터가 소리쳤
습니다. "저더러 어떻게 하라는 겁니까? 뭘 하면 되나요? 친애하는 로
테 양!" 로테가 말했습니다. "목요일 저녁이 크리스마스이브잖아요. 그
날엔 아이들과 아버지가 올 거예요. 그때 모두가 각자의 선물을 받을 거
니 당신도 그날 오세요. 그 전까지는 오지 마시고요." 이 말에 놀란 베
르터가 멈칫했지만 로테는 계속 말했습니다. "부탁이에요. 이제는 그래
야만 해요. 제 안정을 위해서 부탁드리는 거예요. 안 되겠어요. 이런 관
계를 지속할 수는 없어요." 베르터는 로테에게서 눈길을 거두고는 방 안
을 왔다 갔다 하면서 이를 악문 채 그 말을 되뇌었습니다. "이런 관계를
지속할 수는 없어요." 그가 이 말에 끔찍한 충격을 받았음을 감지한 로
테가 이런저런 질문을 던지며 그의 생각을 다른 방향으로 돌려 보려고
애썼지만 소용이 없었습니다. 베르터가 큰 소리로 말했습니다. "그래
요, 로테. 이제 다시는 당신을 만나지 않겠습니다!" 로테가 이렇게 대꾸
했습니다. "왜요? 베르터, 당신은 우리를 다시 만날 수 있어요. 우리는
다시 만나야만 해요. 다만 좀 자제하시라는 거예요. 아, 당신은 왜 무엇
이든 일단 시작하면 격렬해지는 마음과 억누를 수 없이 집착하는 열정
을 갖고 태어났나요!" 로테가 베르터의 손을 잡으며 계속 이야기했습니
다. "부탁이에요. 좀 참아요. 당신의 지력과 학식과 재능이면 다채로운

즐거움을 한껏 누릴 수 있어요! 그러니 당신을 가엽게 여기는 것밖에 해 줄 수 없는 사람에게 애처롭게 집착하지 말고 남자답게 다른 사람을 찾아요." 베르터는 이를 악물고 슬픈 눈으로 그녀를 바라보았습니다. 그녀는 그의 손을 잡고 이렇게 말했습니다. "베르터, 잠시만 조용히 생각해 보세요. 당신이 스스로를 속이며 의도적으로 파멸을 향해 달린다는 것을 느끼지 못하시겠어요? 베르터, 왜 저예요? 왜 하필이면 다른 사람의 아내인 저를? 왜 그런 사람을? 두려워요. 단지 저를 가질 수 없다는 생각에 자극을 받아 당신의 소망이 점점 커지는 건 아닐까 하고 말이에요." 베르터는 그녀의 손에서 손을 빼면서 탐탁지 않은 눈빛으로 멍하니 그녀를 바라보았습니다. 그러고는 소리쳤습니다. "현명해요! 아주 현명하군요! 혹시 알베르트가 해준 이야기인가요? 정략적이군! 아주 정략적이야!" 로테가 그 말을 이렇게 받아쳤습니다. "누구라도 할 수 있는 말이에요. 이 넓은 세상에 당신의 소망을 채워 줄 아가씨 하나가 없겠어요? 마음을 다잡고 찾아보세요. 단언하건대 분명 찾을 수 있어요. 오래전부터 당신이 스스로를 절박한 상태로 몰아넣는 것 같아 정말 걱정스러웠어요. 당신을 위해서도, 우리를 위해서도 말이죠. 마음을 잡아야 해요. 여행을 하고 나면 기분이 좋아질 거예요. 당신에게는 기분 전환이 필요해요. 원하기만 한다면 당신의 사랑을 받을 가치가 있는 상대를 찾을 수 있을 거예요. 그런 다음에 우리 옆으로 와서 함께 진정한 우정의 행복을 나눠요."

베르터가 냉소를 지으며 말했습니다. "모든 가정 교사들에게 인쇄해서 추천해 줘야 할 것 같은 말씀이네요. 로테! 나를 조금만 더 이 상태로 내버려 둬요. 그러면 모든 일이 해결될 겁니다!" "베르터, 크리스마스이브 전에 오지 않겠다는 약속만은 지켜 주세요." 베르터가 뭐라고 대답하려고 했을 때, 알베르트가 방으로 들어왔습니다. 두 사람은 냉랭하게 저녁 인사를 주고받은 후 당황스러운 마음에 방 안을 이리저리 서성거렸습니다. 베르터가 의미 없는 화제를 꺼내 보았지만 금방 얘기가 끊겼고, 알베르트도 마찬가지였습니다. 잠시 후 알베르트는 부탁했던 일은 어떻게 되었냐고 아내에게 물어보았고, 아직 처리되지 않았다는 대답을 듣자 아내에게 말을 몇 마디 내뱉었습니다. 베르터에게는 그의 말이 차갑고 아주 딱딱하게 들렸습니다. 베르터는 가고 싶었지만 그럴 수 없는 상황에서 8시까지 머뭇거리고 있었습니다. 그 무렵 마음속 불쾌감과 불만은 점점 커졌고, 식탁이 차려졌을 때는 마침내 모자와 지팡이를 집어 들었습니다. 알베르트가 베르터에게 더 머물다 가라고 했지만 의미 없는 겉치레 말이라고 생각한 베르터는 차가운 감사 인사만 남기고 그대로 그 집을 나와 버렸습니다.

집에 도착한 베르터는 앞서가며 불을 밝히려는 하인에게서 등불을 받아 혼자 방으로 들어갔습니다. 베르터는 소리쳐 울다가 왈칵 화가 났습니다. 그래서 혼잣말을 중얼거리며 방 안을 빠르게 서성거렸고, 끝내는 옷을 입은 채 침대 위로 쓰러졌습니다. 11시쯤에 용기를 내어 방으로 들어온 하인이 그 모습을 보고 장화를 벗겨 줄지 물었습니다. 베르터는 하인에게 장화를 벗기게 했고 다음 날 아침에 자기가 부를 때까지는 방에 들어오지 말라고 당부했습니다.

12월 21일 월요일 새벽, 베르터는 로테에게 다음과 같은 편지를 썼습니다. 베르터가 죽은 뒤에 그의 책상 위에서 봉인된 채 발견된 이 편지는 로테에게 전달되었습니다. 정황상 베르터가 이 편지를 몇 번 끊어 쓴 것이 분명해 보이기 때문에, 여기에도 편지를 다른 것들 사이사이에 나눠 넣으려고 합니다.

로테, 결심이 섰습니다. 저는 죽을 겁니다. 당신을 볼 마지막 아침에, 낭만적인 과장 없이 담담하게 이 편지를 씁니다. 친애하는 로테, 당신이 이 편지를 읽을 때면, 생의 마지막 순간까지 당신과의 대화에서 말고는 감미로움을 알지 못한 불안정하고 불행한 사람의 굳어 버린 주검이 이미 서늘한 무덤으로 덮였겠지요. 처절한 밤을 보냈습니다. 아, 고마운 밤이기도 했지요. 죽음에 대한 결심을 굳히고 그 마음을 확실히 결정하게 한 밤이니까요. 어제 극도로 격앙된 채 당신의 집에서 뛰쳐나왔을 때, 이 모든 생각이 내 가슴으로 몰려들었습니다. 일말의 희망과 기쁨을 느끼지 못하고 당신 곁에 있는 내 존재가 무섭도록 차갑게 나를 덮쳤습니다. 방으로 들어오자마자 정신없이 무릎을 꿇었습니다. 아, 하느님! 당신은 제게 마지막 위안으로 쓰라린 눈물을 허락하셨습니다! 수천 가지 계획과 전망이 제 마음을 휘젓고 들끓게 했지만, 결국 마지막에는 단 하나, '죽어야겠다!'는 생각만이 확고하고 온전하게 남아 있었습니다. 그리고 저는 침대에 누웠습니다. 평온하게 깨어난 아침에도 아직 그 생각이 확고하게, 온전하고 강력하게 마음에 남았습니다. 죽을 겁니다! 이 마음은 절망이 아닙니다. 고통이 끝났고, 당신을 위해 저를 희생할 것이라는 확신입니다. 그래요, 로테! 이 말을 숨기거나 하지 말아야 할 이유가 없겠지요? 우리 셋 중 한 사람은 사라져야 합니다. 그래서 제가 사라지겠다는 것입니다! 아, 소중한 사람이여! 이렇게 갈기갈기 찢어진 가슴속으로 종종 이런 마음이 거세게 몰려오기도 했습니다. 당신의 남편을 죽이자! 당신을! 아니, 나를! 그렇게 되리라! 어느 아름다운 여름날 저녁, 산에 올라가거든 저를, 그리고 제가 자주 그 골짜기에 올라갔던 사실을 기억해 주세요. 그리고 높게 자란 풀들이 저무는 햇빛을 받으며 바람에 이리저리 흔들릴 때면, 저 건너 공동묘지, 제 무덤을 바라봐 주세요. 편지를 쓰기 시작했을 때는 마음이 평온했는데, 지금은 저를 둘러싼 그 모든 것들이 생생하게 떠올라서 저는 아이처럼 울고 있습니다.

10시쯤에 베르터는 하인을 불렀습니다. 옷을 입으면서 며칠 후에 여행을 떠날 것이니 옷들을 손질해 두고 짐을 꾸릴 만반의 준비를 해두라고 말했습니다. 또 여기저기서 돈을 회수해 오고, 빌려준 책 몇 권도 가져오고, 매주 약간씩 돈을 주던 몇몇 가난한 사람들에게 두 달 치를 미리 주라고 지시를 내렸습니다.

　베르터는 식사를 방으로 가져오게 했고, 식사 후엔 말을 타고 법무관에게 갔는데 부재중이어서 만나지는 못했습니다. 베르터는 깊은 생각에 빠져 정원을 이리저리 거닐었습니다. 마지막으로 가슴 아픈 기억들을 모두 되살려 모아 두려는 것처럼 보였습니다.

　아이들은 베르터가 조용히 있도록 오래 내버려 두지 않았습니다. 그를 따라오며 옆에서 뛰어다녔거든요. 아이들은 내일, 다시 내일, 그리고 또 하루만 있으면 로테의 집에서 크리스마스 선물을 받을 거라고 하면서, 베르터에게 저들이 기대하고 있는 놀랄 만한 선물들을 상상하여 이야기했습니다. 베르터가 큰 소리로 말했습니다. "내일! 다시 내일! 그리고 또 하루!" 그가 아이들 모두에게 마음을 담아 입을 맞추고 떠나려고 할 때, 어린 남동생이 그의 귀에 대고 무언가를 얘기하려고 했습니다. 아이는 비밀을 하나 말해 주겠다고 했지요. 형들이 멋지고 큰 연하장을 아버지에게 한 장, 알베르트와 로테에게 한 장, 그리고 베르터 씨에게 한 장을 썼으며 설날 아침에 전달할 예정이란 것이었습니다. 이 말이 베르터의 마음을 무겁게 짓눌렀습니다. 그는 아이들 한 사람 한 사람에게 조금씩 용돈을 주었고, 말에 올라 아버지께 안부를 전해 달라고 말했습니다. 그러고는 두 눈에 눈물을 가득 담은 채 그곳을 떠나 말을 달렸습니다.

　베르터는 5시쯤에 집으로 왔습니다. 하녀에게 불을 살피고 밤중까지

불이 꺼지지 않게 하라고 지시했습니다. 하인에게는 책들과 속옷을 짐 가방 아래쪽에 넣고 다른 옷들은 접어 넣도록 시켰습니다. 그러고 나서 로테에게 보내는 마지막 편지의 다음 단락을 썼던 것 같습니다.

당신은 내가 올 거란 기대도 하지 않겠지요! 당신 말대로 얌전히 지내다가 크리스마스이브에나 다시 올 거라고 생각할 겁니다. 오, 로테! 오늘이 지나면 다시는 당신을 볼 수 없습니다. 크리스마스이브에 당신은 당신의 떨리는 손에 들린 이 편지를 사랑스러운 눈물로 적시고 있겠지요. 저는 할 것이고 또 해야만 합니다! 아, 결심을 하고 나니 얼마나 마음이 편한지요.

로테는 그동안 야릇한 기분에 빠져 있었습니다. 베르터와 마지막으로 이야기를 나눈 후, 그와 헤어지는 것이 자기에게 얼마나 힘든지를 느꼈고, 또 자신과 멀어지면 베르터가 얼마나 괴로워할지 느꼈기 때문이었습니다.

로테는 알베르트 앞에서 지나가는 말로 베르터가 크리스마스이브 전에는 오지 않을 것이라고 얘기해 두었습니다. 알베르트는 말을 타고 인근에 사는 어떤 관리에게 가느라 집을 비워야 했습니다. 그리고 그 관리와 함께 처리해야 하는 업무 때문에 그곳에서 하룻밤을 묵어야 했습니다.

로테는 혼자 앉아 있었습니다. 주위에 동생들도 없었습니다. 그녀는 조용히 자신의 상황을 돌아보며 이런저런 생각에 잠겨 있었습니다. 로테는 지금 자신이 남편과 영원히 맺어진 사이라는 것을 잘 알고 있었고, 남편의 사랑과 신의를 인정했고, 그를 진심으로 좋아하고 있었습니다. 침착하고 믿음직한 알베르트의 성격은 성실한 아내가 그것을 토대로 인

생의 행복을 다져 갈 수 있도록 하늘에서 정해 준 것 같았습니다. 로테
는 남편이 자신과 아이들에게 영원히 그런 존재가 되어 줄 것임을 느끼
고 있었습니다. 하지만 다른 한편으로 그녀에게는 베르터도 아주 소중
한 사람이었습니다. 처음 알게 된 그 순간부터 마음이 아주 잘 맞았고,
오랫동안 그와 알고 지내며 함께 겪었던 이런저런 상황들이 그녀의 마
음에 지울 수 없이 깊은 인상을 남겼습니다. 그녀는 흥미롭다고 느끼고
생각하는 모든 것을 베르터와 나누는 데에 익숙해져 있었습니다. 그래
서 그가 멀리 떠나면 그녀의 존재 전체에 무엇으로도 다시 채울 수 없는
구멍이 생길 것 같았습니다. 아, 베르터를 당장 형제로 바꿀 수 있다면
얼마나 행복할까! 만약 베르터가 여자 친구들 중 한 사람과 결혼하게 된
다면, 알베르트와 그의 관계가 다시 좋아지기를 기대할 수 있을 텐데!

로테는 친구들을 한 사람 한 사람 곰곰이 떠올려 보았지만, 모두 뭔가
부족한 구석이 있어서 베르터를 기꺼이 내줄 만한 친구는 한 명도 생각
나지 않았습니다.

이런 생각들이 머리를 스치자, 로테는 분명하게 설명할 수는 없지만
베르터를 붙잡아 두고 싶은 욕구가 자신의 마음속에 은밀하게 자리하
고 있다는 것을 비로소 깊이 깨닫게 되었습니다. 그러면서도 로테는 그
를 자기 곁에 붙잡아 둘 수 없고, 그래서도 안 된다고 자신을 타일렀습
니다. 평소에는 명랑했고 또 매사를 쉽게 풀어 나갔던 그녀의 순수하고
아름다운 마음이 우울감에 짓눌리는 느낌이었습니다. 이제 행복에 대한
기대가 완전히 막혀 버렸기 때문입니다. 그녀는 가슴이 답답했고 눈은
먹구름이 덮인 듯 컴컴했습니다.

그러는 사이 6시 반이 되었고, 로테는 베르터가 계단을 올라오는 소
리를 들었습니다. 발소리와 그녀를 찾는 목소리로 베르터가 왔음을 곧

바로 알 수 있었습니다. 그가 왔다는 사실에 그녀의 가슴이 두근두근해졌는데, 그런 일은 처음이었다고 할 수 있습니다. 로테는 자기가 집에 없다고 말하도록 시키고 싶었습니다. 베르터가 들어오자 그녀는 혼란스러워졌고 큰 소리로 말했습니다. "약속을 어기셨어요." "저는 약속한 게 없습니다." 베르터의 대답에 로테가 재차 말했습니다. "최소한 제 부탁을 들어주셨어야 해요. 우리 두 사람의 평온을 위해 당신께 간곡히 부탁드렸잖아요."

로테는 자기가 무슨 말을 하고 있는지 제대로 인지하지 못했습니다. 또 베르터와 단둘이 있지 않으려고 여자 친구들을 불러오라며 사람을 보낼 때도 자기가 무슨 행동을 하고 있는지 알 수 없었습니다. 베르터는 가져온 책 몇 권을 내려놓고 다른 식구들에 대해 물었습니다. 로테는 친구들이 오기를 바랐다가, 또 금세 마음이 바뀌어 그들이 오지 않았으면 하고 바라기도 했습니다. 하녀가 돌아와 두 친구분 모두 올 수 없어서 미안하다는 인사를 전해 달랬다고 말했습니다.

로테는 하녀에게 옆방에서 일을 하라고 시키려다가 곧 생각을 바꾸었습니다. 베르터는 방 안에서 서성였고, 로테는 피아노로 미뉴에트를 한 곡 연주하기 시작했는데 매끄럽게 이어지지 않았습니다. 그녀는 정신을 가다듬고 침착하게 평소처럼 긴 소파에 자리를 잡은 베르터의 곁으로 가서 앉았습니다.

"읽을 것이 없나요?" 로테가 말했습니다. 베르터는 아무것도 손에 쥐고 있지 않았습니다. 로테가 다시 말하기 시작했습니다. "저 서랍 안에 당신이 번역한 오시안의 노래 몇 편이 들어 있어요. 아직 읽지는 않았지만요. 항상 당신의 목소리로 직접 듣고 싶었는데, 지금까지 그럴 기회도 없었고 그런 자리를 마련할 수도 없었네요." 베르터는 미소를 지으며 오시안의 노래들을 꺼내 왔습니다. 그것을 손에 드니 몸이 떨려 왔고, 들여다보기 시작하자 두 눈에 눈물이 가득 맺혔습니다. 그는 자리에 앉아서 낭송을 시작했습니다.

깊어 가는 밤의 별이여, 그대는 서쪽 하늘에서 아름답게 반짝이는구나. 환히 빛나는 머리를 구름 밖으로 내보이고 그대의 언덕을 향해 당당하게 움직이네. 무엇을 찾으려고 황야를 바라보는가? 휘몰아치던 바람은 잦아들었고 멀리에서 계곡물이 졸졸거리는 소리가 들려온다. 일렁이는 파도가 저 먼 바위에 철썩 부딪치고, 저녁 날벌레들은 떼를 지어 윙윙거리며 들판 너머로 날아간다. 그대는 미소를 지으며 지나가는데, 물결이 기뻐하며 그대를 감싸 안고 그대의 사랑스러운 머리칼을 씻어 내리네. 고요한 빛이여, 안녕! 오시안의 영혼에서 터져 나오는 장엄한 빛이여, 그 모습을 나타내어라!

빛이 강렬하구나. 세상을 떠난 벗들이 보인다. 그들은 지나간 그 시절처럼 로라에게로 모여든다. 핑갈이 습기가 찬 안개 기둥처럼 다가오고, 그의 영웅들이 그를 둘러싸고 있다. 그리고 보라! 노래하는 시인들을! 백발의 울린! 근엄한 리노! 사랑스러운 시인 알핀! 그리고 그대, 잔잔하게 탄식하는 미노나! 벗들이여, 셀마에서의 축제 이후로 그대들은 얼마나 변한 것인가! 그때 우리는 노래의 영예를 얻으려 애썼지. 언덕에 부는 봄바람이 조용히 속삭이는 풀잎을 이리저리 눕게 하듯이.

그때 미노나가 아름다운 모습으로 등장했다. 아래쪽을 향한 눈에는 눈물이 가득했고, 언덕 위의 변덕스러운 바람에 머리카락은 물결치듯 흩날렸네. 그녀가 사랑스러운 목소리를 높이자 영웅들은 마음이 무거워졌다. 몇 번이나 살가르의 무덤과 창백한 콜마의 어두운 집을 보았기 때문이었다. 조화로운 목소리를 가진 콜마는 언덕 위에 홀로 남겨졌다. 살가르는 돌아온다고 약속했지만 사방에 밤의 어둠만이 내려앉았다. 언덕 위에 홀로 앉아 있는 콜마의 목소리를 들어 보라.

콜마

밤이로구나! 나는 폭풍우 치는 언덕 위에 홀로 있네. 산속에서는 바람이 윙윙거리고, 강물은 바위 아래로 흐르며 울부짖는다. 비바람이 몰아치는 언덕 위에 홀로 남겨진 나에게는 비를 피할 오두막 한 채가 없다.

아, 달이여, 구름을 벗어나 나타나기를, 밤하늘 별들이여, 모습을 드러내기를! 어떤 빛이라도 좋으니 나를 그곳으로 이끌어 다오! 나의 사랑이 힘든 사냥을 잠시 접은 채 쉬는 그곳, 시위가 느슨하게 풀린 활이 옆에 놓인 곳이자 사냥개들이 주위에서 킁킁대며 냄새를 맡고 있는 곳으로! 하지만 나는 여기, 잡초가 무성한 강가 바위 위에 혼자 앉아 있을 수밖에 없구나. 강물도 폭풍우도 울부짖는데, 사랑하는 그 사람의 목소리가 들리지 않네.

나의 살가르는 왜 오지 못하는 것인가? 약속을 잊은 건가? 저쪽에는 바위와 나무가 있고, 이쪽에서는 콰르르 쏟아지는 강물 소리가 들리네! 밤이 오면 그대는 이곳에 오겠노라 약속했는데. 아! 나의 살가르는 어디에서 길을 잃고 헤매고 있는가? 그대와 함께 자존심 강한 아버지와 오라비에게서 도망치려 마음먹었는데! 오래전부터 우리의 가문들은 원수였을지라도 우리는 적이 아니었건만, 오, 살가르!

바람이여, 잠시 침묵해 다오! 강물이여, 잠깐만 조용히 해다오! 내 목소리가 계곡을 따라 울려 퍼져 내 방랑자가 그 소리를 들을 수 있게. 살가르! 나예요, 제가 당신을 부르고 있답니다! 여기 나무와 바위가 있어요! 살가르! 내 사랑! 여기 제가 있어요. 왜 오지 못하고 머뭇거리고 있나요?

보라! 달이 나타나는구나. 물결이 반짝이는 계곡의 회색 바위들이 언덕 위로 솟아 있다. 그러나 언덕 위에 그는 없었고, 그보다 앞서 달려와 그의 도착을 알리는 사냥개들도 보이지 않는다. 나는 여기에 혼자 앉아 있어야 한다.

그런데 아래쪽 황야에 누워 있는 저들은 누구인가? 사랑하는 그이인가? 나의 오라비인가? 말하라, 벗들이여! 그 누구에게도 대답이 없구나. 내 마음이 얼마나 불안한지! 아, 그들은 죽었구나! 그들의 칼이 전투의 붉은 피로 물들어 있구나! 아, 오라버니, 나의 오라버니, 왜 나의 살가르를 죽였나요? 오, 나의 살가르, 왜 나의 오라비를 죽였나요? 두 사람 모두 내게 너무나 소중한 사람이었는데! 아, 언덕 위에 있는 수천 명 가운데에서도 그대는 그토록 아름다웠는데! 끔찍한 전투였구나. 대답해 줘요! 사랑하는 이들이여, 나의 목소리를 들어 봐요! 아, 그들은 말이 없구나, 영원히 말할 수 없구나! 그들의 가슴이 흙처럼 싸늘하구나!

아, 언덕 위의 바위에서, 그리고 폭풍우가 몰아치는 산 정상에서 말해 다오, 죽은 이들의 영혼이여! 말을 해다오! 나는 무섭지 않아요! 그대들은 안식을 찾기 위해 어디로 떠났나요? 저 산 어느 무덤에 가야 그대들을 만날 수 있나요? 바람 속에 희미한 목소리가 실려 오지 않고, 언덕을 뒤덮은 폭풍우 속에서는 어떤 대답도 찾을 수 없구나.

비탄에 잠긴 채 앉아 있으며, 눈물을 흘리며 아침을 기다린다. 망자들의 벗들이여, 무덤을 파헤쳐 다오. 그리고 내가 갈 때까지 그곳을 덮지 말아 주오. 내 삶이 꿈처럼 사라져 간다네. 어떻게 나만 남아 있을 수 있겠나! 물결이 바위에 부딪치는 이곳에서 벗들과 함께 살아가리라. 언덕에 밤이 찾아오고 황야로 바람이 불면, 나의 영혼은 바람 속에 서서 벗들의 죽음을 애도하리라. 사냥꾼은 그의 오두막에서 들려오는 내 목소리가 무섭겠지만 한편으로는 그 소리를 사랑하게 될 것이다. 벗들을 애도하는 내 목소리는 달콤하니. 두 사람 다 내게 너무나 소중한 이들이었으니!

이것이 그대의 노래였노라. 오, 미노나, 발그레하게 얼굴을 붉히는 토르만의 딸이여. 우리는 콜마를 애도하며 울었고, 우리의 영혼은 슬픔에 잠겼노라.

울린이 하프를 들고 나타나 우리에게 알핀의 노래를 들려주었다. 알핀의 목소리는 다정했고 리노의 영혼은 한 줄기 불꽃같았다. 하지만 그들은 이미 좁은 무덤 속에서 안식을 취하고 있고 그들의 목소리는 셀마에서 사라져 갔다. 영웅들이 아직 쓰러지기 전인 언젠가 울린이 사냥에서 돌아와 언덕 위에서 벌어진 노래 경연을 들었다. 그들의 노래는 부드럽지만 슬펐다. 그들은 최고의 영웅인 모라르의 죽음을 애도했다. 모라르의 영혼은 핑갈의 영혼 같았고, 그의 칼은 오스카르의 칼과 같았다. 그러나 그는 전사했다. 그의 아버지가 슬피 울었고, 누이의 두 눈에는 눈물이 가득했다. 훌륭한 모라르의 누이인 미노나의 두 눈에서 눈물이 쏟아졌다. 그녀는 울린이 노래하기 전에 물러났다. 폭풍우를 예감하여 구름 속으로 아름다운 얼굴을 감추는 서쪽 달처럼. 나는 비탄의 노래에 맞춰 울린과 함께 하프를 탔다.

리노

바람과 비가 지나가고, 화창한 한낮이 펼쳐지고, 구름은 흩어져 간다. 변덕스러운 태양이 달아나며 언덕을 비춘다. 산속 개울물은 불그스레한 빛을 받으며 계곡 아래로 흘러간다. 계곡물이여, 너의 속삭임이 달콤하구나. 하지만 내게 들리는 그 목소리가 더 달콤할지니. 바로 알핀의 목소리다. 알핀은 죽은 이를 애도하고 있다. 그의 머리는 나이가 든 탓에 구부러졌고, 눈물이 고여 있는 눈은 벌겠다. 뛰어난 노래꾼 알핀이여, 왜 잠잠한 언덕 위에 홀로 있는가? 그대여, 왜 슬피 울고 있는가? 숲속에 부는 세찬 바람처럼, 저 먼 해안의 파도처럼.

알핀

리노, 나의 눈물은 죽은 이를 위한 것이며, 나의 목소리는 저 무덤에 잠든 이들을 위한 것이라네. 그대는 늘씬한 모습으로 언덕 위에, 그리고 아름다운 모습으로 황야의 아들들 가운데에 있구나. 하지만 그대 역시 모라르처럼 쓰러질 것이며, 그대의 무덤에 애도하는 이가 찾아와 앉을 것이다. 언덕들은 그대를 잊을 것이고, 그대의 활은 시위가 풀린 채 홀에 누워 있을 것이다.

오, 모라르, 그대는 언덕 위의 노루처럼 날렵하고 밤하늘 혜성처럼 무서운 존재였다. 그대의 격노는 폭풍 같았고, 전투할 때 그대의 칼은 황야 위에 번쩍이는 번갯불 같았도다. 그대의 목소리는 비 온 뒤의 폭포수 같았고, 먼 언덕 위에서 우르릉대는 천둥소리 같았도다. 그대의 손에 많은 이들이 쓰러졌고, 그대의 불같은 분노가 그들을 삼켰도다. 하지만 전쟁에서 돌아왔을 때 그대의 이마는 얼마나 평화로웠던가! 그대의 얼굴은 뇌우가 지나간 뒤에 나타난 태양 같았고, 고요한 밤의 달과 같았다. 그대의 가슴은 바람의 일렁임이 잦아든 호수처럼 평온했도다.

지금 그대가 머무는 집은 아주 좁고 캄캄하구나! 겨우 세 걸음이면 전부인 무덤이라니. 오, 일찍이 그토록 위대했던 그대여! 머리에 이끼가 낀 돌 네 개만이 귀퉁이에서 그대를 기념하고 있구나. 나뭇잎이 떨어진 나무 한 그루와 길게 자라 바람에 살랑이는 풀만이 여기가 위대했던 모라르의 무덤임을 사냥꾼에게 알려 주는구나. 그대는 그대를 위해 울어 줄 어머니도, 사랑의 눈물을 흘려 줄 여인도 없구나. 그대를 낳은 어머니는 세상을 떠났고, 모르글란의 딸도 죽었다.

저기 지팡이를 짚은 사람은 누구인가? 나이가 들어 머리는 하얗게 세었고 눈물로 눈이 붉어진 저 사람은 누구인가? 오, 모라르, 그대의 아버지, 그대 외에 다른 아들이라고는 없는 아버지로다. 그대의 아버지는 전쟁터에서 휘날린 그대의 명성과, 혼비백산하여 달아나는 적들에 대한 이야기를 들었지. 그대의 업적도 들었도다! 아! 그런데 그대의 상처에 대해서는 아무 말도 듣지 못했던가? 울어라, 모라르의 아버지여, 눈물을 흘려라! 하지만 그대의 아들은 아버지의 소리를 듣지 못하리라. 죽은 이들의 잠은 깊고 그들의 먼지 베개는 얕디얕도다. 그는 어떤 소리에도 주위를 기울이지 못할 것이며, 그대를 외쳐 부르는 소리에도 깨어나지 않으리라. 아, 무덤에는 언제 아침이 찾아와 잠든 이를 '깨어나라!' 하며 부를 것인가.

잘 있게, 인간 가운데 가장 고귀한 사람이자 전쟁터의 정복자인 그대여! 그러나 그대가 다시 전쟁터를 만날 일도, 그대의 칼이 뿜는 광채가 어두운 숲을 밝히는 일도 이제 없으리. 그대는 후손을 남기지 않았으나 그대의 이름은 노래 속에 간직되리라. 후대 사람들이 전쟁터에서 쓰러져 간 모라르의 이야기를 듣게 되리라.

영웅들이 슬퍼하는 소리가 높게 울렸지만 그중에 가장 높은 소리는 아르민에게서 터져 나왔다. 젊은 나이에 전사한 아들의 죽음을 떠올렸던 것이다. 명성을 떨치는 갈말의 영주 카르모르가 아르민 근처에 앉아 있었다. 그가 말했다. "아르민은 왜 한숨을 내쉬고 흐느끼는가? 여기에서 슬피 울 일이 무엇인가? 마음을 녹이고 위로하는 노랫소리가 울리고 있지 않은가? 그 소리가 마치 호수로부터 피어나 계곡으로 흩어지는 부드러운 안개 같도다. 피어나는 꽃들이 물기를 머금어 촉촉해지는구나. 그러나 태양이 다시 힘차게 떠오르고, 안개는 사라졌다. 바다가 굽이감은 고르마의 지배자 아르민이여, 왜 그렇게 비탄에 젖어 있는가?"

"비탄에 젖었네! 나는 비탄에 젖어 있노라. 이토록 슬픈 데에는 큰 이유가 있다네. 카르모르, 그대는 아들을 잃은 적도, 꽃다운 딸을 잃은 적도 없어. 용감한 콜가르와 가장 아름다운 처녀 아니라가 살아 있지 않은가. 오, 카르모르, 당신 가문의 후손들은 그렇게 피어나고 있네. 하지만 우리 가문은 나 아르민이 최후의 생존자라네. 오, 다우라, 너의 잠자리가 어둡구나! 무덤 속에 잠들어 답답하겠구나. 너는 언제 그 곱디고운 목소리로 노래를 부르며 깨어날 테냐? 불어와라, 너희들 가을의 바람이여! 어두운 황야 위로 휘몰아쳐라! 숲속의 폭포여, 쏟아져라! 계곡물이여, 떡갈나무 꼭대기에서 울부짖어라! 오, 달이여, 갈라진 구름 사이로 움직여서 언뜻언뜻 창백한 얼굴을 보여 주오! 내 자식들이 죽은 그 끔찍한 밤, 용맹스러운 아린달이 쓰러지고 사랑스러운 다우라가 가버린 그 밤이 떠오르는구나.

다우라, 어여뻤던 내 딸. 푸라의 언덕 위에 뜬 달처럼 아름답고, 떨어지는 눈처럼 하얗고, 숨결처럼 달콤했던 내 딸! 아린달, 전쟁터에서 네 활은 강했고, 네 창은 빨랐으며, 네 눈길은 파도 위의 안개 같았고, 네 방패는 폭풍우 속의 불구름 같았는데!

전쟁에서 이름을 떨친 아르마르가 다우라의 사랑을 얻기 위해 구애를 펼치자 다우라도 오래 버티지 않고 승낙했지. 친구들도 그들을 보며 아름다운 희망을 품었네.

오드갈의 아들 에라트는 형제를 아르마르의 손에 잃었기 때문에 그에게 원한을 품고 있었네. 그는 뱃사공으로 변장하고 찾아왔네. 물 위에 떠 있는 그의 작은 배는 아름다웠고, 곱슬머리는 노인처럼 하얗게 세어 있었고, 진지한 얼굴은 침착해 보였지. 그가 말했네. '가장 아름다운 아가씨, 아르민의 사랑스러운 따님이여. 멀지 않은 바다에 떠 있는 저 바위 위에서, 붉은 나무 열매가 반짝이는 저곳에서 아르마르가 다우라를 기다리고 있습니다. 물결이 굽이치는 바다 건너로 그의 연인을 데려가기 위해 제가 왔습니다.'

다우라는 그를 따라나서며 아르마르를 불렀지만, 바위의 목소리만 들릴 뿐 대답하는 이가 없었네. '아르마르! 나의 사랑! 나의 연인! 왜 이렇게 저를 불안에 떨게 하시나요? 들어 봐요, 아르나르트의 아들이여. 내 목소리가 들리나요! 당신을 부르는 사람이 바로 저, 다우라랍니다.'

배반자 에라트는 비웃으며 육지로 도망쳤네. 다우라는 목소리를 높여 아버지와 오라비를 불렀다네. '아린달! 아르민! 저를, 이 다우라를 구해 주시지 않을 건가요?'

다우라의 목소리가 바다를 건너왔어. 내 아들 아린달이 사냥으로 잡은 짐승을 둘러멘 채 황급히 언덕에서 내려왔네. 옆구리에서는 화살이 달그락거렸고, 손에는 활이 들려 있었고, 짙은 회색 개 다섯 마리가 그를 에워싸고 있었다네. 아린달은 바닷가에서 뻔뻔한 에라트를 찾아내 떡갈나무에 묶었는데 특히 그의 허리를 단단히 얽어맸지. 포박당한 자의 신음 소리가 바람 속에 가득 실려 있었네.

아린달은 배를 타고 파도를 가르며 다우라를 데리러 갔네. 그때 분노에 가득 차 그곳으로 달려온 아르마르가 회색 깃털이 달린 화살을 그 배에 쏘았네. 아, 아린달, 내 아들! 화살이 소리를 내며 날아와 너의 가슴에 내리꽂혔구나. 배반자 에라트를 대신해 네가 죽었구나. 배가 바위에 다다랐을 때 아린달은 그곳에 쓰러져 죽고 말았네. 아, 다우라! 네 발치에 오라비의 피가 흘렀으니 얼마나 비통했겠느냐!

파도가 배를 산산조각 내버렸네. 아르마르는 바다로 뛰어들었네. 다우라를 구하기 위해서였을까, 아니면 죽기 위해서였을까. 거센 폭풍우가 언덕에서 파도 속으로 몰아쳤고, 아르마르는 물속으로 가라앉아 다시 떠오르지 않았네.

바닷물에 씻긴 바위 위에 홀로 남겨진 내 딸의 비통한 울부짖음이 들렸네. 다우라의 애끓는 절규가 큰 소리로 계속 울려왔지만, 아비는 딸을 구할 수 없었네. 밤새도록 바닷가의 희미한 달빛 속 딸의 모습을 바라보기만 했네. 밤이 다

지날 때까지 딸의 울부짖음을 듣고 있었네. 바람 소리가 거셌고, 비가 산허리를 세차게 내리쳤네. 아침이 밝기 전 딸의 목소리가 점점 약해지더니 저녁 바람이 바위의 풀들 사이에서 사라지듯 딸아이도 숨을 거두었네. 딸은 비통함에 쓰러져 죽었고, 나 아르민만 홀로 남겨졌네! 전쟁터에서 드날리던 나의 강인함은 사라졌고, 여인들 앞에서 느끼던 자부심은 땅에 떨어졌네.

산에서 폭풍우가 몰아쳐 오거나 북풍이 거칠게 파도를 일으킬 때면, 나는 철썩거리는 파도 소리가 들리는 바닷가에 앉아 그 끔찍한 바위를 바라본다네. 달이 질 때면 종종 내 아이들의 혼령이 보인다네. 어렴풋하고 희미한 모습으로 슬퍼하며 함께 떠도는 내 아이들을."

로테의 눈에서 눈물이 주체할 수 없이 쏟아지면서 그녀의 답답했던 마음에 숨통이 트이는 것 같았습니다. 베르터는 낭독을 이어 갈 수 없어서 원고를 팽개친 채 로테의 손을 잡고는 쓰디쓴 눈물을 흘렸습니다. 로테는 다른 한 손에 얼굴을 묻고 손수건으로 눈물을 감췄습니다. 두 사람이 느끼는 감동은 대단했습니다. 두 사람은 고귀한 이들의 운명 속에서 자신들의 불행을 느꼈습니다. 같은 감정을 함께 느꼈고 눈물로 하나가 되었습니다. 로테의 팔에 닿은 베르터의 입술과 두 눈이 뜨겁게 타올랐고, 로테는 전율을 느꼈습니다. 그녀는 팔을 빼려 했지만, 고통과 연민이 납처럼 그녀를 내리눌러 움직일 수 없었습니다. 로테는 숨을 고르며 정신을 부여잡았고, 눈물이 멈추지 않은 상태였지만 낭송을 계속해 달라고 부탁했습니다. 온전히 천상에서 울리는 목소리로 베르터에게 간청했습니다. 베르터는 온몸이 떨렸고, 심장이 터질 것 같았습니다. 그는 원고를 다시 집어 들고 간간이 끊어 가며 낭독을 계속했습니다.

봄바람이여, 그대는 무슨 이유로 나를 깨우는가? 그대는 '천상의 물방울로 촉촉이 적셔 주겠다'는 말로 유혹하는구나. 하지만 나는 곧 시들어 버릴 것이다. 나의 잎사귀들을 흔들어 떨어뜨릴 폭풍우도 가까이 와 있다! 내일이면 내가 아름다웠던 시절에 나를 보았던 방랑자가 찾아올 것이다. 그의 눈이 이곳 들판에서 나를 찾겠지만 결코 발견할 수 없으리라.

이 구절은 불행한 베르터의 마음을 파고들 만큼 강력한 위력이 있었습니다. 절망감에 사로잡힌 그는 로테 앞에 무릎을 꿇고 그녀의 두 손을 자기 눈에 강하게 가져다 댔다가 이마 쪽으로 가져가 눌렀습니다. 베르터가 뭔가 끔찍한 일을 계획하고 있다는 예감이 로테의 마음을 스쳐 갔습니다. 로테는 마음이 어수선하고 복잡해져서 베르터의 손을 꼭 잡아 가슴으로 가져갔습니다. 그리고 애처로운 몸짓을 하며 그에게 몸을 기울였습니다. 그러자 두 사람의 뜨거운 뺨이 맞닿았고, 그들 앞에서 세상은 사라졌습니다. 베르터는 두 팔로 로테를 휘감아 꽉 안았습니다. 그리고 뭔가 말하려는 듯 더듬거리는 그녀의 떨리는 입술을 미친 것처럼 거센 키스로 덮어 버렸습니다. "베르터!" 로테가 몸을 돌리면서 숨이 탁 막힌 목소리로 외쳤습니다. "베르터!" 로테는 다시 한 번 소리치며 연약한 손으로 그를 자기 가슴에서 밀쳐 내려 했습니다. "베르터!" 로테는 고귀한 감정이 담긴 차분한 어조로 소리쳤습니다. 베르터는 더 버티지 않고 그녀를 놓아주었고 미치광이처럼 그녀의 발 앞에 푹 엎드렸습니다. 로테는 그를 뿌리치며 일어났고, 불안하고 혼란스러운 마음으로 사랑과 분노 사이에서 몸을 떨며 말했습니다. "이게 마지막이에요! 베르터! 이제 다시는 저를 보지 못할 겁니다." 로테는 사랑이 가득 담긴 시선으로 그 불행한 남자를 바라본 다음 급히 옆방으로 들어가 문을 잠갔

습니다. 베르터는 로테를 향해 두 팔을 뻗어 봤지만 감히 그녀를 붙잡을
수 없었습니다. 그는 소파에 머리를 기댄 채 바닥에 누워 있었고, 30분
넘게 이 자세로 있다가 무슨 소리가 들려서 다시 정신을 차렸습니다. 하
녀가 식탁을 차리기 위해 부스럭거리는 소리였습니다. 베르터는 방 안
을 이리저리 서성였습니다. 그러다가 다시 혼자가 되었을 때 옆방 문 쪽
으로 가서 낮은 목소리로 그녀를 불렀습니다. "로테! 로테! 내 말 좀 들
어 줘요! 작별 인사 한 마디만!" 그녀에게선 아무 말이 없었습니다. 그는
기다렸고 한 번 더 간청한 뒤 얼마간 기다렸습니다. 기다림 끝에 자리에
서 일어난 베르터가 소리쳤습니다. "안녕히 계세요, 로테! 영원히 안녕!"

베르터는 도시 성문으로 갔습니다. 그를 이미 잘 알고 있던 문지기가
아무 말 없이 그를 밖으로 내보내 주었습니다. 진눈깨비가 흩날리고 있
었고, 베르터는 11시쯤에야 돌아와 문을 두드렸습니다. 그가 집에 도착
했을 때 하인은 주인이 모자를 쓰지 않았다는 것을 알아차렸습니다. 하
지만 감히 뭐라 말하지 못하고 주인의 옷을 받아 주었는데, 베르터는 속
옷까지 흠뻑 젖은 상태였습니다. 그의 모자는 나중에 계곡이 내려다보
이는 언덕 비탈의 바위 위에서 발견되었습니다. 그렇게 어두운 데다 진
눈깨비까지 내리는 밤에 베르터가 어떻게 떨어지지 않고 그 위로 올라
갔는지 알 수 없습니다.

베르터는 침대에 누워 오래도록 잠을 잤습니다. 다음 날 아침에 그의
부름에 커피를 가져간 하인은 무언가를 쓰고 있는 베르터를 보았습니
다. 베르터는 로테에게 다음의 편지를 쓰고 있었습니다.

마지막으로, 마지막으로 눈을 뜹니다. 아, 이제 내 눈은 태양을 담을 수 없
습니다. 자욱한 안개가 태양을 가려서 흐린 날이네요. 자연이여, 그대도 이렇

게 애도해 주십시오! 그대의 아들, 그대의 친구, 그대의 애인이 종말을 향해 다가가고 있으니. 로테, 자신에게 지금이 마지막 아침이라고 얘기하는 이 기분을 무엇과 비교할 수 있겠습니까마는 꿈에서 어렴풋이 깨어날 때와 가장 비슷한 듯합니다. 마지막 아침! 로테, 마지막이 무슨 뜻인지 모르겠습니다. 지금 이렇게 온전한 기력으로 서 있지 않나요? 그런데 내일은 사지를 쭉 뻗고 바닥에 맥없이 누워 있겠지요. 죽는다! 그것은 무슨 뜻일까요? 보세요. 죽음을 이야기할 때 우리는 꿈을 꾸고 있는 것입니다. 나는 사람이 죽는 것을 많이 보았습니다. 하지만 인간은 너무나 제한된 존재라서 자신의 시작과 끝에 대해서는 알지 못하지요. 지금의 내 존재는 아직 내 것이자 당신의 것입니다! 오, 사랑하는 그대여, 저는 당신의 것입니다! 그런데 어떻게 한순간에 갈라지고 헤어져서, 어쩌면 영원한 이별을 하게 된 것일까요? 아닙니다, 로테, 그렇지 않습니다. 어떻게 제가 사라질 수 있겠어요? 그리고 어떻게 당신이 사라질 수 있겠어요? 우리는 이렇게 존재하는데! 사라지다니! 그것이 무슨 말입니까? 그것은 그저 한 마디 말에 불과하며, 마음으로 느낄 수 없는 공허한 울림일 뿐입니다. 죽는다니, 로테! 차가운 땅속의 그렇게 좁은 곳에 묻히다니! 그렇게 깜깜한 곳에! 의지할 데가 없던 젊은 시절, 제 전부였던 여자 친구가 있었습니다. 그런데 그녀가 죽어 버렸습니다. 저는 그녀의 장례 행렬을 따라가서 무덤가에 서 있었습니다. 사람들이 관을 땅속으로 내리고 나서 밧줄을 드르륵드르륵 빼내 위로 끌어 올렸습니다. 첫 삽의 흙이 관 위로 떨어지니 뚜껑에서 불안하고 둔탁한 소리가 났습니다. 소리가 갈수록 점점 더 둔탁해지더니 마침내는 관이 흙으로 완전히 덮였습니다! 나는 무덤 옆에 주저앉고 말았습니다. 충격으로 떨리고 겁나는 마음이 들었고, 내 모든 게 갈기갈기 찢기는 기분이었습니다. 하지만 제게 닥친 일이 무엇인지 알지 못했습니다. 언젠가 제게 일어날 일도 마찬가지였고요. 죽는다니! 무덤이라니! 그 말들을 이해할 수 없었습니다!

아, 용서해 줘요. 나를 용서해 줘요! 어제 일을! 차라리 그 순간이 내 인생의 마지막이었어야 했는데……. 오, 그대, 천사여! 처음으로, 정말 처음으로 아무 의혹도 없이 마음속 깊은 곳에서 환희의 감정이 타올랐습니다. 그녀는 나를 사랑한다! 그녀가 나를 사랑하고 있다! 당신의 입술에서 흘러나온 성스러운 불꽃이 아직도 내 입술 위에서 불타고 있고, 새롭고 따뜻한 희열이 내 마음속에 있습니다. 용서해요! 나를 용서해 줘요!

아, 당신이 저를 사랑한다는 것은 알고 있었습니다. 처음에 마주쳤던 진심어린 시선과 처음 악수할 때 잡았던 손에서 알아챘습니다. 그렇지만 내가 다시 떠났을 때와 당신의 옆에 있는 알베르트를 보았을 때, 열병 같은 의혹이 생겨서 용기를 잃었던 것이지요.

예전 그 끔찍했던 모임에서 당신이 제게 한 마디 말도 건넬 수 없었고 악수 한 번 할 수 없었던 때, 당신이 보냈던 꽃을 기억하시나요? 아, 저는 그날 거의 밤새도록 그 꽃 앞에 무릎을 꿇고 있었습니다. 그 꽃은 제게 당신의 사랑을 보증해 주는 징표였지요. 아아! 그런데 그때의 감동도 이제는 다 없어져 버렸습니다. 성스럽고 뚜렷한 표식 안에서 마치 천국에 머무는 듯이 아주 충만하게 하느님의 은총을 받던 느낌이 신자의 마음에서 점점 희미해지듯이 말이지요.

그 모두가 덧없는 것이겠지만, 어제 당신의 입술에서 맛보았던 내 안의 불타는 생명력은 영원히 꺼지지 않을 겁니다! 그녀가 나를 사랑한다! 이 팔로 그녀를 안았고, 이 입술이 그녀의 입술 위에서 떨었고, 이 입이 그녀의 입가에서 더듬거리며 말했다. 그녀는 내 것이다! 당신은 제 것입니다! 그래요, 로테, 당신은 영원히 제 것입니다!

알베르트가 당신의 남편이라는 것이 무슨 의미가 있단 말입니까? 남편! 이 세상에서는 그렇겠지요. 그리고 이 세상에서는 제가 당신을 사랑하는 것이, 당신을 그에게서 **빼앗아** 내 팔로 안고 싶은 것이 죄가 되겠지요. 그것이 죄일까요? 좋아요. 그렇다면 스스로 벌을 내리겠습니다. 나는 완벽한 천국 같은 곳에서 그 죄를 황홀하게 맛보았고, 가슴으로 삶의 위로와 활력을 들이마셨습니다. 그 순간부터 당신은 제 것입니다. 오, 로테, 나의 여인! 저는 먼저 갑니다. 제 아버지이자 당신의 아버지인 그분의 곁으로 갑니다. 거기서 아버지에게 원망을 퍼부을 겁니다. 당신이 올 때까지 그분께서 저를 위로해 주시겠지요. 당신이 오면 저는 당신에게로 날아가 당신을 붙잡을 겁니다. 그리고 무한하신 그분의 앞에서 언제까지고 당신을 안은 채로 당신 곁에 머물 것입니다.

꿈을 꾸거나 망상에 빠진 것이 아닙니다. 무덤과 가까워지니 오히려 정신이 더 맑아집니다. 우리는 존재할 것입니다! 우리는 다시 만날 것입니다! 당신 어머니를 뵐 겁니다. 제가 그분을 찾아볼 것입니다. 아, 그분 앞에 제 마음을 모두 쏟아 놓을 것입니다. 당신의 어머니, 당신과 꼭 닮은 그분 앞에서!

11시쯤에 베르터가 하인에게 혹시 알베르트가 돌아왔느냐고 물었습니다. 하인은 '예, 말을 타고 지나가시는 모습을 보았습니다.'라고 말했습니다. 그러자 베르터는 하인에게 봉하지 않은 쪽지를 건네주었는데 내용은 이랬습니다.

제가 여행을 계획 중인데, 혹시 권총을 빌릴 수 있을까요. 부디 안녕히.

알베르트의 사랑스러운 아내 로테는 지난밤에 거의 잠을 잘 수 없었습니다. 그녀가 두려워하던 일이 벌어지고 만 것입니다. 감히 걱정도 예감도 할 수 없었던 방식으로요. 평소에는 맑고 가볍게 흐르던 그녀의 피가 열병이 난 듯 들끓었고, 수천 가지 감정이 순수한 그녀의 마음을 뒤흔들어 놓았습니다. 가슴속 불길은 베르터와의 포옹 때문일까? 그의 무모한 행동에 대한 불쾌감일까? 거리낄 것 없이 자유롭고 순수한 데다가 걱정할 게 없고 자신감 넘치던 과거의 날들과 현재 상태가 비교되어 불만을 느끼는 것인가? 이제 남편을 어떻게 대해야 할까? 고백해도 괜찮겠지만 감히 털어놓을 수 없을 듯한 그 사건을 어떻게 설명해야 할까? 두 사람 다 베르터에 대해서 그렇게 오래 입을 다물고 있었는데, 자신이 먼저 그 침묵을 깨고 이렇게 적절치 않은 때에 남편이 예상치 못한 일을 들추어내야 할까? 베르터가 왔었다는 얘기만으로도 남편의 기분이 상할까 봐 두려운데, 이런 뜻밖의 파국까지 맞다니! 남편이 자신을 올바르고 선입관 없는 눈으로 봐줄 것이라고 기대할 수 있을까? 남편이 자신의 진심을 읽어 주기를 바랄 수 있을까? 그런데 항상 그녀는 남편에게 맑은 크리스털 유리잔처럼 솔직하게 모든 것을 터놓았었다. 자신의 감정을 조금도 숨기지 않았고 또 숨길 수도 없는데 이제 와서 남편에게 아닌 척 꾸며 댈 수 있을까? 로테는 이것저것이 모두 걱정스러웠고 당혹스러웠습니다. 그런데 생각을 하다 보면 자꾸 베르터가 떠올랐습니다. 이제 그녀에게 베르터는 잃어버린 사람이었습니다. 그렇다고 그의 마음을 받아줄 수도 없는 게 유감이지만, 그를 스스로에게 맡겨 둘 수밖에 없었습니다. 그런데 그녀를 잃게 되면 베르터에게는 아무것도 남지 않습니다.

그 순간에는 무엇이라고 분명히 설명할 수 없었지만 그녀는 꽉 막힌 기분에 아주 깊게 짓눌려 있었습니다! 남편과 베르터 사이는 무언가로 가로막혀 있는 것 같았습니다. 그토록 사려 깊고 선한 사람들이 무언지 모를 은밀한 차이 때문에 서로 말을 섞지 않기 시작했고, 둘 다 자기가 옳고 상대는 그르다고 생각했습니다. 그리고 상황이 더 꼬이고 나쁜 쪽으로 흘러가면서, 모든 것이 걸려 있는 지금 바로 이 위험한 순간에 그 매듭을 풀 수 없게 되어 버린 것이었습니다. 알베르트와 베르터, 두 사람이 즐거운 마음으로 서로를 믿고 좀 더 일찍 다시 가까워졌더라면, 서로 마음을 주고받으면서 사랑과 관용이 살아나고 두 사람의 마음이 통했더라면 아마도 우리의 친구를 구할 수 있었을 것입니다.

게다가 특별한 사정이 또 하나 더해졌습니다. 우리가 그의 편지에서 짐작할 수 있듯이 베르터는 이 세상을 떠나기를 동경한다는 사실을 비밀로 삼지 않았습니다. 알베르트는 베르터의 이런 생각에 자주 이의를 제기했고, 로테와 알베르트 사이에서도 가끔 이 문제가 거론되었습니다. 알베르트는 자살을 단호하게 반대했기에 이 문제에 대해서만은 평소의 성격과 달리 신경질적인 태도를 자주 취했습니다. 더불어 베르터의 자살 계획이 진지하지 않다는 걸 뒷받침할 만한 원인을 찾겠다고 밝히기도 했습니다. 알베르트는 약간 조롱하기까지 하면서 로테에게 자기는 베르터가 죽으려 한다는 걸 믿지 않는다고 얘기했습니다. 이런 남편의 태도는 상념에 빠져 비극적인 장면을 상상하는 로테를 안심시키기도 했지만, 다른 한편으로는 지금 그녀를 괴롭히는 걱정을 털어놓기 어렵게 만들기도 했습니다.

알베르트가 돌아오자 당황한 로테는 허둥지둥 남편을 맞이했는데, 그는 업무가 마무리되지 않은 탓에 기분이 나빠 보였습니다. 인근에 산다던 관리는 고집이 세고 옹졸한 사람이었습니다. 게다가 길 상태가 나빠서 더 짜증이 난 탓도 있습니다.

알베르트가 별일 없었느냐고 묻자 로테는 어제저녁에 베르터가 왔었다고 황급히 대답했습니다. 알베르트는 편지가 왔느냐고 물었고, 도착한 편지와 소포들을 방에 놓아두었다는 대답을 들었습니다. 그는 자기 방으로 건너갔고, 로테는 혼자 남았습니다. 사랑하고 존경하는 남편의 존재가 그녀의 마음에 새로운 인상을 주었습니다. 그의 고결한 마음, 사랑, 선량함이 그녀의 마음을 더욱 진정시켰습니다. 왠지 남편을 따라가야 할 것 같은 마음이 들었습니다. 그래서 로테는 자주 그랬던 것처럼 일감을 들고 그의 방으로 갔습니다. 남편은 소포들을 뜯고 편지를 읽느라 분주해 보였습니다. 어떤 것들은 그다지 기분 좋은 내용이 아닌 듯 보였습니다. 로테가 몇 가지를 물어보았는데 남편은 짧게 대답하고는 책상으로 가서 뭔가를 쓰기 시작했습니다.

두 사람은 이런 식으로 한 시간쯤 함께 있었습니다. 시간이 흐를수록 로테의 마음은 침울해졌습니다. 만약 지금 남편의 기분이 가장 좋다고 해도 속내를 털어놓는 게 얼마나 어려울지 느껴졌습니다. 로테는 슬픔에 잠겼고, 그 감정을 숨기고 눈물을 삼키려 애를 쓸수록 마음이 점점 더 불안해졌습니다.

베르터의 하인인 소년이 나타나자 로테는 매우 당혹스러웠습니다. 소년은 알베르트에게 쪽지를 전했고, 알베르트는 태연하게 아내를 향해 몸을 돌리며 "아이에게 권총을 줘요."라고 말했습니다. 그리고 소년에게는 "행복한 여행 다녀오시길 바란다고 전해라."라고 말했습니다. 이 말이 천둥소리처럼 로테를 내리쳤습니다. 그녀는 비틀거리며 자리에서 일어났습니다. 어떤 일이 벌어질지 짐작할 수 없었습니다. 그녀는 천천히 벽 쪽으로 가서 떨리는 손으로 권총을 내렸고 총의 먼지를 닦으며 망설였습니다. 알베르트가 의아해하는 눈으로 재촉하지 않았다면 아마 더 오래 망설이고 있었을 것입니다. 로테는 불길한 그 도구를 소년에게 건네며 그 어떤 말도 할 수 없었습니다. 소년이 집에서 나가자 로테는 말로 표현할 수 없이 불안해졌고, 얼마 지나지 않아 일감을 챙겨서 자기 방으로 갔습니다. 그녀의 심장이 끔찍한 일들을 전부 예고하고 있었습니다. 그녀는 남편의 발아래에 몸을 던져 어젯밤 이야기와 자신의 죄,

그리고 지금의 예감까지 모든 걸 털어놓으려고 했습니다. 하지만 모두 말한 뒤의 결말이 어떨지 전혀 예측할 수 없었습니다. 적어도 남편을 설득하여 베르터에게 가도록 만들 확률은 거의 없어 보였습니다. 식탁이 차려졌고, 무언가를 물어보려고 잠깐 들렀던 친한 친구가 식사 때까지 머물러서 식탁에서의 대화를 그럭저럭 견딜 수 있게 해주었습니다. 로테는 억지로 말을 하거나 대화에 집중해서 그 생각을 지우려 했습니다.

소년이 권총을 들고 베르터에게 돌아왔습니다. 로테가 꺼내 주었다는 얘기에 베르터는 몹시 기뻐하며 권총을 받았습니다. 베르터는 빵과 포도주를 가져오도록 한 뒤 소년을 식사하라고 보내 놓고는, 의자에 앉아서 편지를 쓰기 시작했습니다.

권총이 당신의 손을 거쳐 왔고, 당신이 총의 먼지를 닦아 주었습니다. 나는 총에 수천 번 입을 맞추었습니다. 당신의 손길이 닿은 것이니까요! 하늘의 성령이시여, 제 결심을 도와주시는군요. 로테, 당신의 손으로 그 도구를 제게 건네주다니. 전 당신의 손에 죽음을 맞기를 바랐습니다! 아, 지금 그 소원이 이뤄지는 겁니다. 오, 아이에게 자세히 물어보니, 당신은 권총을 넘겨줄 때 떨고 있었고 한마디 작별 인사도 건네지 않았다고 하더군요. 오, 슬프고 슬프도다! 작별 인사 한마디 없이! 저와 당신이 영원하고 단단하게 묶여 버린 그 순간 때문에 저에 대한 마음을 닫아 버려야만 했나요? 로테, 천 년이 지나도 그 순간의 느낌은 사라지지 않을 겁니다! 그리고 당신을 위해 이처럼 타오르는 사람을 당신이 미워할 수 없다는 것을 전 느끼고 있습니다.

식사를 마친 후 베르터는 소년에게 모든 짐을 완벽하게 싸두라고 지시하고는 여러 서류들을 찢었습니다. 그 후 밖에 나가서 남아 있던 약간의 빚을 정리하고 집으로 돌아왔습니다. 잠시 뒤엔 성문 앞으로 갔습니다. 비가 오는데도 백작의 정원과 조금 더 먼 주변의 이곳저곳을 쏘다녔습니다. 그리고 어둑어둑해질 때쯤 집으로 돌아와 편지를 썼습니다.

빌헬름, 마지막으로 들판과 숲과 하늘을 보았네. 잘 지내게! 어머니, 저를 용서하십시오! 빌헬름, 어머니를 위로해 드리게! 자네와 어머니께 하느님의 은총이 함께하기를! 내 물건들은 모두 정리해 두었네. 잘 있게! 우리는 언젠가 더 기쁜 마음으로 다시 만나게 될 거야.

알베르트, 배은망덕한 나를 용서하게. 내가 평온한 자네의 가정을 어지럽혔고 부부 사이에 불신을 키우게 했네. 잘 지내게! 내가 끝을 내겠네. 나의 죽음으로 자네 부부가 행복해진다면! 알베르트! 알베르트! 천사를 행복하게 해주게! 자네에게 하느님의 은총이 깃들기를!

그날 저녁에 베르터는 또 다른 서류들을 한참 살펴봤고 많은 것을 찢어서 난로에 던졌습니다. 짐 몇 개는 수신인을 빌헬름으로 적고 봉인했습니다. 그 짐들 속에는 소논문들과 단편적인 사색을 적은 글들이 들어 있었고 그중 몇 개는 저도 읽어 보았습니다. 10시에 베르터는 하인에게 난로에 불을 더 지피고 포도주를 한 병 가져오라고 한 다음 그만 물러가라고 했습니다. 하인의 방과 다른 사람들의 침실은 집 뒤편으로 한참 떨어져 있었습니다. 하인은 아침 일찍 채비를 마치기 위해 옷을 입은 채 자리에 누웠습니다. 주인이 우편 마차가 6시 전에 집 앞으로 올 것이라고 말했기 때문이었습니다.

밤 11시가 넘은 시각

저를 둘러싼 주위의 모든 것들이 잠잠하고 영혼마저도 평온합니다. 하느님, 마지막 순간에 이런 온기와 힘을 베풀어 주신 것에 감사드립니다.

사랑하는 그대여, 나는 창가로 걸어가 밖을 바라봅니다. 빠르게 흘러가는 구름 사이로 영원한 하늘의 별들이 여러 개 보입니다. 너희 별들은 떨어지지 않으리라! 영원하신 분께서 너희를 품에 안고 계시니. 그분께서 나를 안아 주시리라. 모든 별들 가운데에서 가장 아끼는 큰곰자리의 북두칠성을 바라봅니다. 밤에 당신을 떠나 당신의 집에서 나올 때면 저 별과 종종 눈이 마주치곤 했지요. 정말 황홀하게 바라보았습니다! 그때 저는 종종 두 손을 들어 올려 그 별을 제 행복의 징표이자 성스러운 표식으로 삼았답니다. 아, 로테, 여전히 무엇을 봐도 당신만 떠오릅니다! 당신이 나를 온통 에워싸고 있는 걸요! 아무리 사소하더라도 성스러운 당신의 손길이 닿았던 것이라면 저는 무엇이든 어린애처럼 긁어모으지 않았던가요!

당신의 사랑스러운 실루엣을 그린 그림! 로테, 당신에게 이것을 유품으로 남기니 소중히 받아 주세요. 외출했다가 들어올 때마다 이 그림에 수천 번 키스와 손인사를 했답니다.

당신 아버님께 서신을 보내 제 시신을 지켜 달라고 부탁드렸습니다. 공동묘지 뒤쪽 구석에 들판을 바라보는 보리수나무 두 그루가 있지요. 저는 그곳에 잠들고 싶습니다. 아버님께서는 이 친구를 위해 그 일을 해주실 수 있을 것이고, 또 해주실 것입니다. 당신도 부탁드려 주세요. 독실한 기독교인들에게 그들의 육신을 이 불쌍하고 불행한 남자 옆에 눕히라고 요구하지는 않겠습니다. 아, 저를 길가나 고독한 계곡에 묻어 주셔도 좋습니다. 그러면 사제들과 레위 사람들이 성호를 그으며 묘석 앞을 지나갈 것이고, 사마리아 사람들이 눈물을 한 방울 흘려 주겠지요.

자, 로테! 저는 두렵지 않습니다. 차갑고 무서운 저 잔을 들어 죽음의 몽롱함을 들이킬 것입니다. 당신이 제게 건네주었으니 주저하지 않겠습니다. 모든 것! 모든 것이! 내 삶의 모든 소망과 희망이 이렇게 채워져 있습니다. 이토록 냉정하고 의연하게 죽음의 철문을 두드리겠습니다.

당신을 위해서 죽을 수 있는 행복을 누리기를 그토록 바랐습니다! 로테, 당신을 위해 저를 바칠 수 있기를! 당신의 삶에 평안과 기쁨을 되돌려 줄 수 있다면 용감하고 기쁘게 죽고 싶었습니다. 아! 하지만 사랑하는 사람들을 위해 피를 흘리고, 죽음을 통해 친구들에게 새로운 생명을 아주 많이 줄 수 있는 것은 몇몇 고귀한 사람에게만 주어진 행운이었지요.

로테, 당신의 손길이 닿아 신성해진 이 옷을 입은 채 묻히고 싶습니다. 당신의 아버님께도 그렇게 부탁드렸습니다. 제 영혼이 관 위를 떠다니고 있습니다. 주머니를 들추지는 말아 주세요. 이 연분홍색 리본은 아이들과 함께 있는 당신을 처음 만난 날, 당신이 가슴에 달고 있던 것입니다. 아, 아이들에게 수천 번의 키스를 전하고 이 불행한 친구의 운명을 얘기해 주세요. 사랑스러운 아이들! 저를 둘러싸고 뛰어다니는 아이들의 모습이 보입니다. 아, 당신과 나는 뗄 수 없이 하나로 묶여 있었는데! 처음 본 그때부터 당신을 놓아줄 수 없었는데! 당신이 생일 선물로 준 이 리본을 함께 묻어 주십시오. 제 모든 것을 다 엮어 놓았답니다! 아, 그 길이 저를 이곳으로 이끌 줄은 몰랐습니다. 진정해요! 부탁이니 진정하세요!

총은 장전되어 있습니다. 시계가 12시를 알리는군요. 이제 됐습니다! 로테! 로테, 잘 있어요! 부디 안녕히!

이웃 사람 한 명이 화약의 섬광을 보고 총성을 들었습니다. 하지만 잠시 후에 주변이 조용해져서 그는 더 이상 주의를 기울이지 않았습니다.

아침 6시에 하인이 등불을 들고 방으로 들어옵니다. 그는 바닥에 쓰러져 있는 주인과 권총과 피를 발견합니다. 하인은 소리를 지르며 베르터를 잡아 보지만 그에게선 대답이 없고 그의 목에서 그르렁거리는 소리만 들립니다. 하인은 의사들에게로, 그다음에 알베르트에게로 달려갑니다. 초인종 소리에 로테는 온몸이 떨려 옵니다. 그녀는 남편을 깨우고 두 사람이 자리에서 일어납니다. 울부짖는 하인이 말을 더듬으며 소식을 전합니다. 로테는 정신을 잃고 알베르트 앞으로 쓰러집니다.

도착한 의사는 살 가망이 없는 상태로 바닥에 누워 있는 불행한 남자를 보았습니다. 맥박은 뛰고 있었지만 사지는 모두 굳어 있었습니다. 오른쪽 눈 위쪽 이마에 발사된 총알이 머리를 관통했고 뇌수가 밀려 나와 있었습니다. 의사는 아무 소용이 없는 걸 알지만 그의 팔에서 혈관을 쨌고 피가 흘러나왔습니다. 베르터는 여전히 숨을 쉬고 있었습니다.

안락의자 팔걸이에 묻은 피를 보고 의사는 베르터가 책상 앞에 앉아서 총을 쏘았고 그다음에 바닥에 쓰러졌다는 사실을 추측할 수 있었습니다. 경련이 일어나 의자 주변을 빙빙 돌다가 바닥에 나뒹군 것 같았습니다. 베르터는 기운이 다 빠진 상태로 창 쪽을 향해 반듯하게 누워 있었습니다. 완전히 옷을 갖춰 입고 장화를 신고 있었는데, 그는 노란색 조끼와 푸른색 연미복을 입은 상태였습니다.

집안과 이웃을 비롯한 도시 전체가 발칵 뒤집혔습니다. 알베르트가 들어왔습니다. 사람들이 베르터를 침대에 눕히고 이마에 붕대를 감았습니다. 그의 얼굴은 이미 죽은 사람의 것이었고 팔다리도 전혀 움직이지 않았습니다. 아직 폐에서 색색거리는 소리가 커졌다 작아졌다 하면서 끔찍하게 들려왔습니다. 사람들은 베르터의 임종이 가까워졌다는 것을 알았습니다.

베르터는 포도주 한 잔을 마신 상태였고, 《에밀리아 갈로티》[17]가 책상 위에 펼쳐져 있었습니다.

알베르트가 받은 충격과 로테가 느낀 비통함에 대해서는 어떤 말도 하지 않겠습니다.

늙은 법무관은 소식을 듣고 뛰어 들어와 뜨거운 눈물을 흘리며 죽은 이에게 입을 맞추었습니다. 법무관의 아들들 중 큰 아이들도 곧 그의 발치로 달려왔고, 굉장히 고통스러운 얼굴로 침대 옆에 꿇어앉아 베르터의 손과 입에 키스했습니다. 베르터가 항상 가장 아꼈던 큰아들은 그가 숨을 거둘 때까지 베르터의 입술에 붙어 있어서 사람들이 억지로 떼어 놓아야만 했습니다. 낮 12시에 베르터가 숨을 거두었습니다. 법무관이 그곳에 있고 적절한 조치를 취한 덕에 우왕좌왕하는 일을 피할 수 있었습니다. 밤 11시쯤, 법무관이 베르터가 스스로 골라 둔 곳에 그를 매장하도록 했습니다. 법무관과 그의 아들들이 베르터의 주검을 따라갔습니다. 로테의 생명이 염려되는 상황이었기 때문에 알베르트는 함께 갈 수 없었습니다. 일꾼들이 관을 운반했습니다. 그 행렬을 따라가는 성직자는 한 사람도 없었습니다.

---

17) Emilia Galotti. 독일 극작가 고트홀트 에프라임 레싱(Gotthold Ephraim Lessing, 1729~1781)의 희곡으로, 주인공 에밀리아가 순결을 지키기 위해 죽음을 택하는 비극이다.

해설편

| 요한 볼프강 폰 괴테

독일 문학의 거장(巨匠) 요한 볼프강 폰 괴테는 《젊은 베르터의 고뇌》《파우스트》등을 비롯한 유명한 작품들을 후대에 남긴, 뛰어난 문학적 재능을 지닌 작가였다. 게다가 그는 신학, 철학, 과학 등에서도 남다른 두각을 드러낼 정도로 다재다능한 사람이기도 했다.

비극적 사랑과 죽음

I. 요한 볼프강 폰 괴테의 생애와 《젊은 베르터의 고뇌》의 생성

독일 문학계의 최고봉이자 고전주의 대표 작가로 불리는 요한 볼프강 폰 괴테(Johann Wolfgang von Goethe, 1749~1832)는 1749년 8월 28일에 프랑크푸르트 암 마인에서 태어났다. 그의 아버지 요한 카스파르 괴테(Johann Caspar Goethe, 1710~1782)는 엄격한 법률가였다. 어머니 카타리나 엘리자베트 괴테(Catharina Elisabeth Goethe, 1731~1808)는 명랑하고 상냥한 성격으로 어린 괴테에게 이야기를 들려주고 책을 읽어 주며 호기심을 자극하고 상상력을 키워 주었다.

1765년, 열여섯이었던 괴테는 아버지의 권유로 라이프치히 대학교에서 법학을 공부하기 시작했다. 이곳에서 그는 법학뿐만 아니라 어릴 적부터 관심이 많았던 문학, 연극, 미술, 조각 등을 배울 수 있었다. 몇 년 후 건강상의 이유로 학업을 중단했다가 1770년에 슈트라스부르크에서 다시 법학 공부를 이어 나갔으며, 그곳에서 만난 요한 고트프리트 헤르더(Johann Gottfried Herder, 1744~1803)를 통해 호메로스(Homeros, B.C. 800~B.C. 750 추정), 셰익스피어(Shakespeare, 1564~1616) 등의 작품을 접하게 되었다. 학업을 마친 괴테는 1771년에 프랑크푸르트에서 변호사로서 일했고, 1772년에는 베츨라에서 법관 시보(試補)로 활동했다. 변호사로 일하는 동안에도 그는 문학 활동을 게을리하지 않았다. 베츨라에서 괴테는

| 시인의 방
프랑크푸르트에 있는 괴테의 생가에 있는 방으로, 《젊은
베르터의 고뇌》《파우스트》의 초고를 여기서 집필했다
고 전해진다.

동료 케스트너(Kestner, 1741~1800)의 약
혼자 샤를로테 부프(Charlotte Buff, 1753~
1828)에게 첫눈에 사랑의 감정을 느끼지
만 거절당한다. 상심한 괴테는 베츨라
를 떠나 프랑크푸르트로 돌아간다. 그
런데 그 시기에 친구 예루잘렘(Jerusalem,
1747~1772)이 이루지 못할 사랑에 괴로
워하다 권총으로 목숨을 끊은 사건이
발생한다. 상관의 부인을 연모하다가
자살로 생을 마감한 친구의 사건은 이
루어질 수 없는 사랑에 괴로워하던 괴
테에게 《젊은 베르터의 고뇌》를 집필하
는 직접적인 동기가 되었다.

4주 만에 완성된 《젊은 베르터의 고뇌》는 1774년에 출판되자마자 문
학계에 새로운 바람을 일으켰고, 유럽 전역에서 베스트셀러가 됨은 물
론 스물다섯의 청년 괴테를 유명 인사로 만들었다. 작품의 인기로 베르
터는 하나의 신드롬이 되었다. 베르터가 입었던 푸른색 연미복과 노란
조끼가 실제로 유행했으며, 베르터와 로테의 실루엣이나 작품 속 장면
을 묘사한 동판화 등도 제작되어 퍼졌다. 이외에도 나폴레옹이 이 작품
을 너무 좋아해 전쟁터에도 가지고 다녔다는 일화, 베르터에 공감한 젊
은이들 사이에서 자살이 유행했다는 일화[1] 등에서 작품의 인기를 가늠
할 수 있다.

---

1) 1974년에 미국의 사회학자 데이비드 필립스(David Philips)는 유명인이 자살할 경우, 그 사람과
자신을 동일시해서 자살을 시도하는 현상을 '베르터 효과(Werther effect)'라고 이름 붙였다.

1775년에 괴테는 바이마르 공화국의 카를 아우구스트(Karl August, 1757 ~1828) 대공의 초청으로 그곳에 가서 1776년부터 여러 공직을 맡으며 재상의 위치까지 오른다. 괴테는 정치가로서의 활동과 문학가로서의 활동을 병행했으며, 지질학, 광물학을 비롯한 자연 과학 연구에도 몰두했다. 이 시기에 그는 질풍노도의 격정에서 벗어나 조화와 중용을 지향하며 원숙한 문학 세계에 들어섰다.

1786년부터 1788년까지 괴테는 바이마르를 떠나 이탈리아를 여행하는데, 이 여행은 예술가로서의 괴테에게 중요한 전환점이 된다. 고대 예술의 조화와 질서의 아름다움을 이상향으로 평가했던 괴테의 고전주의 문학 세계가 이때 확립되었기 때문이다. 또한 본래 산문체 희곡으로 발표되었던 《이피게니에 Iphigenie》를 운문으로 개작하고 희곡 《에그몬트 Egmont》를 완성하는 등 창작 활동에 활기를 띠게 된 것도 이 여행 덕분이다.

1794년부터 괴테는 프리드리히 실러(Friedrich Schiller, 1759~1805)가 만드는 잡지 《호렌 Horen》 작업에 참여하고 서신을 교환하며 서로의 작품에 대한 의견을 주고받는 등 활발히 교류를 이어 가면서 실러와 함께 '바이마르 고전주의[2]'의 황금시대를 만들어 간다. 1796년에는 《빌헬름 마이스터의 수업시대 Wilhelm Meisters Lehrjahre》를 완성했으며, 1821년에는 《빌헬름 마이스터의 편력시대 Wilhelm Meisters Wanderjahre》를, 1831년에는 《파우스트 Faust》를 탈고했다. 특히 《파우스트》는 괴테가 1773년부터 1831년까지 집필하여 완성한 대작이며, 지금까지도 세계적인 고전으로 인정받는다.

---

2) Weimarer Klassik. 18세기 말에서 19세기 초에 유행한 고대 그리스 및 로마의 고전 작품을 모범으로 하는 문학 사조를 일컫는 말이며, 괴테와 실러가 활동하던 바이마르가 중심 도시였기 때문에 이처럼 불렸다.

위대한 시인이며 소설가, 희곡 작가이자 정치가, 자연 과학자였던 괴테는 1832년 3월 22일에 바이마르에서 사망했다. 그의 문학 작품들은 후대의 독일 문학에 지대한 영향을 미쳤으며, 괴테는 현대에도 전 세계인에게 사랑받는 작가로 손꼽힌다.

Ⅱ.《젊은 베르터의 고뇌》

1. 형식과 구성

《젊은 베르터의 고뇌》는 자기 고백적 서사 양식인 편지글로 구성되어 있다. 서간체 소설에서 중요한 것은 단순히 형식의 특이성이 아니라 사건 전개의 매개체가 편지라는 점이다. 서간체 형식은 편지를 쓰는 인물의 생각과 감정을 상세하게 보여 주기 때문에, 독자는 등장인물에게 쉽게 공감하게 되며 편지의 내용이 실제라는 사실적 환상을 갖게 되기도 한다. 개인의 내면 심리를 심층적으로 해부하고 감정의 솔직한 흐름을 담을 수 있다는 장점 때문에 서간체 형식은 최근까지도 내면의 감정과 개인의 체험을 심도 있게 다루는 작품들에서 활용되고 있다.

1, 2부로 구성된《젊은 베르터의 고뇌》는 1771년 5월 4일부터 베르터가 자살한 날까지 약 1년 반 정도에 걸쳐 이야기가 전개된다. 1부는 고향을 떠나온 베르터가 로테를 만나 사랑에 빠지게 되는 과정을 주로 담고 있다. 로테와 약혼한 알베르트가 여행에서 돌아온 후 베르터가 결국 로테에 대한 감정을 추스르기 위해 떠나기로 결심하는 데에서 1부가 마무리된다. 2부는 공직 생활을 시작한 베르터의 1771년 10월 20일자 편지

로 시작된다. 그 당시 베르터의 편지에는 공직 생활과 귀족 계급에 대한 염증과 환멸이 드러나 있다. 베르터는 얼마 지나지 않아 공직 생활을 끝내고 로테에게로 돌아온다. 이후 로테 부부와 친분을 이어 가지만 로테에 대한 사랑을 접지 못하고 괴로워하던 베르터는 오랜 번민, 갈등과 고민 끝에 결국 크리스마스를 앞두고 권총으로 생을 마감한다.

이 작품에는 두 명의 화자, 베르터와 편집자가 등장한다. 베르터가 친구 빌헬름에게 쓴 편지가 소설의 대부분을 차지하기 때문에 독자들은 주로 베르터의 목소리로 이야기를 듣게 된다. 그러나 소설 첫머리에서, 그리고 중간에 들어간 주석 몇 개와 마지막 부분에서 편집자가 나타난다. 중반부까지 편집자는 지명이나 귀족들 이름을 머리글자로 표시하는 정도의 내용만 덧붙이지만, 1772년 12월 6일자 편지 이후에는 관찰자이자 서술자로 등장하며 베르터의 마지막 모습들을 모아 독자에게 전달하는 역할을 한다. 담담하게 베르터의 마지막을 옮기는 편집자의 서술은 격정적이고 감정적인 베르터의 편지와 대조를 이루면서, 독자들이 사건을 베르터의 입장에서만 평가하지 않고 다른 눈으로 볼 수 있도록 해준다.

작품의 계절적 배경은 베르터의 감정 흐름과 유사하게 구성되어 있다. 베르터가 사랑을 느끼는 1부에서는 봄과 여름을 배경으로 자연의 아름다움을 그리는 반면, 베르터가 고난에 빠지는 2부에서는 주로 가을과 겨울을 배경으로 쓸쓸하고 거친 자연이 묘사된다. 여기서 괴테가 베르터의 심리를 유추할 수 있게 1부와 2부의 배경을 대조적으로 설정한 게 아닌가 하는 추측을 해볼 수 있다. 또한 1부와 2부를 비교해 보면 시간이 지나면서 로테에 대한 베르터의 감정과 심리 상태가 어떻게 변하는지 느낄 수 있는데, 이에 대해서는 다음 부분에서 자세히 다룰 것이다.

2. 비극적 사랑

이 작품은 '이미 약혼자가 있는 로테를 열렬히 사랑하는 베르터가 이루어질 수 없는 사랑에 괴로워하다가 끝내 자살로 삶을 마감하는' 비극적 이야기로 널리 알려져 있다. 우선 이 비극적인 사랑의 전말을 좀 더 자세히 살펴보기로 한다.

로테를 만나기 전, 베르터는 자신이 생각하는 사랑의 모습에 대해 빌헬름에게 편지로 얘기한 적이 있다. 여기서 베르터는 어떤 젊은이가 연인에게 모든 것을 바치지 않고, 상황에 맞춰 적당히 인간적으로 사랑하라는 충고를 따른다면 그 사랑은 끝날 거라고 얘기한다. 이러한 모습을 통해 베르터는 자신을 희생하더라도 삶의 모든 것을 다 바치는 것이 절대적 사랑이라고 생각함을 짐작해 볼 수 있다. 그러나 베르터가 추구하는 사랑을 현실적이라고 보기는 어려우며, 이러한 사랑만을 따르는 것과 가족의 생계를 책임지는 가장의 역할이 양립하기는 더욱 힘들다. 건실한 가정을 이루는 것이 미덕인 사회에서 사랑만을 따라가겠다는 베르터의 생각에 어쩌면 이미 비극적 씨앗이 내포되어 있었던 것이다.

베르터가 로테에게 빠져드는 과정은 그의 편지에서 자세히 그려지는데, 그 내용은 다음과 같이 요약해 볼 수 있다.

《젊은 베르터의 고뇌》 초판(1774)

새로 정착한 지역의 무도회에 참석하기로 한 날, 베르터는 파트너와 함께 마차를 타고 약속 장소로 향한다. 가는 길에 파트너의 친구를 태워 가기로 했는데, 그녀가 바로 로테였다. 로테는 어머니가 돌아가신 후에 동생들에게 어머니 역할까지 하고 있었고, 베르터는 그런 그녀가 아주 매력적이라고 느낀다. 젊은 여인이면서 어머니 같은 모습을 지닌 로테에게서 베르터는 신성함마저 느끼고 나중에도 로테를 '성스러운 존재' '천사'라고 부른다. 무도회로 가는 마차 안에서 대화를 나누면서, 그리고 함께 왈츠를 추면서 베르터는 점차 로테에게 도취되어 간다.

나는 그렇게 날아갈 듯 춤을 춰본 적이 없었어. 마치 내가 사람이 아닌 것 같았네. 세상에서 가장 사랑스러운 사람을 내 품에 안고 바람처럼 빙빙 날아다니다 보니 주위의 모든 것이 다 사라져 버린 것 같았네.

베르터는 로테에게 마음을 뺏긴 그 순간 이미 자신의 파멸을 예감한 듯 파멸할 수밖에 없다 해도 사랑하는 로테가 자기 앞에서 다른 사람과 왈츠를 추게 놔두지 않겠다고 맹세한다. 그 후에 천둥 번개 때문에 무도회가 중단되고 사람들은 불안해하는데, 로테가 자연스레 화제를 돌려 그들을 안정시킨다. 모든 상황이 정리된 후 두 사람은 함께 창밖을 내다보며 두 사람 앞에 펼쳐진 자연과 비슷한 분위기를 배경으로 우정과 사랑이 숭고한 신성과 맞닿는 희열을 노래한 클롭슈토크(Klopstock, 1724~1803)의 송가 〈봄의 축제 Die Frühlingsfeier〉를 매개로 하여 정신적으로 교감한다.

로테는 창틀에 팔꿈치를 괸 채 서 있었는데, 그녀의 시선이 주위를 꿰뚫는 것 같았네. 로테가 하늘을 올려다보고 나서 나를 쳐다보았는데 그녀의 눈에는 눈물이 그렁그렁했네. 그녀가 자기 손을 내 손 위에 얹으며 말했어. "클롭슈토크!" 그 말을 듣자마자 나는 곧바로 그녀가 생각하는 그 장엄한 송가를 떠올렸고, 그녀가 이 암호 한 마디로 내게 쏟아부은 감정의 격랑 속에 빠져 버렸네. 나는 더 이상 참지 못하고 그녀에게로 몸을 구부렸고, 충만한 황홀감에 눈물을 흘리며 그녀의 손에 키스했네. 그리고 다시 로테의 눈을 바라보았어.

이 순간 베르터는 로테를 운명이라고 느낀다. 베르터는 그녀 앞에서 모든 탐욕이 잠잠해진다고 얘기하지만, 시간이 갈수록 커져만 가는 사랑의 마음을 억누르기 힘들어한다.

사랑에 빠진 베르터는 그때부터 오직 로테만을 바라며 그녀 중심으로 생활한다. 아침에 눈을 뜨면 로테와 함께한 꿈에서 벗어나지 못해서 그녀를 찾고, 그녀에게 이미 약혼자가 있다는 생각에 울거나 절망하기도 한다. 사랑이 커져 갈수록 베르터는 비극의 끝과 가까워지고 있던 것이다. 그럼에도 베르터는 로테도 자기를 사랑한다고 믿는다.

착각이 아니야! 그녀의 검은 두 눈에서 나와 내 운명에 대한 진정한 공감을 읽을 수 있네. 그래, 나는 느끼고 있어. (중략) 그녀가 나를 사랑한다네!

다른 도시에 있던 로테의 약혼자 알베르트가 돌아오자 베르터는 자신이 처한 상황의 한계를 깨닫는다. 그래서 베르터는 D 시(市)로 떠나 공사와 함께 일하기 시작한다. 그러나 멀리 있어도 로테에 대한 마음은 접히지 않고, 설상가상으로 공직 생활과 귀족 사회에 환멸까지 느껴 로테가 있는 곳으로 돌아온다. 로테 부부와 교제하면서 베르터는 예전보다 더 강하게 로테를 갖고 싶어지지만 눈앞에 두고도 가까이할 수 없음에 괴로워한다.

이토록 온 마음을 다해 진실하고 충만하게 로테를 사랑해. 오직 그녀만 알고, 내게는 그녀밖에 없어. 그런데 어떻게 다른 사람이 그녀를 사랑할 수 있는지, 그리고 사랑해도 되는지 가끔 이해가 되지 않는다네.

베르터는 오직 자신의 사랑만 중요할 뿐 로테가 알베르트의 아내라는 사실은 아무런 문제가 아니라고 말한다. 그는 결혼 제도보다 자신의 사랑이 더 고귀하고 숭고하다고 생각하는 것이다. 일에 몰두한 알베르트가 로테에게 소홀해지자, 그를 로테의 감수성을 이해하고 교감할 수 없는 사람이라며 비판하고 로테가 자신과 결혼했으면 더 행복했을 것이라고 단정 짓는 것이 이러한 그의 생각을 보여 준다.

자살하기 전날, 베르터는 로테에게 자기가 번역한 오시안(Ossian, ?~?)의 노래를 낭독해 주고, 그때 두 사람은 다시 한 번 영혼의 교감을 느낀다. 작품 속에 길게 인용된 시는 망자의 넋을 기리는 내용으로서 비극적 이별의 절정을 보여 주고 북유럽의 암울한 세상과 겨울을 배경으로 죽음의 전조를 그리는데, 이 상황이 베르터의 현재와 겹쳐진다. 베르터는 이승에서 이루지 못한 사랑을 저승에서 이룰 것이라고 기대하면서 죽음을 결심한 자신의 운명에 복받쳐 눈물을 흘리고, 로테도 그의 시에 감동하여 눈물을 흘린다. 계속 읽어 달라는 로테의 부탁에 베르터는 복받치는 슬픔을 억누르며 다시 낭독을 시작한다.

봄바람이여, 그대는 무슨 이유로 나를 깨우는가? 그대는 '천상의 물방울로 촉촉이 적셔 주겠다'는 말로 유혹하는구나. 하지만 곧 나는 시들어 버릴 것이다. 나의 잎사귀들을 흔들어 떨어뜨릴 폭풍우도 가까이 와 있다! 내일이면 내가 아름다웠던 시절에 나를 보았던 방랑자가 찾아올 것이다. 그의 눈이 이곳 들판에서 나를 찾겠지만 결코 발견할 수 없으리라.

이 구절에서 베르터는 더 이상 참지 못하고 로테에게 입을 맞추었고, 로테는 자신과 베르터를 용서할 수 없다는 듯 차갑게 돌아서며 다시는 베르터를 보지 않겠다고 선언한다. 베르터는 집으로 돌아가 마지막 편지를 쓴 후에, 미리 준비했던 자살을 결행한다. 로테에 대한 사랑만이 이 세상의 행복이었던 베르터에게 사랑이 없는 삶은 아무 의미가 없었던 것이다.

3. 슈투름 운트 드랑 – 감성과 자연

'슈투름 운트 드랑(Sturm und Drang)'은 질풍노도를 뜻하는 단어로, 여기서는 18세기 중후반에 실러와 헤르더를 비롯한 독일의 젊은 작가들이 추구했던 문학 조류를 뜻한다. 이전 시대의 사조인 계몽주의 작가들이 합리적 이성을 추구하는 데 반발하여 슈투름 운트 드랑의 작가들은 감성을 중시하고 자유로운 감정 표현과 개성적이고 독창적인 예술을 추구한다. 또한 이성으로 억눌려 있는 감성의 자유로운 표출을 통해 인간 내면의 자연과 자유를 실현할 것을 주창했는데, 이것은 신분적 차별, 소유, 문명 등이 개입되지 않은 자연 상태를 옹호했던 루소(Rousseau, 1712~1778)의 영향으로 해석된다.

슈투름 운트 드랑 시기의 대표작으로 꼽히는 《젊은 베르터의 고뇌》의 주인공 베르터는 이성이 아닌 '가슴'으로, 즉 주관적으로 현실을 인식하고 행동하는 사람으로 앞에서 말한 문학 경향과 일치한다고 볼 수 있다.

> 후작은 나의 가슴보다 지성과 재능을 더 높게 평가한다네. 내 가슴은 유일한 자부심이고 모든 것의 원천, 모든 힘과 행복과 불행의 원천인데 말이야. 내가 알고 있는 것은 누구나 알 수 있지만 내 가슴은 오직 나만이 가질 수 있지.

베르터는 스스로도 자신을 감정 기복이 큰 사람이라고 평가하듯이 자주 격정적인 감정에 휘말리는 모습을 보이며, 로테마저 그에게 자제를 부탁할 정도로 감정적이다. 그에 반해 알베르트는 이성적인 인간이며, 업무 처리에서의 규율과 근면성과 신중하고 사려 깊은 시민 정신을 지닌 계몽 이성의 전형이다. 이렇듯 두 사람의 성향이 다르기 때문에 의견 차이가 생길 수밖에 없는데, 특히 베르터는 로테를 대하는 알베르트의 태도를 싫어한다. 알베르트가 로테를 진심으로 사랑한다는 점을 인정하면서도 알베르트가 감성이 부족해서 로테를 불행하게 한다고 비난한다.

빌헬름에게 보낸 첫 편지에서 "자네 외에 다른 사람들과의 관계는 정말 운명이 나 같은 사람의 마음을 불안하게 하려고 골라 낸 게 아니었을까?"라고 말하는 것으로 보아 베르터가 알베르트뿐 아니라 다른 주위 사람들과도 편안한 사이는 아니었다는 것을 알 수 있다.

괴테와 실러의 동상
왼쪽이 괴테, 오른쪽이 실러이다.

이는 계몽주의 사회라는 틀과 규율 속에서 살아가는 이성적인 사람들의 눈에 베르터가 지나치게 자유분방하고 주관적인 감성에 휘둘리는 격정적인 사람으로 보였기 때문일 것이다. 또한 베르터는 타인과 소통하고 어울리기보다는 자연 속에 오롯이 혼자 지내면서 행복을 느낀다. 로테를 만나기 이전의 편지들에는 베르터가 자연과 혼연일체가 되는 황홀경과 창조주의 현존을 느끼는 신비적 합일에 대해 장황하게 이야기하면서 가슴이 하느님의 현존을 느끼게 하고 가슴으로 자연과 교감한다고 말한다. 이처럼 이성보다 감성을 따르고 자연에 몰입하는 모습을 통해 베르터가 슈투름 운트 드랑의 대표 인물로 평가받는 것이다.

4. 시민 베르터

《젊은 베르터의 고뇌》는 단순한 애정 소설로만 평가받지 않고 다양한 관점에서 수용되고 있다. 그중 하나가 이 소설을 시대와 계급 사회에 대한 비판으로 해석하는 것이다.

베르터는 시민 계급 출신의 지식인으로 그려진다. 시민 계급은 원래 시민권을 받은 수공업자, 소상공업자 등을 의미했다. 그런데 근대 국가의 발전과 더불어 법관, 의사, 지방 관리, 목사 등의 지식인 계층과 은행가, 공장주 등의 자본가들까지도 시민 계급으로 포함되었다. 베르터는 그리스어까지 구사할 정도로 교육을 많이 받고 추밀 고문관이나 공사직을 기대할 정도의 위치에 있는 데다 하인까지 두고 귀족들이나 영주와 가깝게 지내지만, 귀족들은 그를 같은 계층으로 여기지 않는다. 봉건적 신분 사회에서 근대적 시민 사회로의 전환이 더디게 진행된 독일의 중심 계층은 영주, 귀족, 종교인이었고, 시민 계층의 젊은이들은 영주와 귀족을 위해 봉사해야 한다는 생각이 남아 있었기 때문이다.

잠시 공사의 일을 돕던 시절, 베르터는 상사인 공사가 성실하지만 까다롭고 꽉 막힌 사람이므로 상대하는 게 어렵다고 편지에서 이야기한다. 궁정의 귀족들과 관료 사회에 대해서도 불만을 토로하면서 귀족들의 권태와 출세욕이 역겹다고 고백한다. 그에게 세상은 요지경 상자 같기만 하고, 자신은 의욕도 자극도 없이 누군가의 조종으로 움직이는 꼭두각시 인형 같아서 행복하지 않다고 말한다. 자연 속에서 자신의 감정에 따라 자유롭게 생활하던 베르터에게 틀에 박힌 관료 생활이란 견디기 어려운 것이었다.

그 후로도 베르터는 공사와 갈등을 빚고 D 시에서의 생활은 고난의 연속이 된다. 베르터는 자신을 신뢰하고 총애하는 C 백작에게 받는 위로와 자유로운 생활을 꿈꾸는 귀족 B 양과의 만남에서 활력소를 얻는다.

그러던 어느 날 베르터가 C 백작의 집에 방문하는데, 마침 그날 그곳에서 파티가 열려 귀족들이 속속 모여든다. 지나치게 고상한 척하는 S 부인과 새끼 거위 같은 그녀의 딸, 그리고 오만한 눈빛을 가진 사람들. 베르터의 눈에 그들은 시대착오적인 권위 의식과 허영에 사로잡힌 오만한 사람들일 뿐이었다. 그는 그런 모습에 신물이 나서 바로 자리를 뜨려다가 B 양이 보여 조금 더 머물기로 한다. 그런데 얼마 후 베르터를 두고 사람들이 숙덕이기 시작하고, C 백작은 베르터에게 다가와 다른 귀족들이 그가 이 파티에 있는 것을 껄끄러워한다고 얘기한다. 그 말에 베르터는 별생각 없이 그곳을 나오는데, 이 일은 베르터가 백작의 파티에서 쫓겨났다는 소문으로 번진다. 이런 소문만으로도 자존심에 큰 상처를 입었는데 B 양이 전날 자신의 태도를 지적하자 베르터는 더욱 슬퍼진다. 또 B 양은 이렇게 말했다.

"홀에 들어선 그 순간부터 제가 당신 때문에 얼마나 괴로웠는데요! (중략) 당신에게 말을 해줘야겠다는 생각에 수없이 입을 열까 말까 망설이고 있었죠. 폰 S 부인과 T 부인이 그곳에 있는 당신을 두고 보느니 차라리 남편들과 함께 자리를 박차고 나가려 한다는 것을 알고 있었어요. 또 백작이 그분들 기분을 망치게 해서는 안 된다는 것도요. 그리고 그 소란이 난 거예요!"

이는 베르터가 공직을 떠나겠다는 결심에 힘을 실어 주며, 자기가 믿었던 B 양 역시 결국에는 그의 신분을 문제 삼는 데 대해 실망과 모욕감을 느낀다.

이 사건은 많은 학식을 지녔지만 시민 신분 때문에 귀족에게 무시받는 베르터의 모습을 여실히 보여 준다. 자존심에 큰 상처를 입은 베르터는 사회에 대한 분노를 느끼며 점점 더 자신의 내면으로 숨어들고, 자신을 이해하는 로테에 대한 집착도 커진다. 이는 신분 차이로 생긴 일들이 베르터가 삶에 좌절하고 죽음을 향해 걸어가는 데 일조했음을 보여 준다.

5. 죽음을 향해 걸어간 베르터

작품 안에서 베르터 외에도 이루어질 수 없는 사랑 때문에 괴로워한 두 남자가 있다. 예전에 로테를 사랑했었던, 지금은 미쳐 버린 하인리히, 그리고 과부인 여주인을 순수하게 사랑한 젊은 하인. 먼저 베르터가 산책길에 우연히 만난 하인리히는 정신이 온전치 못해 한겨울에 꽃을 찾아다니며 헛소리를 했었다. 그런데 그가 미친 이유가 로테에 대한 연정을 키우다가 쫓겨나서였음을 듣고 베르터는 충격을 받지만 스스로를 파멸시킨 하인리히에게 부러움을 느끼기도 한다. 이 일로 베르터가 자살을 결심한 건 아니지만, 하느님께 이제 지친 자신의 영혼을 불러 달라고 외치는 모습에서 이때도 이미 죽음을 생각할 만큼 지쳤음을 알 수 있다.

베르터가 지내던 마을에서 이런저런 이야기를 나누게 된 청년은 자기가 하인으로 일하는 집의 여주인에 대한 사랑을 털어놓으며 그녀와 결합하기를 고대한다고 이야기했다. 나중에 다시 만난 하인은 자신이 여주인의 집에서 쫓겨났지만 아직도 마음이 변하지 않았다고 이야기한다. 그리고 얼마 안 되어 이 남자는 여주인과 좋은 관계를 이어 가던 새 하인을 죽여 버린다. 베르터는 그 남자의 마음에 절실히 동감하여 로테의 아버지인 법무관 앞에서 그를 변호하며 도와 달라고 하지만, 법무관은 살인은 용서받을 수 없는 죄악이며 그자를 구원할 수 없다고 단호히 말한다. 베르터는 이 말에 큰 충격을 받는데, 그날 적은 쪽지를 통해 베르터가 하인과 자신의 처지를 동일시하고 있음을 알 수 있다.

우리 셋 중 한 사람은 사라져야 합니다. 그래서 제가 사라지겠다는 것입니다! 아, 소중한 사람이여! 이렇게 갈기갈기 찢어진 가슴속으로 종종 이런 마음이 거세게 몰려오기도 했습니다. 당신의 남편을 죽이자! 당신을! 아니, 나를!

자신과 동일시되는 그 남자의 사면을 받아 내지 못한 베르터는 더욱 궁지로 몰린 감정을 느낀 것이다. 이때 베르터가 느꼈을 감정에 대해 편집자는 이렇게 말한다.

불행한 그 남자를 구하기 위한 베르터의 노력은 헛된 시도가 되었고, 꺼져 가는 촛불이 마지막으로 타올랐던 것이었습니다. 그때부터 베르터는 고통과 무력감에 점점 더 깊이 빠져들었습니다.

1부에서부터 베르터의 자살을 암시하는 부분들은 어렵지 않게 찾을 수 있는데, 그중 하나로 베르터와 알베르트가 자살을 두고 벌인 논쟁을 들 수 있다. 이성적인 알베르트는 자살은 나약한 행동이며 어떤 경우에도 용서받지 못할 악덕이라고 말하면서 자살한 사람들을 비난한다. 그러나 베르터는 행동의 이유나 원인을 알아보면 섣불리 악덕이라 판단할 수 없는 일들이 있다며 어쩔 수 없이 자살을 택하는 사람들의 입장을 옹호한다. 그리고 도덕적인 것이든 신체적인 것이든 고통을 어느 정도까지 견딜 수 있느냐에 따른 문제라고 말하면서 베르터는 자신의 운명을 예감한 듯 자살에 정당성을 부여하려고 애쓴다.

1부 끝부분에서 베르터가 로테를 떠나기 전날 밤, 두 사람은 달빛 아래서 죽음과 돌아가신 로테의 어머니에 대해 이야기한다. 그러던 중 천국에서 서로를 알아보고 찾아낼 수 있을지 묻는 로테에게 베르터는 당연히 그럴 거라며 대답한다. 이 말은 베르터가 로테에게 남긴 유서 속 훗날 반드시 다시 만나자는 약속으로 되풀이된다.

베르터의 자살은 한순간의 충동이 아니었다. 오랫동안 고뇌한 끝에 괴로움에서 벗어나는 유일한 방법이자 사랑하는 여인을 위한 길이라는 생각으로 내린 결정이었다. 편집자는 베르터의 자살 결심에 대해서 이렇게 이야기한다.

세상을 떠나야겠다는 결심은 이 시기에 이런 상황에서 베르터의 마음속에서 점점 커져 갔던 것입니다. 로테에게 돌아온 이후로 줄곧 그 생각은 그의 마지막 바람이자 희망이었습니다. 하지만 베르터는 성급하게 행동하지 말고, 충분히 확신이 생기고 결심이 설 때 가능한 차분하게 실행에 옮겨야겠다고 생각하고 있었습니다.

알베르트에게서 빌린 권총을 로테가 건네주었다는 하인의 말에 감격한 베르터는 권총에 입을 맞춘다. 그리고 이승에서는 이루어질 수 없었지만 저승에서 영원한 불멸의 사랑을 하리라 꿈꾸며 그 사랑을 확인하고 지키는 최후의 수단으로 죽음을 택한다. 그러나 그의 행동이 로테를 위한 마음에서 비롯되었다 할지라도 자살은 당시 교회에서나 사회적으로도 용인되지 않는 중죄였다. 이것은 어떤 성직자도 그의 장례식에 따라가지 않았다는 마지막 문장으로도 짐작해 볼 수 있다.

베르터가 자살한 방 책상 위에는 고트홀트 레싱(Gotthold Lessing, 1729~1781)의 《에밀리아 갈로티 Emilia Galotti》가 펼쳐져 있었다. 이를 통해 베르터의 죽음이 사랑을 얻지 못한 불행 때문만은 아니라고 말하려는 듯한 작가 괴테의 의도를 엿볼 수 있다. 《에밀리아 갈로티》에서 바람둥이 영주의 유혹에 흔들린 시민 계급의 처녀는 자책하는 마음을 씻어 내는 방법으로 죽음을 택한다. 작품 속 주인공이 기독교 계율에 따라 스스로 목숨을 끊을 수 없어 아버지의 손을 빌리지만 말이다. 당시 시민 계급에 감동을 준 이 비극은 타락한 귀족 계급의 횡포에 맞선 시민의 도덕적 우월성과 순결함을 보여 준 작품으로 평가되었다. 이와 같은 관점에서 살펴

볼 때, 《젊은 베르터의 슬픔》에서 베르터의 죽음을 실패한 사랑과 격정적인 감성에서 빚어진 결과가 아니라, 전근대적 신분 사회와 결혼 제도라는 굴레에서 오는 좌절에서 탈피하기 위한 방법으로도 해석할 여지가 있다는 것이다.

고전은 과거의 것으로 끝나지 않고, 시대를 초월해 현대에도 새로운 의미로 해석된다. 그리고 우리가 어떻게 살아가야 할지 질문을 던지고 나아갈 길을 안내해 주며, 우리의 생각을 자극하고 그 지평을 넓혀 준다. 《젊은 베르터의 고뇌》가 독자들에게 이런 고전이 될 수 있으리라 믿으며, 마지막으로 편집자가 소설 첫머리에 적었던 말을 되새겨 본다.

그대, 베르터처럼 충동을 느끼는 선한 영혼이여, 베르터의 고뇌에서 위안을 받기를! 그리고 운명이나 자기 잘못 때문에 가까운 친구 하나 찾을 수 없을 때, 이 작은 책을 그대의 벗으로 삼기를!

— 김미선

토론·논술 문제편

베르터의 사랑을 살펴보고,
진정한 사랑의 의미를 생각해 본다.

1. '슈투름 운트 드랑' 문학 운동이 일어난 배경을 말할 수 있다.

2. 18세기 사랑관이 작품 속 인물들에게 어떻게 반영되었는지 말할 수 있다.

3. 베르터의 자살이 의미하는 바를 말할 수 있다.

4. 자신이 생각하는 진정한 사랑이 무엇인지 말할 수 있다.

요약하기

※ 빈칸을 채워 《젊은 베르터의 고뇌》의 줄거리를 완성해 봅시다.

01 베르터는 경치가 아름다운 마을로 거취를 옮겨 자연을 맘껏 즐기면서 행복한 나날을 보낸다. 그러던 어느 날, 베르터는 이 마을 젊은이들이 연 무도회에 참석하게 된다. 무도회에 가는 길에 그는 아름다운 데다가 사랑스럽기까지 한 로테와 만나게 되고, 그녀에게 운명적으로 반하게 된다. 하지만 그는 로테가 이미 약혼했다는 사실을 듣고 슬퍼한다.

02

03 베르터는 산으로 여행을 떠나기 전 알베르트에게 인사를 하러 갔다가, 그와 자살에 대한 찬반 논쟁을 격하게 벌이게 된다. 그러나 이성적인 알베르트와 감성적인 베르터는 자살에 대한 의견의 차이를 좁히지 못한다. 한편, 날이 갈수록 로테에 대한 베르터의 사랑은 깊어져 가고, 그럴수록 그의 고통도 커지게 된다. 그리고 베르터는 자신의 생일에 알베르트와 로테 부부에게서 호메로스의 책과 로테의 리본을 선물로 받는데, 로테가 준 리본을 사랑의 증표로 여기며 소중히 간직한다.

04

05 베르터는 알베르트와 로테 사이에서 계속 괴로워하고, 그들이 결혼을 마친 후에야 두 사람의 소식을 듣게 된다. 베르터는 점점 자제력을 잃어 간다. 그러던 어느 날, 베르터는 로테를 사랑하다 미쳐 버린 청년의 이야기를 전해 듣고 그를 동정하는 동시에 자신의 처지를 한탄한다.

06

07 크리스마스를 앞두고 베르터는 마지막으로 로테를 찾아간다. 베르터는 로테의 부탁으로 오시안의 노래를 읽다가 감정을 억누르지 못하고 로테에게 입을 맞춘다. 그는 로테에서 사랑을 고백하지만, 로테는 그의 마음을 거절하고 작별 인사만을 건넨다. 실의에 빠진 베르터는 여행을 핑계로 알베르트에게 권총을 빌려 그 총으로 목숨을 끊는다.

Theme 01_ 비극적 사랑을 다룬 작품들

《위대한 개츠비 The Great Gatsby》

《위대한 개츠비》는 잃어버린 세대를 대표하는 미국의 작가 F.스콧 피츠제럴드 (F. Scott Fitzgerald, 1896~1940)의 대표작으로, 2005년 타임지(誌)가 선정한 '20세기 100대 영문 소설'에 들 정도로 꾸준한 인기를 자랑한다.

미국 중서부 출신의 닉은 증권업을 배우러 웨스트에그로 건너갔고, 이웃에 사는 개츠비와 친구가 된다. 개츠비는 출처가 불분명한 막대한 부(富)를 소유했으며, 매일 밤 저택에서 호화로운 파티를 벌인다. 이러한 파티는 사랑하는 데이지의 마음을 얻기 위한 포석(布石)이었다. 하지만 이러한 노력에도 불구하고 그는 데이지의 사랑을 얻지 못한다. 실의에 빠져 있던 개츠비는 아내의 외도 상대를 오해한 윌슨에 의해 허망한 죽음을 맞게 된다.

《로미오와 줄리엣 Romeo and Juliet》

영국의 극작가 셰익스피어(Shakespeare, 1564~1616)의 대표 희곡 중 하나로, 총 5막으로 구성되어 있다. 이 희곡은 로미오와 줄리엣이 죽음을 맞는다는 점에서 비극적이지만 두 가문이 그 사건으로 인해 화해한다는 데에 희극적 요소가 있는 것으로 평가되어 희비극으로 분류된다.

몬터규 가문의 로미오는 원수지간인 캐풀렛 가문의 가면무도회에 몰래 참석하였다가 그곳에서 만난 캐풀렛 가문의 딸 줄리엣과 사랑에 빠진다. 얼마 후 로미오는 캐풀렛 가문의 사람들과 시비가 붙은 끝에 상대 가문의 사람을 죽인다. 그 일로 그는 베로나를 떠나게 된다. 두 사람은 로미오가 떠나기 전날 함께 밤을 보낸다. 그 이후 줄리엣은 가문에서 정해 준 사람과 결혼하라는 압박을 받는데, 이를 받아들일 수 없었던 그녀는 비약을 먹고 죽은 척하기로 한다. 하지만 이 이야기를 듣지 못한 로미오는 가사(假死) 상태에 빠진 그녀가 죽었다고 생각해 자결한다. 그가 죽은 후 깨어난 줄리엣은 로미오를 따라 목숨을 끊는다.

1. 다음 설명에 해당하는 등장인물의 이름을 〈보기〉에서 찾아 써 봅시다.

| 보기 |
| 베르터 | 로테 | 알베르트 |
| 빌헬름 | B 양 | 하인리히 |

(1) 고상하고 이성적인 성품의 남자로, 자신의 약혼자를 매우 사랑하며 존중한다.

....

(2) 주인공의 절친한 친구이자 이룰 수 없는 사랑에 고통스러워하는 주인공의 편지 대부분을 받는 인물이다.

....

(3) 돌아가신 어머니를 대신하여 여덟 명의 동생들을 돌보는 모성(母性)을 지닌 여자로, 두 남자의 사랑을 동시에 받고 고민한다.

....

(4) 남몰래 상관의 딸을 좋아한 일로 직장에서 쫓겨났으며, 그 이후 정신이 이상해졌다. 한겨울에 애인에게 줄 거라며 꽃을 찾아다닌다.

....

(5) 귀족 신분이지만 자유로운 생활을 꿈꾸는 여자로, 귀족들이 모이는 파티에서 벌어진 사건 때문에 친척 아주머니에게 시달리게 된다.

....

(6) 다른 남자의 약혼녀에게 사랑을 느끼는 인물로, 결국 그녀에게서 사랑을 얻지 못한다. 그는 이 일로 인해 극심한 고통을 받고 스스로 목숨을 끊는다.

....

2_ 다음을 읽고, 작품의 내용과 맞으면 ○표, 틀리면 ✕표를 해 봅시다.

(1) 베르터는 알베르트를 점잖은 사람이라고 생각했다. ( )

(2) 베르터는 불쾌한 기분을 악덕(惡德)이라고 하는 것은 지나치다고 말했다.

( )

(3) 베르터는 로테와 처음 만났을 때, 이미 그녀에게 약혼자가 있다는 사실을 알고
있었다. ( )

(4) 알베르트는 베르터에게 로테를 만나기 위해 집으로 찾아오는 걸 자제해 달라고
직접 부탁했다. ( )

(5) 알베르트와 로테는 B 양, C 백작, 공사(公使)와 함께 베르터의 유해를 운반하는
행렬을 따라갔다. ( )

3_ 제시문을 읽고, 베르터가 했음직한 말로 적절하지 <u>않은</u> 것을 골라 봅시다.

> 내 책들을 이리로 보내야 하냐고 묻는 것인가? 친구여, 제발 부탁이니 책일랑 내
> 게서 멀리 치워 주게. 이제 더 이상 무언가에 이끌리거나 고무되거나 격려받기를 원
> 하지 않네. 내 가슴이 스스로 충분히 요동치고 있어서 오히려 마음을 가라앉힐 자장
> 가가 필요해. 그런 노래는 나의 호메로스에게서 넘치도록 찾았지.

① 자연은 그 자체로 풍요로우며 위대한 예술가를 만들어 내기도 하지.

② 시간을 쪼개서 일하다가 여가 시간이 생기면 제 여자에게 헌신해야지.

③ 모든 규준(規準)은 자연의 참된 감정과 진정한 표현을 파괴할 때도 있어.

④ 쟁기에 앉아 그린 형제의 모습은 내 주관을 섞지 않았는데도 구도가 잘 잡혔어.

⑤ 여주인을 사랑하는 하인의 순진무구함과 진실함에 내 영혼의 가장 깊숙한 곳에
서 뜨거운 열정이 솟구치는군.

4_ 베르터가 밑줄 친 부분처럼 느끼는 원인을 간략하게 써 봅시다.

> 그날 일출은 가히 장관이라 할 수 있었네. 숲속 나무에서는 물방울이 똑똑 떨어졌고 주변의 들판은 아주 싱그러웠어! (중략) 그녀와 헤어질 때 나는 오늘 바로 찾아와도 되겠냐고 물었어. 로테가 괜찮다며 허락해 주었고 나는 그날 바로 찾아갔네. 그 시간 이후에도 해와 달과 별 들은 묵묵히 운행을 계속하고 있겠지만, 나는 낮인지 밤인지 시간도 분간하지 못하겠네. 나를 둘러싼 세상 전부가 점점 사라지고 있어.

....

....

....

....

5_ 베르터가 왜 다음과 같이 행동하는지 인물들의 관계를 중심으로 말해 봅시다.

> 숲속을 이리저리 헤매다가 로테의 집으로 가곤 하는데, 정원의 정자 아래에 로테와 알베르트가 앉아 있으면 나는 어떻게 할 수가 없어서 바보 같은 짓을 거침없이 하면서 우습고 정신없는 짓거리를 하기 시작한다네.

....

....

....

....

6_ 다음은 베르터가 상반되게 느끼는 곳들에 대한 설명입니다. 제시문을 읽고 ㉠과 ㉡에 해당하는 장소를 각각 써 봅시다.

> • 시내에서 한 시간 정도 떨어진 곳에 (㉠   )(이)라고 부르는 마을이 있네. 구릉지에 있는 아주 흥미로운 곳이지. 위쪽 도로를 따라 마을 쪽으로 걸어가면 골짜기 전체를 한눈에 내려다볼 수 있는 곳이 나타나네. 나이가 지긋한 여관 여주인은 쾌활하며 친절하고 착한 분이며, 거기서 포도주와 맥주, 커피를 팔고 있어. 가장 좋은 것은 보리수나무 두 그루인데, 나뭇가지들이 교회 앞 작은 광장을 덮을 정도로 넓게 펼쳐져 있다네.
>
> • 끔찍한 (㉡   )에서 낯선 사람들, 즉 내게 낯선 느낌을 주는 사람들 사이를 이리저리 돌아다니는 동안에는 단 한 순간도 당신에게 편지를 써야겠다는 마음이 들지 않았습니다.

㉠ : ....   ㉡ : ....

7_ 파티에 참석한 사람들이 베르터에게 불만을 가지는 이유를 써 봅시다.

> 백작이 다가와서 나를 창 쪽으로 데려가더니 이런 말을 했어. "이 모임 사람들의 특별한 관계는 자네도 알겠지. 사람들은 자네가 여기에 있는 게 껄끄러운 모양이야. 물론 나는 전혀 그러고 싶지 않은데……"

....

....

....

....

8_ 베르터가 다음과 같이 생각하게 된 사건을 써 봅시다.

> 과거에 나는 감정이 풍부해서 둥둥 떠다녔었고, 한 걸음 내디딜 때마다 낙원이 따라왔었고, 이 세상 전부를 사랑으로 끌어안을 심장을 가졌었지. 그때의 나와 지금의 나는 똑같은 사람 아닌가? 그런데 이제는 심장이 죽어 있어 내게선 어떤 황홀감도 흘러나오지 않고, 눈은 메말라 눈물도 시원하게 흘리지 못하고, 감각은 다시 기운을 차리지 못해서 불안하게 이마를 찌푸리게 되네.

....

....

9_ 베르터의 심정과 어울리는 사자성어를 써 봅시다.

> 베르터는 두 사람의 의견을 꺾을 수 없었고, 법무관이 몇 번이나 "안 돼. 그자는 구원받을 수 없네!"라고 말하자 지독히도 괴로운 마음을 안고 그 자리를 떠났습니다. (중략)
> 자네는 구원받을 수 없네, 불행한 사람! 우리가 구원받을 수 없다는 것을 나 역시도 잘 알고 있네.

....

10_ 빈칸에 공통적으로 들어갈 단어를 써 봅시다.

> • 흑빵을 손에 든 그 아가씨는 중간 정도 키였고, 팔과 가슴에 (   ) 이/가 달린 소박한 흰색 원피스를 입고 있었어.
> • 이 (   )은/는 아이들과 함께 있는 당신을 처음 만난 날, 당신이 가슴에 달고 있던 것입니다. 아, 아이들에게 수천 번의 키스를 전하고 이 불행한 친구의 운명을 얘기해 주세요.

....

11_ 다음 상황의 원인이 무엇인지 써 봅시다.

> 로테의 눈에서 눈물이 주체할 수 없이 쏟아지면서 그녀의 답답했던 마음에 숨통이 트이는 것 같았습니다. 베르터는 낭독을 이어 갈 수 없어서 원고를 팽개친 채 로테의 손을 잡고는 쓰디쓴 눈물을 흘렸습니다. (중략)
> 베르터는 두 팔로 로테를 휘감아 꽉 안았습니다. 그리고 뭔가 말하려는 듯 더듬거리는 그녀의 떨리는 입술을 미친 것처럼 거센 키스로 덮어 버렸습니다.

....

....

12_ 밑줄 친 부분이 의미하는 것을 써 봅시다.

> 그녀의 심장이 끔찍한 일들을 전부 예고하고 있었습니다. 그녀는 남편의 발아래에 몸을 던져 어젯밤 이야기와 자신의 죄, 그리고 지금의 예감까지 모든 걸 털어놓으려고 했습니다.

....

13_ 밑줄 친 부분의 상징적 의미를 써 봅시다.

> 밤 11시쯤, 법무관이 베르터가 스스로 골라 둔 곳에 그를 매장하도록 했습니다. 법무관과 그의 아들들이 베르터의 주검을 따라갔습니다. (중략) 그 행렬을 따라가는 성직자는 한 사람도 없었습니다.

....

....

Step 1 '슈투름 운트 드랑' 문학 운동이 일어난 배경을 알아보고, 베르터의 자연관과 성격을 분석해 봅시다.

가 벗이여, 정말 행복하다네. 평온한 존재의 느낌에 완전히 젖어 있어서 예술에 대한 생각이 나지 않을 정도일세. ㉠지금은 그림 하나도 그릴 수 없고, 한 획조차도 그을 수 없어. 나는 지금 이 순간보다 더 위대한 화가였던 적이 없었던 것 같아. 안개가 피어오르는 고즈넉한 계곡에 에워싸여 있고, 하늘 높이 떠 있는 태양은 빛 한 줄기 통하지 않을 만큼 빽빽한 내 숲의 어둠의 표면에 내려앉고, 겨우 몇 줄기 햇살만이 성스러운 숲속으로 살짝 스며드는 이 순간, 경사진 시냇가의 우거진 풀밭 위에 누워 있는 내게 대지 가까이에 솟아난 온갖 다양한 풀들이 기묘하게 느껴지는 이 순간 말이야. 풀 줄기 사이 그 작은 세계의 바쁜 움직임, 작은 벌레들과 날벌레들의 수많은 불가사의한 형상들을 좀 더 가까이에서 가슴으로 느끼면서 나는 자신의 형상에 따라 우리 모두를 창조하신 전능한 분의 현존을, 영원한 기쁨 속에 부유하며 우리를 받치고 붙잡아 주시는 지극히 자비로운 분의 숨결을 느끼곤 하네.

나 아, 벗들이여! 왜 천재라는 큰 물길이 도무지 터져 나오지 못하는 것인가. 그 물길이 높은 물결로 밀려와서 놀라는 그대들의 영혼을 뒤흔들어 놓는 일이 좀처럼 일어나지 않는 것인가. 벗들이여, 그 강의 양쪽에는 냉철한 인간들이 살고 있네. 그들은 자기들 정원의 정자나 튤립 화단, 채소밭이 무너질까 봐 제때에 둑을 쌓고 물길을 돌려 앞날의 위험을 미리 저지하는 방법을 알아.　　　－ 요한 볼프강 폰 괴테, 김미선 옮김, 《젊은 베르터의 고뇌》

다 18세기 독일 사회는 문화적으로 선진국을 모방하는 풍조에 젖어 있었고, 이성을 중요시하는 계몽주의가 문학의 주류를 이루었다. 계몽주의는 이성의 합리적 사용, 엄격한 규율 등을 강조했다. 18세기 중후반에는 계몽주의에 반대하여 '슈투름 운트 드랑(질풍노도)' 문학 운동이 전개되었다. 이 문학 운동을 지지한 사람들은 이성의 지배를 극복하고, 감정과 상상의 여러 힘들을 새로운 문학적 토대로 삼자고 주장했다. 또한 그들은 이성이 장점도 있지만 인간을 행복하게 만들지 못하고 오히려 인간을 속박·왜곡한다고 생각했으며, 자연을 신성시하였다.

1. ㉠의 의미를 생각해 보고, 자연을 바라보는 베르터의 태도와 이를 통해 알 수 있는 그의 성격을 말해 봅시다.

- ㉠의 의미 : ....

....

- 베르터의 자연관 : ....

....

- 베르터의 성격 : ....

....

2. 제시문 ❹에서 베르터가 한 말의 의미를 제시문 ❺를 참고하여 말해 봅시다.

....

....

....

....

3. 《젊은 베르터의 고뇌》는 편지 형식으로 구성되어 있습니다. 편지 형식을 통해 얻고자 한 효과를 말해 봅시다.

....

....

....

....

Step 2 18세기 사랑관을 이해하고, 로테의 선택을 평가해 봅시다.

가 18세기에는 훌륭한 인성이 기초가 되는 계몽주의적, 이성적 사랑을 강조했다. 계몽주의자들은 순간의 감정에 충실한 사랑보다 사회 질서 등에 충실한 '절제'를 더 소중히 여겼다. 또한 이들은 합리적인 것을 존중했고, 사랑이 도덕적 규범, 보편적 인습에 어긋나지 말아야 한다고 주장했다. 즉 계몽주의자들은 사랑도 합리적으로 해야 하고, 충동적이어선 안 된다고 생각했던 것이다. 사랑에 빠졌다 할지라도 역할 수행에 소홀하면 안 되고, 여유가 있을 때만 사랑에 힘써야 한다고 생각했다.

나 로테는 베르터와의 관계를 정리할지 말지 갈등한다. 이런 로테의 모습에서 18세기의 관습적인 결혼의 문제점을 엿볼 수 있다. 당시 부모의 권유, 신분, 재산으로 맺어지는 결혼은 사회 규범과도 같았고 개인적인 사랑의 관심과 항상 대립하였다. 로테와 알베르트의 결혼 역시 전통적 혼인으로, 이 대립에서 벗어날 수 없었다. 로테가 알베르트와 함께할지 베르터와의 관계를 유지할지 갈등하는 동안, 베르터는 종말을 준비한다.

다 "그건 아주 다른 얘기지." 알베르트가 반박하더군. "격정에 사로잡힌 사람은 분별력이 없어서 술 취한 사람이나 미친 사람으로 여겨지니 말일세." (중략)
알베르트가 슬쩍 얘기에 끼어들었네. "로테, 너무 격해지고 있어요. 당신이 이런 생각들에 매달리는 것은 알지만 부탁이니 좀 쉬어요."

라 로테의 눈에서 눈물이 주체할 수 없이 쏟아지면서 그녀의 답답했던 마음에 숨통이 트이는 것 같았습니다. 베르터는 낭독을 이어 갈 수 없어서 원고를 팽개친 채 로테의 손을 잡고는 쓰디쓴 눈물을 흘렸습니다. 로테는 다른 한 손에 얼굴을 묻고 손수건으로 눈물을 감췄습니다. 두 사람이 느끼는 감동은 대단했습니다. 두 사람은 고귀한 이들의 운명 속에서 자신들의 불행을 느꼈습니다. 같은 감정을 함께 느꼈고 눈물로 하나가 되었습니다. (중략)
그런데 생각을 하다 보면 자꾸 베르터가 떠올랐습니다. 이제 그녀에게 베르터는 잃어버린 사람이었습니다. 그렇다고 그의 마음을 받아 줄 수도 없는 게 유감이지만, 그를 스스로에게 맡겨 둘 수밖에 없었습니다. — 요한 볼프강 폰 괴테, 김미선 옮김, 《젊은 베르터의 고뇌》

1_ 제시문 **가**를 참고하여 18세기 계몽주의적 사랑관에 대해 말해 봅시다.

....

....

....

....

2_ 제시문 **다**, **라**를 참고하여 베르터와 알베르트를 비교해 보고, 로테가 베르터에게 감정적으로 끌리는 이유가 무엇인지 말해 봅시다.

....

....

....

....

3_ 로테는 결국 알베르트 곁에 남습니다. 그 이유를 로테 입장이 되어 베르터에게 '편지글' 형식으로 써 본 후 발표해 봅시다.

....

....

....

....

....

....

Step 3 베르터가 추구하는 사랑의 방식을 평가해 봅시다.

가 "점잖게 계시면 당신께도 선물을 드릴 거예요. 양초랑 다른 것도요." "점잖게 있으라니 그게 무슨 뜻입니까?" 베르터가 소리쳤습니다. "저더러 어떻게 하라는 겁니까? 뭘 하면 되나요? 친애하는 로테 양!" 로테가 말했습니다. "목요일 저녁이 크리스마스이브 잖아요. 그날엔 아이들과 아버지가 올 거예요. 그때 모두가 각자의 선물을 받을 거니 당신도 그날 오세요. 그 전까지는 오지 마시고요." 이 말에 놀란 베르터가 멈칫했지만 로테는 계속 말했습니다. "부탁이에요. 이제는 그래야만 해요. 제 안정을 위해서 부탁드리는 거예요. 안 되겠어요. 이런 관계를 지속할 수는 없어요." 베르터는 로테에게서 눈길을 거두고는 방 안을 왔다 갔다 하면서 이를 악문 채 그 말을 되뇌었습니다. "이런 관계를 지속할 수는 없어요."

나 알베르트가 당신의 남편이라는 것이 무슨 의미가 있단 말입니까? 남편! 이 세상에서는 그렇겠지요. 그리고 이 세상에서는 제가 당신을 사랑하는 것이, 당신을 그에게서 빼앗아 내 팔로 안고 싶은 것이 죄가 되겠지요. 그것이 죄일까요? 좋아요. 그렇다면 스스로 벌을 내리겠습니다. 나는 완벽한 천국 같은 곳에서 그 죄를 황홀하게 맛보았고, 가슴으로 삶의 위로와 활력을 들이마셨습니다. 그 순간부터 당신은 제 것입니다. 오, 로테, 나의 여인! 저는 먼저 갑니다. 제 아버지이자 당신의 아버지인 그분의 곁으로 갑니다. 거기서 아버지에게 원망을 퍼부을 겁니다. 당신이 올 때까지 그분께서 저를 위로해 주시겠지요.

다 자, 로테! 저는 두렵지 않습니다. 차갑고 무서운 저 잔을 들어 죽음의 몽롱함을 들이켤 것입니다. 당신이 제게 건네주었으니 주저하지 않겠습니다. 모든 것! 모든 것이! 내 삶의 모든 소망과 희망이 이렇게 채워져 있습니다. 이토록 냉정하고 의연하게 죽음의 철문을 두드리겠습니다.

　당신을 위해서 죽을 수 있는 행복을 누리기를 그토록 바랐습니다! 로테, 당신을 위해 저를 바칠 수 있기를! 당신의 삶에 평안과 기쁨을 되돌려 줄 수 있다면 용감하고 기쁘게 죽고 싶었습니다. 아! 하지만 사랑하는 사람들을 위해 피를 흘리고, 죽음을 통해 친구들에게 새로운 생명을 아주 많이 줄 수 있는 것은 몇몇 고귀한 사람에게만 주어진 행운이었지요.
　　　　　　　　　　　　　　　　　　　　　　– 요한 볼프강 폰 괴테, 김미선 옮김, 《젊은 베르터의 고뇌》

라 베르터는 죽음을 현실적인 모든 제약에서 영원히 자유로워지는 길이라고 생각한다. 그는 로테와 사랑을 확인하는 포옹을 한 후, 죽음을 동경하는 마음이 더 강해지고 그 동경은 마침내 의지로 변한다. 그래서 이 세상이 아닌 저세상에서 로테와 사랑의 합일을 희망한다. 베르터는 죽음이 자신을 모든 고통에서 벗어나게 하고 자유롭게 해준다고 여긴다. 그래서 그는 죽음을 두려워하지 않는다. 베르터는 자살함으로써 로테와 이루어질 수 없는 불행한 현실을 외면한다. 그는 자신의 이상적 사랑을 실현하지 못하고 결합할 수 없는 사랑을 죽음으로 완성하려고 한다.

1_ 베르터가 크리스마스를 앞두고 생을 마감한 이유가 무엇인지 제시문 **가**를 참고하여 말해 봅시다.

....

....

....

....

....

2_ 제시문 **라**를 참고하여 베르터가 자살을 선택한 이유를 생각해 보고, 그의 선택이 올바른지 말해 봅시다.

....

....

....

....

....

Step 4 사랑에 관한 명언을 모아 놓은 아래 제시문을 읽고, 물음에 답해 봅시다.

- 가장 귀중한 사랑의 가치는 희생과 헌신이다.   – 그라시안

- 사랑은 삶의 최대 청량제이자 강장제이다.   – 파블로 피카소

- 사랑은 판관보다 더 정의롭다.   – H.W. 비처

- 사랑의 신비함이 끝나면, 사랑의 쾌락도 끝난다.   – A. 벤

- 사랑이란 자기희생이다. 이것은 우연에 의존하지 않는 유일한 행복이다.   – 톨스토이

- 사랑이란 마치 열병 같아서 자기 의사와는 관계없이 생겼다가 꺼진다.   – 스탕달

- 가장 훌륭한 사랑의 행위는 관심을 표하는 것이다.   – 마이클 J. 앨런

- 사랑이란 인생의 종은 될지언정 주인이 되어서는 안 되는 법이다.   – 버트런드 러셀

- 사랑은 인간 생활 최후의 진리이며 최후의 본질이다.   – 슈와프

- 다른 사람에게서 사랑을 바라는 생활은 위험하다. 그 사람이 스스로 충만해져서 나에게서 떠난다고 해도 그 사람을 위해 기도드릴 각오 없이 사랑하는 것은 처음부터 잘못한 일이다.   – 헤르만 헤세

- 어떻게 사랑해야 하는가를 배우고 싶다면 우리는 다른 기술, 예컨대 음악이나 그림, 건축, 의학, 공학 따위의 기술을 배우려고 할 때 거쳐야 하는 것과 동일한 과정을 거치지 않으면 안 된다.   – 에리히 프롬

1_ 제시문에서 가장 동감하는 명언을 선택하고, 그 이유를 말해 봅시다.

....

....

....

2_ 사랑에 관한 명언을 직접 만들어 보고, 그 이유를 각자 발표해 봅시다.

사랑은 ....

....

....

3_ 〈보기〉 항목들을 참고하여 이성을 판단할 때 가장 중요한 세 가지를 선택하여 순위를
정하고, 그 이유를 말해 봅시다.

┤보기├				
외모	학벌	집안 환경	성격	가치관
종교	취향	정서적 친밀감	재능	기타

....

....

....

....

4_ 3번 문제를 바탕으로 현대 사회의 바람직한 사랑관에 대해 말해 봅시다.

....

....

....

....

....

![로고] 논술하기

1998 경북대 논술 응용

1. 제시문에는 사랑에 대한 서로 다른 관점이 나타나 있습니다. 둘 중 어느 한쪽 또는 제 3의 관점을 택하여 자기 견해를 명확히 세우고 그 정당성을 1,000자 내외로 논술해 봅시다. (단, 논지 전개의 핵심 어휘인 '사랑' '감정' '도덕' '의무' 등의 의미를 명확히 한정하고, 이들과 관련한 개념을 더 확충해야 합니다.)

> **㉮** 노년의 헤밍웨이(Hemingway, 1899~1961)는 손녀뻘 되는 이탈리아 소녀에게 빠져 사랑의 열병을 앓았다. 이를 눈치챈 부인이 사실이냐고 따져 묻자, 헤밍웨이는 "그녀를 사랑하는 게 죄인가? 아내가 있다는 이유로 다른 여자를 사랑하지 말라는 법이 있는가?"라고 당당하게 말했다. 헤밍웨이는 자기 아내에게 잘못했다고 빌지도 않았고, 잠시 한눈을 판 것뿐이라고 변명하지도 않았다. 그는 사랑을 이성(理性)의 제어를 받지 않고 가슴속에서 오로지 **자율 신경**의 작용에 따라 일어나는 가장 본능적이고 자연스러운 감정(感情)이라고 생각했다. 헤밍웨이는 순수한 사랑의 아름다움을 깊이 이해했던 것이다.
>
> **㉯** 사람들은 사랑을 감정의 일종으로 생각하는 경향이 있다. 그러나 사랑은 단순히 감정의 일종이 아니고, **이지적인** 의무(義務)이기도 하다. 감정은 명령할 수 없지만 도덕적 덕목이나 의무는 명령할 수 있다. 예컨대 부모는 설령 자식이 밉더라도 자식을 사랑해야만 한다. 자식에 대한 부모의 사랑에는 의무 요소가 포함되어 있기 때문이다. 그리하여 '자식을 사랑하라'는 도덕적 명령이 성립한다. 만약 사랑이 감정이기만 한다면 '자식을 사랑하라'든지 '네 이웃을 사랑하라'든지 '부부간에 서로 사랑하라' 등의 말은 성립할 수 없다.
>
> ----
>
> • **자율 신경**(自律神經) : 혈관이나 장기 벽을 이루는 민무늬근, 심장 근육, 샘에 분포하여 수축과 분비를 조절하는 신경.
> • **이지적**(理智的) : 이성과 지혜로써 행동하거나 판단하는. 또는 그런 것.

개요표	
서론	
본론	
결론	

아로파 세계문학을 펴내며 |

一日不讀書 口中生荊棘

흔히 책 한 권이 한 사람의 운명을 바꿀 수 있다고 한다. 훌륭한 책을 차분하게 읽는 것이 개개인의 인생 역정에 지대한 영향을 미친다는 의미이다. 특히 젊은 날의 독서는 읽는 그 순간으로 그치는 것이 아니라, 독자의 인생 전반에 걸쳐 그 울림의 자장이 더욱 크다. 안중근 의사가 형장의 이슬로 사라지기 전 후대를 위해 남긴 수많은 경구 중 특히 '일일부독서구중생형극(一日不讀書口中生荊棘)'이라는 유묵이 전하는 바는 지금 이 순간에도 절절하게 다가온다.

고전은 시대와 세대를 뛰어넘어 당대를 사는 독자에게 언제나 깊은 감동을 준다. 시간이 흘러도 인간이 추구하는 근본적이고 보편적인 가치는 변하지 않기 때문이다. 이러한 고전 읽기는 가벼움과 효율성을 중시하는 담론이 지배하고 있는 시대에 우리의 삶을 다시 한 번 돌아보게 한다.

아로파 세계문학 시리즈는 주요 독자를 청소년으로 설정하였다. 번역 과정에서도 원문의 맛을 잃지 않는 한도 내에서 최대한 청소년의 눈높이에 맞추고자 노력하였다. 도서 말미에는 작품을 읽은 뒤 토론하는 데 도움을 주는 '깊이 읽기' 해설편과 토론·논술 문제편을 각각 수록하였다.

열악한 출판 현실에서 단순히 차려진 밥상에 숟가락을 얹는 것이 아닌, 청소년들이 알을 깨고 나오는 성장기의 고통을 느끼는 데에 일조하고 싶었다. 아무쪼록 아로파 세계문학 시리즈가 청소년들의 가슴을 두드리는 북이 되었으면 하는 바람이다.

옮긴이 **김미선**

이화여자대학교 독문과를 졸업하고 동대학원에서 박사 학위를 취득했으며, 독일 마부르크(Marburg) 대학교에서 수학하였다. 현재 이화여자대학교에 출강하고 있다. 번역서로 《슬픈 짐승》《제국의 부활》 등이 있고, 지은 책으로 《물의 요정을 찾아서》(공저) 《가장 쉬운 독일어 첫걸음의 모든 것》《가장 쉬운 독일어 단어장》《독일어 중고급의 모든 것》《Mach mit!》(공저)가 있다.

아로파 세계문학 **08**
젊은 베르터의 고뇌

1판 1쇄 발행 2018년 4월 10일
1판 2쇄 발행 2021년 5월 3일

지은이 요한 볼프강 폰 괴테 | 옮긴이 김미선 | 펴낸이 이재종
편　집 윤지혜, 정경선 | 디자인 정미라

펴낸곳 도서출판 **아로파**

등록번호 제2013-000093호
등록일자 2013년 3월 25일
주소 서울시 강남구 도곡로 63길 23, 302호
전화 02_501_0996
팩스 02_569_0660
이메일 rainbownonsul@daum.net
ISBN 979-11-87252-07-8
　　　979-11-950581-6-7(세트)